KB269438

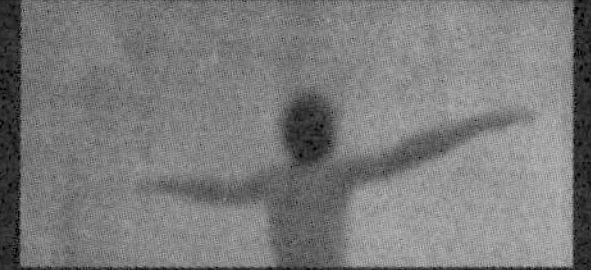

데미안

이 도서의 국립중앙도서관 출판예정도서목록(CIP)은 서지정보유통지원시스템 홈페이지(http://seoji.nl.go.kr)와
국가자료공동목록시스템(http://www.nl.go.kr/kolisnet)에서 이용하실 수 있습니다.
(CIP제어번호: CIP2012005978)

세계문학전집
101

Hermann Hesse : Demian

데미안

에밀 싱클레어의 청춘 이야기

헤르만 헤세 소설

안인희 옮김

문학동네

차례 ▌

나는 오로지 내 안에서 저절로 우러나오는 것에 따라
살아가려 했을 뿐이다. 그것이 어째서 그리도 어려웠을까?

내 이야기를 하려면 훨씬 앞에서부터 시작해야 한다. 할 수만 있다
면 그보다 훨씬 더 멀리로 되돌아가야 한다. 내 어린 시절의 맨 처음
몇 해, 아니 그보다 더 멀리 나의 조상들로까지 거슬러올라가야 한다.
　작가들은 소설을 쓸 때면 자기들이 신이라도 되는 양, 그래서 그 어
떤 인간의 이야기를 완전히 꿰뚫어보고 파악할 수 있기라도 하는 듯,
마치 신이 직접 자기 자신에게 이야기를 들려주기라도 하는 듯 언제
어디나 가리는 것 없이 시원하게 묘사하곤 한다. 나는 그렇게 하지 못
한다. 작가들도 물론 그렇게는 못한다. 하지만 그 어떤 작가가 자기 이
야기를 중요하게 여기는 것 이상으로 내게는 내 이야기가 중요하다.
이것은 나 자신의 이야기, 한 인간의 이야기이기 때문이다. 가공의 인
간, 어떤 가능한, 어떤 이상적인, 또는 어쨌든 존재하지 않는 한 인간

의 이야기가 아니라 진짜로 존재하는, 단 한 번뿐인, 살아 있는 인간의 이야기인 것이다. 하지만 진짜로 살아 있는 인간이란 대체 무엇이냐에 대해 오늘날 사람들은 예전보다 잘 모른다. 그 모두가 저마다 자연의 아주 소중한, 딱 한 번뿐인 시도인 인간들을 총으로 쏘아 대규모로 죽이는 판이니 말이다. 우리가 단 한 번뿐인 인간으로 존재하는 게 아니라면, 누구든 우리 각자를 정말 총알 하나로 세상에서 완전히 없애버릴 수 있다면 이야기를 한다는 건 아무 의미도 없는 일이다. 인간은 누구나 저 자신일 뿐만 아니라 세상의 현상들이 교차하는 지점, 단 한 번뿐이고 아주 특별한, 어떤 경우에도 중요하고 특이한 한 지점이다. 단 한 번만 그렇게 존재하는, 두 번 다시는 없는 지점이다. 그래서 각자의 이야기는 소중하고 영원하고 거룩하며, 그래서 어쨌든 아직 살아서 자연의 의지를 충족시키는 인간은 누구라도 극히 주목할 만한 경이로운 존재인 것이다. 그 모든 인간 각자에게서 정신이 형상이 되고, 각자에게서 피조물이 고통받고, 각자에게서 구세주가 십자가에 못 박힌다.

오늘날에는 인간이 대체 무엇인지 아는 사람이 드물다. 인간이 무엇인지 감을 잡은 사람들은 죽을 때 더 가벼운 마음으로 죽는다. 이 이야기를 다 쓰고 나면 나도 더 가벼운 마음으로 죽을 것이다.

나 자신이 무언가를 안다고 말할 수는 없다. 나는 그냥 탐색하는 사람이었고 지금도 그렇지만, 이제는 별들과 책들에서 탐색하지 않고 그저 내 안에서 피가 속삭이는 가르침에 귀를 기울이기 시작했다. 내 이야기는 꾸며낸 이야기들처럼 편안하지도, 달콤하거나 잘 다듬어지지도 않았다. 내 이야기는 오히려 거짓말을 원치 않는 모든 사람의 삶이 그렇듯이 부조리와 혼란, 꿈과 광기의 맛이 난다.

모든 사람의 삶은 제각기 자기 자신에게로 이르는 길이다. 자기 자신에게로 가는 길의 시도이며 좁은 오솔길을 가리켜 보여준다. 그 누구도 온전히 자기 자신이 되어본 적이 없건만, 누구나 자기 자신이 되려고 애쓴다. 어떤 이는 둔하게, 어떤 이는 더 환하게, 누구나 제가 할 수 있는 방식으로. 누구나 제 탄생의 찌꺼기를, 저 근원세계의 점액질과 알껍질을 죽을 때까지 지니고 다닌다. 어떤 이들은 결코 인간이 되지 못하고 개구리나 도마뱀이나 개미로 남아 있다. 어떤 이들은 상체는 인간인데 하체는 물고기다. 하지만 누구나 인간이 되라고 던진 자연의 내던짐이다. 그리고 모든 사람의 기원, 그 어머니들은 동일하다. 우리는 모두 같은 심연에서 나왔다. 하지만 깊은 심연에서 밖으로 내던져진 하나의 시도인 인간은 누구나 자신만의 목적지를 향해 나아간다. 우리는 서로를 이해할 수는 있지만, 누구나 오직 자기 자신만을 해석할 수 있을 뿐이다.

두 세계

내가 열 살 때 우리 소도시의 라틴어 학교에 다니던 시절의 체험으로 이야기를 시작하련다.

그 시절로부터 짙은 향기가 풍겨와 내면에서부터 아픔과 상쾌한 전율로 나를 건드린다. 어두운 골목길들과 밝은 집들과 탑들, 시간을 알리는 종소리와 사람들의 얼굴, 따스한 안락함과 쾌적함으로 가득찬 방들, 비밀과 유령에 대한 깊은 두려움으로 가득찬 방들. 따스한 비좁음, 작은 토끼와 하녀들, 온갖 가정상비약, 말린 과일의 향기가 풍겨온다. 두 세계가 거기 한데 뒤섞여 있었다. 두 극단에서 낮과 밤이 나왔다.

한 세계는 아버지의 집인데 이 세계가 더 좁다. 실제로는 오직 나의 부모님만이 있는 세계였다. 내가 잘 아는 그 세계는 어머니와 아버지라는 이름, 사랑과 엄격함, 모범과 학교라는 이름으로 불렸다. 온화한 광채, 명료함과 깨끗함이 이 세계의 것이었고, 부드럽고 친절한 이야기, 깨끗이 씻은 손과 옷가지, 좋은 습관이 여기 속했다. 아침에 찬송가를 부르고 크리스마스를 축하하는 곳이기도 했다. 이 세계에는 미래로 통하는 곧은 선들과 길들이 있었다. 의무와 죄, 양심의 가책과 참회, 용서와 좋은 의도, 사랑과 존경, 성경 말씀과 지혜가 있었다. 삶을 분명하고 깨끗하게, 아름답고 질서 있게 하려면 이 세계에 머물러야 했다.

또다른 세계는 우리 집 한가운데서 시작하지만 전혀 다른 세계였다. 냄새도 다르고, 말도 다르고, 약속이나 요구도 달랐다. 이 두번째 세계에는 하녀들과 기술을 배우는 견습공들이 있었다. 거기에는 귀신 이야기와 추잡스러운 소문들이 있었고 끔찍한 것, 유혹적인 것, 무시무시한 것, 수수께끼 같은 온갖 것이 있었다. 도살장이며 감옥, 술 취한 사람들과 말다툼하는 여자들, 새끼를 낳는 암소들, 쓰러진 말들이 있었고 강도질, 사람을 때려죽인 일, 자살 등의 이야기들도 있었다. 이런 모든 아름답고도 무섭고, 사납고도 잔인한 일들이 사방에 있었다. 바로 다음 골목에서, 바로 옆집에서 경찰관과 부랑자들이 이리저리 돌아다녔다. 술에 취한 사내들이 마누라를 두들겨 패고, 저녁이면 공장에서 젊은 아가씨 무리가 쏟아져나오고, 노파들이 사람을 마법에 걸리게 만들거나 병이 들게도 하고, 숲에는 강도들이 살며, 방화범들이 경관들에게 붙잡혔다. 아버지와 어머니가 있는 우리 방들만 빼고는 사방 어디서나 이 두번째의 격한 세계가 쏟아져들어와 냄새를 풍겼다. 그것이 참으로 좋았다. 우리 집에 평화와 질서와 휴식이 있다는 사실, 의무와 선한 양심, 용서와 사랑이 있다는 사실이 멋졌다. 그리고 단 한 번

만 폴짝 뛰면 재빨리 어머니에게로 도망칠 수 있는 곳에 다른 온갖 것
도 다 있고, 그 모든 날카로운 소리와 어둡고도 폭력적인 것이 있다는
사실도 멋졌다.

　가장 이상한 일은 그 두 세계가 나란히 붙어 있다는 것이었다. 두 세
계는 얼마나 가까이 붙어 있었던가! 예를 들면 우리 집 하녀 리나는 저
녁예배 시간에는 거실 문가에 앉아 깨끗이 씻은 두 손을 매끈하게 다
린 앞치마 위에 얹은 채 밝은 목소리로 우리와 함께 노래를 부르곤 했
다. 그럴 때 그녀는 완전히 아버지와 어머니의 세계, 우리의 세계, 밝
고 올바른 세계에 속했다. 그러고 나서 곧바로 부엌이나 외양간에서
내게 머리 없는 난쟁이 이야기를 해줄 때나 작은 푸줏간에서 이웃 아
낙네들과 싸움질을 할 때면, 전혀 다른 사람이 되어 다른 세계에 속했
고 비밀에 둘러싸인 사람이 되었다. 모든 것이 그런 식이었다. 나 자신
이 가장 그랬다. 물론 나는 밝고 올바른 세계에 속했고 우리 부모님의
자식이었지만, 눈과 귀를 어디로 향하든 어디에나 또다른 것이 있었
다. 그것이 내게는 때때로 낯설고 무시무시했고 또 그곳에서는 규칙적
으로 양심의 가책과 두려움을 얻곤 했지만, 그래도 나는 이 다른 것들
속에서도 살고 있었다. 심지어 이따금은 이 금지된 세계에 사는 것이
가장 좋기도 했다. 그리고 밝은 세계로 돌아오는 일이―꼭 필요하고
도 좋은 일이었건만―덜 아름다운, 더 지루하고도 황량한 곳으로 돌
아오는 것처럼 느껴질 때가 많았다. 내 삶의 목표는 아버지와 어머니
처럼 되는 것, 그토록 밝고 순수하고, 그토록 뛰어나고 잘 정돈된 상태
가 되는 것이었다. 하지만 거기에 이르는 길은 아득히 멀었고, 거기 도
달하려면 학교에 앉아 공부를 하고 연습을 하고 시험을 보아야 했다.

그 길은 언제나 또다른 더 어두운 세계의 바로 옆을 스쳐지나가거나 아예 그 세계 한가운데를 통과하는 길이었으니, 그곳에 머물러 거기 빠져드는 것도 아주 불가능한 일만은 아니었다. 그것을 나는 알고 있었다. 잃어버린 아들들에 대한 이야기들이 있었는데, 그들에게 바로 그런 일이 일어났던 것이다. 나는 그런 이야기들을 탐독했다. 거기선 언제나 아버지와 선한 세계로 돌아오는 것이 구원이며 위대한 일이었다. 나는 그것만이 올바르고 선하고 바람직한 일임을 분명히 느끼고 있었다. 그런데도 그런 이야기에서 악당과 잃어버린 아들들 사이에 벌어지는 이야기 부분이 훨씬 더 매력적이었고, 당시 솔직하게 말해도 되었다면 잃어버렸던 아들이 참회하고 다시 제 길을 찾는 것이 때때로 퍽이나 유감이었다. 하지만 그런 말은 물론 입 밖에 내지 않았고 또 생각도 하지 않았다. 그냥 예감이나 막연한 가능성처럼 감정의 맨 밑바닥에 아슴푸레하게만 존재했다. 악마를 상상할 때면 나는 언제나 악마가 저 거리 아래쪽에 있는 모습을 아주 똑똑히 떠올릴 수 있었다. 변장하거나 아니면 아예 변장도 하지 않은 채로, 또는 연시(年市)가 열리는 시장이나 선술집 같은 데 있는 모습을 상상할 수 있었지만 우리 집에 있는 것은 상상조차 할 수 없었다.

나의 누이들도 물론 밝은 세계에 속했다. 누이들이 본질적으로 아버지와 어머니에게 더 가까이 있다는 생각이 자주 들었다. 그들은 나보다 더 착하고 예의도 바르고 실수가 적었다. 그들도 결점이 있고 무례할 때도 있었지만 그런 점은 그리 심각할 정도는 아니었다. 어두운 세계에 훨씬 더 가까이 있는 나의 경우처럼 사악함과의 접촉이 툭하면 그토록 무겁고도 고통스러운 것이 되지 않았던 것이다. 누이들은 부모님과 마찬가지로 보호하고 존중해야 할 존재들이었고, 그들과 싸움이라도 하고 나면 나중엔 언제나 스스로의 양심 앞에서 나 자신이 문제를 일으킨 나쁜 쪽으로, 용서를 구하지 않으면 안 되는 쪽으로 여겨지곤 했다. 누이들과의 다툼으로 부모님을 욕되게 하고, 선함과 계율을 욕되게 했기 때문이다. 내게는 누이들보다는 오히려 가장 못된 부랑아들과 함께 나눌 수 있는 비밀들이 있었다. 마음이 밝고 양심에 가책이 없는 좋은 날에는 누이들과 놀면서 그들과 함께 선량하고 단정해지고, 그래서 싹싹하고 고상한 자신을 보는 일이 퍽 즐거웠다. 인간이 천사라면 무릇 그래야 한다! 그것은 우리가 아는 한 가장 훌륭한 것이었고, 그렇게 밝은 울림과 크리스마스의 향기와 행복에 둘러싸인 천사가 되는 것이야말로 달콤하고도 좋은 일이었다. 오, 그런 시간과 날들은 얼마나 드물게만 찾아왔던가! 선량하고 천진스럽게 허용된 놀이를 하면서도 나는 누이들이 견디기 힘들어하는, 결국 싸움과 불행으로 끝날 정열과 과격함에 자주 휩싸이곤 했다. 그런 다음 분노가 닥쳐오면 나는 아주 역겨운 놈이 되어서 스스로 행동하고 말하는 도중에 벌써 그것이 못돼먹은 일임을 깊고도 뜨겁게 느끼는 일들을 행하고 말하고야 말았다. 그러고 나면 고약하고 어두운 후회와 참회의 시간들이 찾아왔다. 그다음 용서를 구하는 괴로운 순간들이 오고, 그제야 다시 명랑함의 광채, 분열되지 않은 고요하고 고마운 행복이 겨우 몇 시간, 또는 몇 순간 지속되었다.

나는 라틴어 학교에 다녔다. 우리 학급에는 시장의 아들과 삼림감독 주임의 아들이 있었고, 나는 그들과도 이따금 어울렸다. 거친 녀석들이었지만 선량하고 허용된 세계에 속하는 애들이었다. 하지만 나는 보통 때 우리가 무시하곤 하는 이웃집 사내아이들, 초등학교 학생들과도 가깝게 지냈다. 그들 중 한 명과 더불어 내 이야기를 시작해야겠다.

수업이 없는 어느 오후에―열 살 무렵이었다―이웃의 두 사내아이와 이리저리 쏘다니고 있을 때였다. 그때 더 큰 아이 하나가 끼어들었다. 열세 살가량 된 거칠고 힘도 훨씬 센 초등학생으로 재단사의 아들이었다. 그 아버지는 술꾼이고 온 가족이 평판이 좋지 못했다. 이 프란츠 크로머는 나도 잘 알고 두려워하는 애였기에 그애가 우리 사이에 불쑥 끼어든 것이 썩 마음에 들지 않았다. 그는 제법 어른의 태도를 지녔고 젊은 공장 노동자들의 걸음걸이와 말투를 흉내냈다. 그가 우리를 이끌고 다리 옆에서 강기슭으로 내려갔다. 우리는 다리 아래쪽 첫째 아치 속으로 종적을 감추었다. 아치형의 다리와 게으르게 흐르는 물 사이의 좁은 강기슭에는 온갖 쓰레기가 있었다. 유리 조각, 낡은 도구 조각, 녹슨 철사뭉치, 갖가지 잡동사니였다. 거기서 이따금은 쓸 만한 물건들을 찾아내기도 했다. 우리는 프란츠 크로머의 지시에 따라 그 구간을 샅샅이 뒤져서 우리가 찾아낸 것을 그에게 보여주어야 했다. 그러면 그는 그것을 주머니에 넣거나 아니면 물속으로 내동댕이쳤다. 그는 납, 놋쇠, 주석으로 된 물건들이 있는지 잘 살펴보라고 일렀고, 그런 물건들은 모조리 주머니에 집어넣었다. 뿔로 된 낡은 빗도 집어넣었다. 그와 함께 어울려 있으려니 마음이 무척 조마조마했다. 아버지가 알면 금지하실 게 분명했기 때문이 아니라 프란츠에 대한 두려움 때문이었다. 그가 나를 받아들여서 다른 애들처럼 대해주는 것이 기뻤다. 그는 명령했고 우리는 복종했다. 나는 그날 처음으로 그와 어울렸지만 그것이 마치 오래된 습관 같았다.

마지막에 우리는 땅바닥에 주저앉았다. 프란츠는 물에 침을 뱉었는데 꼭 어른 같았다. 그는 잇새로 침을 뱉어서 무엇이든 원하는 것을 맞힐 수가 있었다. 이야기가 시작되었다. 소년들은 학교에서 벌어지는 온갖 시시한 영웅담과 못된 짓을 늘어놓으며 자랑했다. 나는 아무 말도 하지 않았지만, 이런 나의 침묵이 오히려 눈에 띄어 크로머의 분노를 살까 두려웠다. 애초에 함께 어울렸던 두 아이는 처음부터 내게 등을 돌리고는 완전히 크로머 편이 되어 있었다. 나는 그들 사이에서 낯선 존재였고 내 옷차림과 태도가 그들에게 도전으로 비치는 것을 느꼈다. 라틴어 학교 학생이며 점잖은 집안의 아들인 나를 프란츠가 좋아할 리 없었고, 다른 두 아이는 여차하면 나를 모르는 척 그대로 내팽개칠 것이었다.

마침내 나도 순전히 두려움에서 이야기를 시작했다. 대담한 도둑질 이야기를 꾸며내어 스스로 그 주인공이 되었다. 친구들과 함께 밤에 모퉁이 물방앗간집 옆의 정원에서 사과를 한 자루 가득 훔쳐낸 이야기였다. 그것도 보통 사과가 아니라 최상품인 레네트 종과 황금색 파르메네 종의 사과들로만 훔쳤다. 순간의 위험에서 도망치려고 이런 이야기를 꾸며낸 것이다. 꾸민 이야기를 하기란 내겐 쉬운 일이었다. 얼른 도로 중단하기가 두려워서, 그리고 그랬다간 어쩌면 더 고약한 일에 말려들까봐 나는 온갖 꾀를 다 부렸다. 한 명은 망을 보아야 했고, 다른 한 명은 나무에 올라가 사과를 아래로 던졌다. 사과가 들어찬 자루가 너무 무거워서 우리는 마침내 자루를 도로 열고 절반을 남겨두어야 했지만, 반시간 뒤에는 다시 돌아가 나머지 반도 가져왔다는 이야기였다.

이야기를 끝냈을 때 나는 어느 정도 갈채를 기대했다. 꾸며낸 이야기에 스스로 도취되어 열이 오른 상태였다. 두 꼬마 녀석은 가만히 침묵한 채 기다렸다. 프란츠 크로머는 눈을 절반쯤 감아 가느스름하게 뜨고 나를 뚫어져라 바라보더니 위협적인 목소리로 이렇게 물었다. "그게 정말이냐?"

"물론이지." 내가 대답했다.

"그러니까 정말로 그랬단 말이지?"

"그렇다니까. 정말로 그랬어." 속으로는 두려워서 숨이 막힐 지경이었지만 고집스럽게 우겼다.

"맹세할 수 있냐?"

나는 깜짝 놀랐지만 얼른 그렇다고 대답했다.

"그럼 이렇게 말해봐. 하느님과 영혼의 행복에 맹세코!"

나는 말했다. "하느님과 영혼의 행복에 맹세코."

"좋아." 그는 고개를 돌렸다.

나는 이것으로 모든 게 잘되었다고 생각했고, 그가 벌떡 일어나서 집으로 돌아갈 채비를 하자 기뻤다. 다리 위로 올라왔을 때 나는 소심하게 이제 집에 가봐야 한다고 말했다.

"그렇게 서두를 거 없어." 프란츠가 웃음을 터뜨렸다. "우리도 같이 갈 거니까."

그는 천천히 걸었고, 나는 감히 빠져나오지 못했다. 그는 정말로 우리 집 방향으로 걸어갔다. 우리는 집에 이르렀고, 우리 집 문과 두툼한 놋쇠 손잡이, 또 창문들에 비친 태양빛과 어머니 방의 커튼이 보이자 나는 깊이 안도의 숨을 내쉬었다. 오, 집에 왔구나! 오, 좋고도 축복받은 일이다, 밝고 평화로운 집으로 돌아왔구나!

내가 재빨리 문을 열고 안으로 들어가 등 뒤로 문을 닫으려는 참에 프란츠 크로머도 함께 안으로 들어왔다. 저쪽 안마당에서만 빛이 들어오는 서늘하고 어두운 타일 복도에서 그가 바로 옆에 선 채 내 팔을 잡고 나직이 속삭였다. "그렇게 서둘지 말래도!"

나는 깜짝 놀라 그를 바라보았다. 내 팔을 잡은 손아귀 힘이 강철 같았다. 대체 무슨 생각을 하는 걸까, 내게 무슨 못된 짓을 하려는 걸까. 지금 소리를 지른다면, 다급하게 큰 소리를 지른다면 저 위에서 누군가 나를 구하려고 재빨리 달려올까? 하지만 포기했다.

"무슨 일인데?" 나는 물었다. "무얼 바라는 거야?"

"별거 아니야. 그냥 너한테 뭘 좀 물어보려고. 다른 애들이 들을 필요는 없거든."

"그래? 무슨 일인데? 얼른 올라가봐야 해, 알잖아."

"너도 알지." 프란츠가 나직이 속삭였다. "저기 모퉁이 물방앗간 옆에 있는 정원이 누구네 건지?"

"아니, 난 몰라. 물방앗간집 거 같은데."

프란츠가 팔로 나를 감싸고는 자기 쪽으로 바싹 끌어당기는 바람에 나는 아주 가까이서 그의 얼굴을 보게 되었다. 두 눈엔 악의가 번득였고 고약하게 미소 짓는 얼굴에는 잔인함과 힘이 넘쳤다.

"그래, 꼬마야, 그 과수원이 누구네 건지 난 알지. 벌써 오래전부터 사과를 도둑맞아왔다는 것도 알고 있었어. 그리고 주인이 과일을 훔쳐 간 놈이 누군지 말해주는 사람한테 2마르크를 주기로 했다는 것도."

"오, 하느님!" 나는 소리쳤다. "하지만 주인한테 이르려는 건 아니지?"

나는 그의 명예심에 호소해봤자 헛일임을 느꼈다. 그는 다른 세계에 속한 사람이니 그에게 배신이란 범죄도 아니었다. 나는 그걸 정확히 느꼈다. 이런 일에서 '다른' 세계 사람들은 우리와 같지 않았다.

"이르지 말라고?" 크로머가 웃음을 터뜨렸다. "이거 봐라, 꼬마야, 내가 가짜 돈이라도 만들어내는 줄 아는 거야? 2마르크를 만들어내는 줄 아느냐고! 난 가난뱅이야, 너처럼 부자 아버지도 없어. 2마르크를 벌 기회가 있으면 벌어야지. 어쩌면 주인이 좀더 줄지도 모르지."

그가 갑자기 나를 풀어주었다. 우리 집 복도는 이제 더는 평화와 안전의 냄새를 풍기지 않았다. 나를 둘러싼 세계가 파괴되었다. 그는 나를 고발할 테고 그럼 나는 범죄자가 된다. 누군가 아버지에게 이르겠지. 어쩌면 경찰이 올지도 모른다. 모든 게 무너지면서 혼란의 공포가 밀려왔다. 그 모든 추악하고 위험한 일이 내 앞을 가로막고 있었다. 내가 훔치지 않았다는 사실은 전혀 중요하지 않았다. 게다가 맹세까지 하지 않았던가. 나의 하느님, 나의 하느님!

눈물이 솟구쳐올랐다. 나는 흥정을 해야 한다는 걸 느끼고는 절망적으로 호주머니를 뒤졌다. 사과도, 주머니칼도, 전혀 아무것도 없었다. 그 순간 시계가 떠올랐다. 낡은 은시계였는데, 가지도 않는 시계를 나는 '그냥' 들고 다녔다. 할머니가 물려주신 시계였다. 나는 시계를 얼른 *끄집어냈다.*

"크로머, 날 고발하지 마. 그건 너한테도 좋을 게 없어. 이 시계를 줄게. 봐, 난 이거 말곤 아무것도 없어. 가져도 돼. 은시계야. 시계는 좋은 거야, 그냥 작은 문제가 있긴 하지만. 그건 고치면 될 거야."

그는 미소를 지으며 커다란 손으로 시계를 받았다. 나는 그 손을 바라보며 그것이 얼마나 거칠고 내게 얼마나 깊이 적대적인지, 그 손이 내 삶과 평화를 얼마나 사납게 움켜쥘지를 알았다.

"은으로 만든 거야." 나는 기어들어가는 소리로 말했다.

"은이고 뭐고 낡은 시계 따윈 집어치워!" 그가 깊은 경멸감을 드러내며 말했다. "그건 너나 고쳐 쓰라고!"

"하지만 프란츠." 나는 그가 그대로 떠날까봐 두려움에 떨면서 외쳤다. "잠깐만 기다려봐! 시계를 가져! 정말 은시계라니까. 정말이야. 난 그것 말고 다른 건 없어."

그가 차가운 경멸의 눈길로 나를 바라보았다.

"그러니까 넌 내가 누구한테 갈지 아는구나. 아니면 경찰한테 말할 수도 있지. 잘 아는 순경이 있거든."

그가 가려고 몸을 돌렸다. 나는 그의 소매를 붙잡았다. 그래선 안 된다. 그가 이대로 가면 앞으로 벌어질 그 모든 일을 감당하느니 차라리 죽는 편이 더 나았다.

"프란츠." 나는 흥분해서 쉰 목소리로 간청했다. "멍청한 짓 하지 마! 그렇지, 그냥 농담이지?"

"그럼, 농담이지. 하지만 너한텐 값비싼 농담이 될걸."

"아니 잠깐, 프란츠! 내가 무얼 해야 하는지 말해줘! 무슨 일이든 할게!"

그는 눈을 가느스름하게 뜨고는 나를 살펴보더니 다시 웃음을 터뜨렸다.

"그렇게 바보처럼 굴지 좀 마!" 그가 선량한 척 말했다. "너도 나만큼이나 잘 알잖아. 난 지금 2마르크를 벌 수 있고, 그걸 버릴 만큼 부자가 아니란 말이야. 너도 알지. 하지만 넌 부자야. 시계도 있잖아. 그냥 네가 그 2마르크를 주면 돼. 그럼 모두 끝나는 거야."

나는 그제야 그 논리를 깨우쳤다. 하지만 2마르크라니! 내게 2마르크는 10마르크나 100마르크 또는 1000마르크와 마찬가지로 큰돈이었다. 손에 쥘 수 있는 돈이 아니었다. 나는 돈이 없었다. 어머니 침대 곁에 작은 저금통이 있기는 했다. 삼촌이 방문한다든지 할 때마다 얻은 10페니히, 5페니히 동전 몇 개가 들어 있었다. 그것 말고는 돈이라곤 한 푼도 없었다. 아직 용돈을 받지 않던 나이였다.

"아무것도 없어." 나는 슬프게 말했다. "돈은 한 푼도 없어. 하지만 그거 말고는 뭐든 다 줄게. 인디언 책도 있고, 병졸 인형하고 나침반도 있어. 그걸 줄게."

크로머는 악의에 찬 뻔뻔스러운 입술을 조금 씰룩이더니 바닥에 침을 뱉었다.

"헛소리하지 마!" 그가 명령하듯이 말했다. "그런 너절한 것들은 너나 가져. 나침반이라니! 더이상 나를 화나게 하지 마. 잘 들어, 그냥 돈을 가져와!"

"하지만 난 돈이 없는걸, 돈을 받아본 적이 없어. 어떻게 할 도리가 없어!"

"어쨌든 내일 2마르크를 가져와. 학교가 끝난 다음 저 아래 시장에서 기다릴게. 그걸로 끝이야. 돈을 안 가져오면 어떻게 되는지 알지!"

"그래, 하지만 대체 돈이 어디서 생겨? 하느님, 내게 돈이 안 생기면—"

"너희 집엔 돈이야 충분하지. 그건 네가 알아서 해. 그러니까 내일 수업 끝난 다음에 보자. 이 말만 해두지. 안 가져왔다간—" 그는 끔찍한 눈길로 나를 쏘아보고는 한번 더 침을 뱉고 그림자처럼 사라져버렸다.

나는 계단을 올라갈 수가 없었다. 내 삶은 무너졌다. 도망쳐서 다시는 돌아오지 않거나 아니면 물에 빠져 죽을까 생각해보았다. 하지만 그 어느 쪽도 분명하게 그려볼 수가 없었다. 나는 집으로 올라가는 맨 아래쪽 계단에 그대로 주저앉아 어둠 속에서 몸을 웅크리고는 불행에 온몸을 맡겨버렸다. 리나가 땔나무를 가지러 광주리를 들고 아래로 내려왔다가 울고 있는 나를 발견했다.

나는 집에서 아무 말도 하지 말아달라고 리나에게 부탁하고는 위로 올라갔다. 유리문 옆의 격자옷걸이에 아버지의 모자와 어머니의 양산이 걸려 있었다. 이런 물건들을 보자 집의 따스함이 밀려왔다. 나는 마치 잃어버린 아들이 옛날 고향의 방들을 보며 냄새를 맡는 듯 간절하고 고마운 마음으로 그 따스함을 맞아들였다. 하지만 그 모든 것이 이제 더는 내 것이 아니었다. 그 모든 것은 아버지와 어머니의 밝은 세계였다. 나는 죄의식에 가득찬 채로 낯선 물결에 빠져들고, 모험과 죄악에 연루되어 적에게서 위협을 당하고, 위험과 두려움과 수치가 나를 기다리고 있었다. 모자와 양산, 사암으로 된 낡은 바닥, 현관 장롱 위에 걸린 커다란 그림, 저 안 거실에서 울려나오는 누이의 목소리, 그 모든 것이 이전보다 더욱 사랑스럽고 다정하고 소중했다. 하지만 이제 그것은 위안이나 안전한 선량함이 아니라 순수한 비난이었다. 그 모든 것이 이제 내 것이 아니었으니, 나는 그 명랑함과 고요함에 동참할 수 없었다. 나는 매트에 문질러도 지워지지 않는 더러움을 두 발에 묻힌 채 집에선 알지도 못하는 그림자를 집으로 끌어들였다. 전에도 나는 이미 얼마나 많은 비밀을 가졌던가, 얼마나 많은 두려움을 가졌던가. 하지만 그 모든 것은 오늘 내가 이 공간 안으로 가져온 것에 비하면 그저 놀이이고 농담에 지나지 않았다. 운명이 내 뒤를 따라 들어와 나를 향해 두 손을 뻗었으니, 어머니도 그 손길에서 나를 보호할 수 없었고, 그 손길에 대해 알아서도 안 되었다. 나의 범죄가 도둑질이든 거짓말이든(게다가 하느님과 영혼의 행복에 걸고 맹세까지 하지 않았던가?) 마찬가지였다. 내 죄는 이것 아니면 저것이 아니었다. 악마에게 손을 내민 그 자체가 죄였다. 어쩌자고 나는 함께 갔던가? 어쩌자고 크로머의 말을 들었던가? 아버지의 말도 그렇게 잘 들은 적이 없건만. 어쩌자고 저 도둑질 이야기를 꾸며냈던가? 어쩌자고 무슨 영웅의 행동이기라도 한 양 범죄 이야기로 허풍을 떨었던가? 이제 악마가 내 손을 잡았고, 적이 내 뒤를 쫓았다.

한순간 내일에 대한 두려움이 아니라, 무엇보다 나의 길이 이제는 계속해서 저 아래 어둠으로 내려가리라는 사실을 뼈저리게 느꼈다. 나의 잘못에서 새로운 잘못이 나오리라는 것을, 누이들 사이에 내가 있고 부모님에게 인사하고 키스하는 일이 거짓이리라는 것을, 그리고 내가 속으로 감춰둬야 할 운명과 비밀을 지니게 되었다는 것을 뚜렷이 느꼈다.

아버지의 모자를 바라보자 한순간 마음속에 신뢰와 희망이 번쩍 나타났다. 아버지에게 모조리 말해야지, 아버지의 판단에 따라 벌을 받고 아버지에게 비밀을 털어놓아 나의 구원자로 삼아야지. 지금까지 자주 그랬듯이 단 한 번의 참회면 되리라, 힘들고도 괴로운 한 시간, 후회에 가득차서 힘겹게 용서를 간청하는 일 한 번이면.

얼마나 달콤한 울림이었던가! 얼마나 멋진 유혹이었던가! 하지만 그런 일은 없었다. 내가 그러지 않으리라는 사실을 알았다. 이제 나는 비밀을, 나 혼자서만 감당해야 하는 죄를 지녔다. 어쩌면 나는 지금 갈림길에 서 있고, 이 순간부터 영원히 나쁜 쪽에 속하고, 사악한 자들과 비밀을 공유하고, 그들에게 의존하며 그들의 말을 듣고 그들과 같은 자가 되어야 하는지도 모른다. 남자 행세, 영웅 행세를 했으니 이제 그 결과를 감당해야만 했다.

내가 안으로 들어섰을 때 아버지가 나의 젖은 신발을 꾸짖은 것은 차라리 다행이었다. 덕분에 아버지는 더 나쁜 일을 알아채지 못한 채 딴 데로 주의를 돌렸고, 나는 은밀히 다른 일에 연결시켜서 비난을 견딜 수 있었다. 그 순간 이상하고도 새로운 느낌이, 갈고리들이 잔뜩 박힌 듯 사악하고도 날카롭게 베어내는 느낌이 번뜩였다. 아버지보다 내가 우월하다는 느낌이었다! 한순간 아버지의 무지에 대해 어떤 경멸감 같은 것을 느꼈다. 내 젖은 신발에 대한 아버지의 나무람이 하찮게 여겨졌다. '만일 아버지가 그걸 아신다면!' 하는 생각이 들면서 실제로는 살인을 고백해야 하는 처지인데 빵을 훔친 일로 심문을 받는 범죄자와 같은 느낌이 들었다. 추잡하고도 역겨운 느낌이었지만 강렬했고, 그런 만큼 깊은 매력이 있었다. 그것은 다른 어떤 생각보다도 더욱 확고하게 나를 내 비밀과 죄악에 얽어맸다. 어쩌면 지금쯤 크로머가 경찰관한테 가서 나를 고발했을지도 모른다는 생각이 들었다. 여기서 이렇게 어린아이 취급을 당하는 동안 내 머리 위로 사나운 비구름이 몰려들고 있는 것이다!

　여기까지 이야기한 전체 체험에서 이 순간이 중요하고도 지속적인 부분이다. 이것은 아버지의 거룩함에 드러난 최초의 균열이었고, 나의 어린 시절을 떠받치던, 그리고 누구나 스스로 자기 자신이 되기 전에 무너뜨리지 않으면 안 되는 기둥들에 나타난 최초의 금이었다. 우리 운명의 본질적인 내면의 선(線)은 아무도 보지 못하는 이런 체험들로 이루어진다. 이런 금이나 균열은 도로 덮여 아물고 잊히지만, 가장 비밀스러운 방에서는 계속 살아남아 피를 흘리는 것이다.

　곧 이 새로운 감정이 두려워졌다. 나는 용서를 받고 싶어 하마터면 아버지의 발에 키스할 뻔했다. 하지만 누구라도 본질적인 것에 대해 용서를 구할 수는 없다. 어린아이 역시 현자와 마찬가지로 그 사실을 아주 깊이 느끼고 잘 아는 법이다.

　나는 내게 일어난 일을 곰곰이 생각하고 또 내일을 위한 방법도 궁리해야 함을 느꼈다. 하지만 그러지 못했다. 저녁 내내 오로지 우리 집 거실의 변화된 공기에 익숙해지는 일에만 몰두했기 때문이다. 벽시계와 탁자, 성경과 거울, 책꽂이와 벽에 걸린 그림들도 나와 작별을 고했다. 나의 세계, 선량하고 행복한 나의 삶이 이제 과거가 되는 모습을, 내게서 떨어져나가는 모습을 나는 얼어붙는 심정으로 지켜봐야 했다. 그리고 내가 수액을 빨아들이는 새로운 뿌리를 저 바깥 어둡고 낯선 곳에 내려 고정시켰음을 느껴야 했다. 나는 처음으로 죽음을 맛보았다. 죽음은 쓴맛이 났다. 죽음은 탄생이었고, 무시무시한 혁신에 대한 두려움과 공포이기도 했으니까.

　마침내 침대에 누웠을 때 나는 기뻤다! 방금 전에 최후의 연옥과도 같은 저녁예배까지 마쳤다. 우리는 모두 함께 내가 좋아하는 찬송가를 불렀다. 아, 나는 함께 노래하지 않았다. 음정 하나하나가 내게는 쓰디쓴 독약 같았다. 아버지가 기도문을 말하고 나서 마지막으로 "우리 모두와 함께하소서!" 하고 기도를 끝냈을 때도 나는 함께 기도하지 않았다. 급격한 경련이 이 모임에서 나를 밀쳐냈다. 하느님의 은총이 그들 모두와 함께해도 이제 나와는 함께하지 않는다. 나는 싸늘해진 마음으로 녹초가 되어 자리를 떴다.

한동안 침대에 누워 있으려니 따스함과 아늑함이 나를 포근히 감싸 안는데, 두려움에 사로잡힌 내 마음은 한번 더 길을 잃고 되돌아가서 지나간 일들 주변을 불안스레 이리저리 맴돌았다. 어머니는 언제나처럼 다가와 밤 인사를 했다. 어머니의 발소리가 여전히 방에 남아 있고, 어머니가 든 촛불 빛이 여전히 문틈으로 새어들어왔다. 이제, 이제 어머니가 다시 온다면—어머니가 무언가 낌새를 채고 내게 키스를 하며 물어본다면, 기운을 북돋아주는 다감한 목소리로 물어본다면, 나는 울 수 있으리라. 그럼 목구멍에 걸린 돌이 녹아버리고, 그럼 나는 어머니를 포옹하고 말씀드릴 텐데, 그러면 다 잘될 테고 구원을 받게 될 텐데! 문틈이 이미 어두워지고 난 다음에도 나는 한동안 더 귀를 기울이며 그럴 거라고, 틀림없이 그럴 거라고 생각했다.

그러고 나서 나는 그 일로 돌아와 원수의 눈을 들여다보았다. 그가 또렷이 보였다. 한쪽 눈은 가느스름하게 뜨고, 입은 야비한 웃음을 터뜨렸다. 내가 그를 바라보며 피할 수 없는 것들을 꾹 참고 있는 동안 그는 점점 커지고 추해졌다. 그 사악한 눈이 악마처럼 번득였다. 그는 내가 잠들 때까지 내 바로 곁에 있었다. 하지만 꿈속에서는 그가 보이지 않았고, 오늘 있었던 일도 보이지 않았다. 부모님과 누이들과 나는 배를 타고 있었는데, 휴일의 평화와 광채가 우리를 둘러쌌다. 한밤중에 깨어나 행복의 뒷맛을 느끼면서 누이들의 하얀 여름옷이 여전히 햇빛에 빛나는 모습을 보았다. 이런 천국에서 떨어져 사악한 눈을 지닌 원수와 마주보는 현실로 돌아왔다.

이튿날 아침에 어머니가 서둘러 와서, 벌써 늦었는데 어쩌자고 이렇게 침대에서 꾸물거리느냐고 외쳤을 때 나는 끔찍한 꼴이었다. 어디가 아프냐고 어머니가 물었을 땐 그만 토하고 말았다.

토하고 나니 좀 나은 듯싶었다. 나는 몸이 조금 아플 때 아침 내내 누운 채로 카밀러 차를 마시며 어머니가 옆방에서 청소하는 소리, 리나가 바깥 현관에서 푸줏간 주인을 맞이하는 소리를 듣는 게 참 좋았다. 학교에 가지 않는 오전은 무언가 마법과 같은, 동화와도 같은 데가 있었다. 방 안으로 아른아른 비쳐들어온 햇빛은 학교에서 초록색 커튼으로 가린 햇빛과는 달랐다. 하지만 그것도 오늘은 별맛 없이 가짜 울림만을 남겼다.

죽어버렸으면 얼마나 좋을까! 하지만 전에도 자주 그랬듯이 그냥 조금 아픈 것뿐이었다. 그런 걸로는 아무 일도 해결되지 않았다. 학교에 가는 일만은 막아주었지만, 열한시에 시장에서 나를 기다리는 크로머를 막아주지는 못했다. 이번에는 어머니의 상냥함도 아무런 위안이 되지 못했다. 그냥 부담스럽고 괴롭기만 했다. 나는 다시 잠든 척하면서 생각했다. 이 모든 건 아무 소용도 없다. 열한시에는 시장에 가 있어야 한다. 그래서 열시에 살며시 일어나 이제는 괜찮아졌다고 말했다. 이런 경우엔 늘 그랬듯이 도로 침대로 돌아가든지 아니면 오후에 학교로 가야 했다. 나는 학교에 가고 싶다고 말했다. 미리 계획을 세워두었던 것이다.

돈도 없이 크로머에게 갈 수는 없었다. 원래 내 것인 작은 저금통을 가져와야 한다. 저금통 안에는 충분한 돈이 들어 있지 않았다. 어림도 없었지만 그래도 약간은 들어 있다. 조금이라도 내놓는 쪽이 아예 안 내놓는 쪽보다는 낫다고, 적어도 크로머를 달래주긴 하리라고 무언가 본능 같은 것이 내게 일러주었다.

양말 발로 어머니 방에 살그머니 들어가 책상에서 내 저금통을 집어 오는데 기분이 나빴다. 하지만 어제처럼 그렇게 나쁘지는 않았다. 가 슴이 두근거려서 숨이 막힐 지경이었다. 계단 아래쪽에서야 저금통을 제대로 살펴보고 저금통에 자물쇠가 채워진 것을 발견했을 때도 그런 상태는 조금도 나아지지 않았다. 저금통을 깨뜨리기는 아주 쉬웠다. 얇은 양철격자만 뚫으면 되는 일이었다. 하지만 그것을 뚫으려니 마음 이 아팠다. 비로소 도둑질을 행한 것이다. 그때까지는 고작 사탕이나 과일을 슬쩍 집어먹는 정도였다. 하지만 이건 내 돈이라 해도 도둑질 이다. 다시 크로머와 그의 세계로 한 걸음 더 다가갔음을, 그렇듯 착실 하게 한 걸음씩 아래로 떨어지고 있음을 느꼈고, 그 느낌에 저항했다. 이제 악마가 나를 잡아간다 해도 돌아갈 길은 없었다. 두려움을 품은 채 돈을 헤아렸다. 저금통 속에서는 그토록 딸랑거리더니 막상 손안에 쥐고 보니 형편없이 적었다. 겨우 65페니히였다. 나는 저금통을 아래 층 복도에 숨겨두고 돈을 손에 꼭 쥐고는 집을 나섰다. 그전에 이 문을 나서던 때와는 영 딴판이었다. 위에서 누군가 나를 부르는 것만 같았 다. 나는 얼른 그곳을 떠났다.

아직 시간이 많았다. 달라진 도시의 골목길들을 이리저리 돌아서 걸었다. 전에 한 번도 본 적 없는 구름 아래로 나를 물끄러미 바라보는 집들을 지나치고 또 나를 수상쩍게 여기는 사람들 곁도 지나쳤다. 도중에 학교 친구 하나가 가축시장에서 1탈러를 주웠던 기억이 떠올랐다. 하느님께서 기적을 베푸시어 내게도 그런 발견을 허락해주십사 기도를 드리고 싶었다. 하지만 나는 이제 기도할 권리가 없었다. 그렇다 해도 저금통이 다시 온전해지지는 않을 것이다.

프란츠 크로머는 멀리서 나를 보고도 아주 천천히 다가왔다. 나를 쳐다보지도 않는 듯했다. 내가 가까이 다가가자 그는 자기를 따라오라고 눈짓으로 명령하고는 단 한 번도 돌아보지 않았다. 그리고 느긋하게 슈트로가세를 걸어내려가서 좁은 오솔길을 지나, 길 끄트머리에 있는 집들 옆쪽, 건축중인 건물 앞에 멈추었다. 그곳에 일하는 사람은 없었고, 문이나 창이 달리지 않은 벽들이 휑한 모습으로 서 있었다. 크로머는 사방을 둘러보고는 그 안으로 들어갔고 나도 그의 뒤를 따랐다. 그는 벽 뒤로 가서 나더러 자기 쪽으로 오라고 손짓하더니 손을 내밀었다.

"가져왔어?" 그가 냉정하게 물었다.

나는 움켜쥔 손을 주머니에서 꺼내 돈을 그의 손바닥에 털어놓았다. 그는 마지막 5페니히짜리 동전이 떨어지는 소리가 채 사라지기도 전에 벌써 다 헤아렸다.

"65페니히잖아." 그가 나를 바라보았다.

"응." 나는 기어들어가는 목소리로 대답했다. "그게 내가 가진 전부야. 너무 적지. 나도 알아. 하지만 그게 다야. 그 이상은 없어."

"네가 좀더 영리한 줄 알았는데." 그는 거의 온화하다 싶은 말투로 나무랐다. "명예를 아는 남자들 사이엔 질서가 있어야지. 난 너한테서 부당하게 뺏는 게 아니야. 너도 알 거야. 이 동전들은 도로 가져가라. 다른 사람은, 누군지 너도 알겠지, 다른 사람은 나한테 이렇게 에누리 하려곤 안 하거든. 그냥 돈을 다 주지."

"하지만 난 더이상은 없어. 그건 내 저금 전부야."

"그거야 네 사정이고. 하지만 난 널 불행하게 만들 생각은 없어. 넌 나한테 아직 1마르크하고 35페니히 빚진 거야. 그건 언제 받을까?"

"오, 물론 줄 거야, 크로머! 아직은 모르겠지만 어쩌면 금방, 내일 아니면 모레. 아버지한테 이 일을 말씀드릴 수 없다는 건 알겠지."

"나하곤 상관없어. 난 너를 해치려는 게 아니야. 나야 오늘 열두시 전이라도 내 돈을 받을 수 있어. 너도 알겠지만 난 가난하거든. 넌 그렇게 좋은 옷을 입고, 점심때는 나보다 훨씬 좋은 음식을 먹잖아. 하지만 아무 말도 안 하겠어. 조금 기다리지 뭐. 모레 내가 휘파람을 불게. 오후에 말이야. 그때까진 일을 끝내겠지. 내 휘파람 소리 알지?"

그는 휘파람을 불었다. 전에도 자주 듣던 소리였다.

"응, 알아." 나는 말했다.

그는 내가 누군지 모른다는 듯 휙 가버렸다. 그것은 우리 사이의 비즈니스일 뿐, 그 이상은 아니었다.

지금이라도 문득 크로머의 휘파람 소리가 다시 들린다면 나는 소스라치게 놀랄 것이다. 그후로 나는 그 소리를 자주 들었고, 지금도 여전히 그 소리가 들리는 것만 같다. 그 어떤 장소나 놀이, 그 어떤 일이나 생각이라도 그 휘파람 소리가 뚫고 들어오지 못하는 것은 없었고, 그 소리는 그때부터 나를 종속시켜 내 운명이 되고 말았다. 세상이 알록달록하게 물든 따사로운 가을날 오후면 나는 내가 무척 좋아하던 우리집 작은 꽃밭에 머물곤 했다. 나는 이전 시절의 아이들 놀이를 다시 하고 싶은 이상한 충동에 사로잡혔다. 나보다 조금 더 어린 소년, 아직 선량하고 자유롭고 아무런 잘못도 없는 품 안의 소년처럼 굴었다. 하지만 그 한가운데로 크로머의 휘파람 소리가 어디선가 들려오면, 언제나 그러려니 하면서도 늘 소스라칠 만큼 방해받고 놀라면서 맥이 끊기고 온갖 상상도 무너지곤 했다. 그럼 나는 가야만 했다. 나를 괴롭히는 녀석을 따라 고약하고 더러운 장소로 가서 그에게 변명하고 또 돈을 내놓으라는 추궁을 들어야 했다. 이 일은 기껏해야 몇 주 동안 계속되었지만 내게는 여러 해, 아니 영원히 계속되는 일만 같았다. 돈이 생기는 일은 드물었다. 5페니히 동전 또는 리나가 장바구니를 올려놓은 부엌 탁자에서 훔쳐낸 10페니히가 고작이었다. 나는 번번이 크로머에게 야단을 맞고 비웃음을 샀다. 그를 기만하고 그의 정당한 권리를 뺏는 사람은 오히려 나였다. 내가 그의 돈을 훔친 사람이었고, 내가 그를 불행하게 만드는 사람이었다! 살면서 그렇게 자주 절박함이 가슴까지 차오른 적이 없었으며, 그보다 더 큰 좌절과 더 큰 종속감을 느낀 적도 없었다.

저금통은 장난감 동전으로 채워서 도로 제자리에 가져다놓았고, 아무도 그에 대해 묻지 않았다. 하지만 언제라도 발각될 수 있는 일이었다. 크로머의 사나운 휘파람 소리보다도 어머니가 살그머니 내게로 다가오는 게 더 두려웠다. 혹시 저금통 일을 물어보려고 오신 걸까?

내가 여러 번이나 돈도 없이 나의 악마에게로 가곤 했기에 그는 다른 방법으로 나를 괴롭히고 이용하기 시작했다. 나는 그를 위해 일을 해야 했다. 그는 자기 아버지 심부름을 해야 했는데 내가 그것을 대신했다. 내게 힘든 일을 시키기도 했다. 십 분 동안 한 다리로 뜀뛰기, 지나가는 사람 재킷에 종잇조각 붙이기 따위였다. 수많은 밤 꿈속에서 이런 괴로움을 계속 겪으며 악몽으로 땀에 흥건히 젖곤 했다.

한동안 나는 아팠다. 자주 토했고 몸이 쉽게 차가워지곤 했으며 밤이면 땀과 열기에 젖었다. 어머니는 무언가가 잘못되었다고 느끼고 나를 더욱 세심하게 보살폈지만, 그것이 나를 괴롭혔다. 어머니에게 신뢰로 보답할 수 없었기 때문이다.

한번은 저녁에 이미 잠자리에 누워 있는데 어머니가 초콜릿 한 조각을 가져왔다. 낮 동안 착하게 굴면 저녁에 잠들 무렵 상으로 먹을 것을 받던 그 옛날 어린 시절을 생각나게 하는 일이었다. 지금 어머니가 그 자리에 서서 내게 초콜릿 한 조각을 내밀었다. 나는 너무나 고통스러워서 겨우 고개만 가로저었다. 어머니는 어디가 아픈지 묻고 내 머리를 쓰다듬었다. 나는 다만 이렇게 말했다. "싫어! 싫어! 아무것도 안 먹어!" 어머니는 초콜릿을 침대 옆 작은 탁자에 올려놓고 나갔다. 다음 날 어머니가 어젯밤 일을 물어보려고 했을 때 나는 아무것도 모르는 듯이 굴었다. 한번은 어머니가 의사를 불렀다. 의사는 나를 진찰하고 아침에 찬물로 씻으라는 처방을 내렸다.

당시 나는 일종의 착란상태였다. 우리 집의 질서정연한 평화 한가운데서 나는 유령처럼 소심하고도 고통스럽게 살며 다른 가족의 삶에 동참하지 못하고, 한 시간이라도 무언가에 열중하는 일이 드물었다. 나

한테 자꾸 이야기를 시키려던 아버지에게는 차갑고도 폐쇄적인 태도
만을 보였다.

카인

나를 고통에서 구한 것은 전혀 예상치 못한 측면에서 나타났다. 그와 함께 내 삶에 새로운 것이 들어왔는데 그것은 오늘날까지도 계속 영향을 미치고 있다.

얼마 전에 우리 라틴어 학교에 새로운 학생이 들어왔다. 그는 우리 도시로 이사 온 부유한 과부의 아들이었는데 소매에 상(喪)을 당했다는 표시를 달고 있었다. 그는 나보다 몇 살 위라서 상급 학년에 들어갔지만 다른 애들과 마찬가지로 내 눈에도 금방 띄었다. 이 특이한 학생은 실제보다 훨씬 더 나이들어 보였다. 그애는 누구에게도 소년이라는 인상을 주지 않았다. 우리 어린 사내아이들 사이에서 돌아다닐 때 그는 어른처럼, 아니 신사처럼 낯설고도 성숙해 보였다. 인기가 있는 편은 아니었다. 놀이에 끼지 않았으며, 싸움질에는 더욱 끼어들지 않았다. 다만 선생님들 앞에서도 자의식이 분명하고 단호한 말투가 다른 애들 마음에 들었을 뿐이다. 그의 이름은 막스 데미안이었다.

어느 날, 우리 학교에서는 이따금 있는 일이었지만, 어떤 이유에선지 매우 커다란 우리 교실에서 두 학급이 함께 모여 수업을 하게 되었다. 데미안이 속한 학급이 우리 교실로 왔다. 우리 저학년은 성서 이야기를 듣는 시간이었고 상급 학년은 작문 시간이었다. 카인과 아벨 이야기를 선생님의 일방적인 설명으로 듣고 있을 때 나는 자꾸 데미안을 건너다보았다. 그의 얼굴이 아주 독특하게 내 마음을 사로잡았기에, 영리하고 밝고 더없이 단호한 그 얼굴을 바라보았다. 총명하고도 주의 깊은 모습으로 작문에 열중하여 고개를 숙이고 있었다. 그는 과제를 하는 학생이 아니라, 오히려 자신의 문제에 몰두한 학자처럼 보였다. 그가 편안해 보이지는 않았다. 반대로 어딘가 거부감을 주는 요소가 있었다. 내겐 너무 우월하고도 차가웠고, 도전적일 정도로 확고하게 자신의 본질에만 머물러 있었다. 그 눈길에는 어른의 표정이 담겨 있었는데―아이들이 좋아하지 않는 표정이었다―약간의 조소가 어린 조금은 슬픈 모습이었다. 나는 그가 내 마음에 들든 아니든 계속 그를 바라보지 않을 수 없었다. 하지만 그가 내 쪽을 돌아보는 순간 나는 깜짝 놀라 눈길을 거두어들였다. 그가 학생 시절에 어떤 모습이었는지를 오늘날 돌이켜보면 아마 이렇게 말할 수 있으리라. 그는 모든 점에서 다른 애들과는 달랐다. 철저히 독특한 그만의 개성이 드러났고, 그 때문에 눈에 띄었다. 동시에 그는 남의 눈에 띄지 않으려고 갖은 애를 다 썼다. 농부의 자식들 사이에서 그들과 똑같아 보이려고 온갖 노력을 다하는 변장한 왕자처럼 행동했다.

학교에서 집으로 오는 길에 그가 내 뒤에서 걸어왔다. 다른 애들이 모두 흩어지고 나자 곁으로 다가와 내게 인사를 했다. 그의 인사는 우리 또래 아이들의 말투를 흉내냈는데도 퍽 어른스럽고 정중했다.

"잠깐 함께 갈까?" 그가 상냥하게 물었다. 나는 우쭐해져서 고개를 끄떡였다. 그러고는 내가 어디 사는지 설명했다.

"아, 거기야?" 그가 미소를 지으며 말했다. "그 집은 벌써 알아. 너희 집 현관문 위에 특이한 물건이 붙어 있더라. 그게 내 관심을 끌었거든."

처음에는 그가 무슨 말을 하는지 도통 알아들을 수가 없었고, 그가 나보다 우리 집을 더 잘 알아서 깜짝 놀랐다. 아마도 우리 집 현관 아치 맨 꼭대기에 있는 쐐기돌을 말하는 것 같았다. 일종의 문장(紋章)일 테지만 세월이 흐르면서 닳아 윤곽이 희미해지고 색깔도 덧칠했고, 내가 아는 한 우리 가족과는 아무런 상관도 없는 물건이었다.

"그건 나도 잘 몰라." 나는 수줍게 말했다. "새나 뭐 그런 걸 거야. 아주 오래되었을걸. 이 집이 옛날에는 수도원 건물이었대."

"그럴 것도 같다." 그가 고개를 주억거렸다. "한번 자세히 살펴봐! 그런 물건들은 아주 흥미롭거든. 내 생각에 그건 새매 같은데."

우리는 함께 걸었고 나는 완전히 마음을 뺏겼다. 무슨 재미있는 일이 떠올랐는지 데미안이 갑자기 웃음을 터뜨렸다.

"그래, 나도 너희들 수업을 들었잖아." 그가 활달하게 말했다. "이마에 표를 지니고 다닌다는 카인 이야기였어.* 그렇지? 그 이야기가 마음

____

* 「창세기」 4장 15절. "야훼께서는 누가 카인을 만나더라도 그를 죽이지 못하도록 그에게 표를 찍어주셨다."

에 들던?”

아니, 우리가 공부해야 하는 것 중에서 내 마음에 드는 것은 극히 드물었다. 하지만 나는 꼭 어른과 이야기할 때처럼 감히 그런 말은 하지 못했다. 그냥 그 이야기가 아주 마음에 든다고만 말했다.

데미안이 내 어깨를 토닥거렸다.

“나한테 거짓말할 필요는 없어. 하지만 그 이야기는 정말로 주목할 만해. 수업 시간에 나오는 대부분의 다른 이야기들보다 훨씬 주목할 만한 이야기지. 선생님은 그에 대해 그다지 많이 얘기하진 않았지만. 뭐 하느님이니 죄니 하는 흔한 이야기만 했지. 하지만 내 생각으론—”

그는 말을 멈추고는 미소를 짓더니 이렇게 물었다. “그런데 이 이야기가 재미있니?”

“그래, 그런 것 같구나.” 그가 말을 이었다. “이 카인의 이야기를 전혀 다르게 이해할 수도 있어. 우리가 배우는 대부분의 것들은 분명 참되고도 올바르지. 하지만 그 모든 것을 선생님이 설명하는 것과는 다르게도 볼 수 있거든. 그럼 이야기들이 대개 훨씬 더 나은 의미를 갖게 되지. 예를 들어 카인과 그의 이마에 찍힌 표만 해도 말이야, 선생님의 설명만으로는 썩 만족스럽지가 않거든. 너도 그렇게 생각하지 않니? 누군가 싸우다가 동생을 때려죽였다, 그런 일은 일어날 수 있어. 그리고 그가 나중에 두려움을 품고 물러났다, 그것도 가능한 일이지. 하지만 그가 겁쟁이라서 그 덕에 특별히 상을 받았다는 건 아무래도 이상해. 그를 보호해주고 다른 모든 사람에게 두려움을 불러일으킬 상을 말이야.”

“정말 그래.” 나도 흥미가 생겨서 말했다. 그 이야기가 내 마음을 사로잡기 시작했다. "하지만 이 이야기를 어떻게 다르게 설명해야 하지?"

그가 내 어깨를 토닥였다.

"아주 간단해! 표가 먼저 있었고, 그 표와 더불어 이야기가 시작된 거야. 그러니까 어떤 남자가 있었는데, 그는 얼굴에 다른 사람한테 두려움을 불러일으키는 어떤 요소를 지녔던 거지. 사람들은 감히 그를 건드리지 못했어. 그가 사람들 마음에 경탄을 불러일으켰거든. 그와 그의 후손들이 말이야. 어쩜, 아니 이건 분명해, 이마에 정말로 우표에 찍힌 소인 같은 어떤 표가 있지는 않았을 거야. 삶에서 그렇게 노골적인 일은 드물거든. 오히려 거의 알아채기 어려운 어떤 섬뜩한 요소가 있었겠지. 사람들한테 익숙한 것보다 약간 더 많은 정신력과 대담함이 눈길에 서려 있었겠지. 이 남자는 힘이 있었기에 이 남자 앞에선 사람들이 움츠러들었어. 그는 어떤 '표'를 갖고 있었단 말이지. 그건 좋을 대로 설명해도 돼. 그런데 '사람들'은 언제나 자기에게 편하고 좋은 것만을 바라거든. 사람들은 카인 족속에게 두려움을 느낀 거야. 그들에겐 어떤 '표'가 있으니까. 그렇다면 여기서 표라는 건, 정말로 존재하는 것 또는 일종의 훈장이라고 설명해서는 안 되고 오히려 그 반대로 설명해야지. 사람들은 이런 표를 지닌 작자들이 섬뜩하다고 말했어. 그들은 정말 섬뜩한 사람들이었으니까. 용기와 자기 성격을 지닌 사람들은 다른 사람들한테는 언제나 매우 섬뜩하게 생각되지. 두려움이 없고 섬뜩한 족속이 돌아다닌다는 건 정말로 불편한 일이거든. 그래서 사람들은 이 족속에게 별명을 붙여주고, 또 이야기를 덧붙여준 거야. 그 족속에게 복수하려고, 모두가 간신히 견디는 두려움을 별것 아닌 것처럼 만들려고 말이지. 이해하겠어?”

“그래, 그러니까, 그렇다면 카인은 전혀 나쁜 사람이 아니었다는 말이네? 그럼 성경에 나온 이야기도 전부 참말이 아니라는 거고?”

“그렇기도 하고 아니기도 해. 그렇게 오래된 이야기들은 언제나 참말이야. 하지만 그런 이야기들은 언제나 있는 그대로 기록되지도 않고, 언제나 제대로 설명되지도 않아. 짧게 말하자면 내 생각에 카인은 멋진 사람이었어. 사람들은 카인이 두려워서 그에게 그런 이야기를 덧붙여놓은 것뿐이지. 이야기는 그냥 소문일 뿐이야. 그러니까 사람들이 여기저기서 제멋대로 지껄여댄 거란 말이지. 카인과 그의 후손이 일종의 ‘표’를 지녔고, 대부분의 사람들과 달랐다는 것만이 진짜야.”

나는 매우 놀랐다.

“그렇다면 때려죽였다는 말도 전혀 참말이 아니라는 거야?” 나는 충격에 사로잡혀 물었다.

“아니, 그건 아니야! 그건 틀림없이 참말이야. 강한 자가 약한 자를 때려죽였어. 그게 정말로 자기 동생이었는지는 의심의 여지가 있지만. 그건 그리 중요하지 않아. 결국 모든 인간은 서로 형제니까. 그러니까 강자가 약자를 때려죽였다. 어쩌면 영웅적인 행동이었을 수도 아니었을 수도 있어. 하지만 다른 약자들은 이제 온통 두려움에 사로잡혔어. 그들은 몹시 탄식했지. 누군가가 ‘그럼 너희는 어째서 그를 때려죽이지 않았지?’ 하고 물으면 ‘우린 겁쟁이니까’라고 대답할 순 없었거든. 그래서 이렇게 대답한 거야. ‘그럴 순 없어. 그는 표를 지니고 있으니까. 하느님이 그에게 표를 찍어주셨거든!’ 대략 이런 식으로 속임수가 생겨난 거지. 어, 내가 널 너무 오래 붙잡고 있었나보다. 그럼 안녕!”

그는 알트가세로 꺾어들었고, 나는 그 어느 때보다 더욱 어리둥절해진 채로 혼자 남았다. 그가 가자마자 그가 한 모든 이야기가 전혀 터무니없이 여겨졌다. 카인이 고귀한 사람이고 아벨이 겁쟁이라니! 카인이 지닌 표가 뛰어남의 표지라니! 신을 모독하는 극히 파렴치하고 부조리한 말이었다. 대체 사랑의 하느님은 어디 계셨단 말인가? 하느님은 아벨의 제물을 받고 아벨을 사랑하지 않으셨던가? 아니, 멍청한 소리! 아마 데미안이 나를 놀리고 골탕을 먹일 작정이었던 모양이다. 그는 되게 약아빠진 녀석이고 말도 아주 잘하니까. 하지만, 아니야……

어쨌든 나는 이제껏 한 번도 성경 이야기나 다른 어떤 이야기에 대해 그토록 많은 생각을 해본 적이 없었다. 그리고 오래전부터 그렇게 한참 동안 프란츠 크로머 생각을 까맣게 잊어버린 적도 없었다. 여러 시간 동안, 저녁 내내 잊고 있었다. 집에서 성서에 나오는 카인과 아벨 이야기를 한번 더 자세히 읽었다. 짧고도 분명한 이야기였다. 여기서 특별히 비밀스러운 해석을 찾는다는 건 완전히 미친 짓이었다. 그랬다간 남을 때려죽인 사람이 모조리 자기가 신의 사랑을 받는 인간이라고 주장할 판이다! 아니, 이건 헛소리다. 다만 데미안이 이런 이야기를 너무나 당연하다는 듯이 그렇게 쉽고도 멋지게 설명한 방식만은 정말 훌륭했다. 게다가 그런 눈길을 하고서!

물론 나도 어딘가 정상이 아니었다, 아니 대단히 비정상이었다. 나는 밝고도 깨끗한 세계에서 살아왔다. 나 자신이 아벨 부류였다. 그런데 이제 나는 '다른' 세계에 아주 깊숙이 빠져 있었다. 그토록 나락으로 떨어져 가라앉아버려 근본적으로 어찌해볼 도리가 별로 없었다. 이제 어떻게 될 것인가? 그렇다, 지금 기억 하나가 번뜩이면서 한순간 숨이 멎을 것만 같았다. 지금의 불행이 시작되던 그 메스꺼운 저녁에 아버지와 함께 있을 때, 나는 한순간 아버지와 그의 밝은 세상과 그 지혜를 갑자기 꿰뚫어본 양 경멸했었다! 그렇다, 그 순간 나 자신이 카인이 되어 그 표를 지녔고, 그 표는 수치가 아니라 뛰어남의 표지였다. 나는 나의 사악함과 불행으로 아버지보다 더 높은 자리에, 선하고 경건한 사람들보다 더 높은 자리에 올라서 있었던 것이다.

당시 나는 이렇듯 명료한 생각의 형태로 그 일을 경험하지는 않았다. 하지만 이 모든 것이 그 안에 포함되어 있었다. 그것은 그냥 타오르는 감정의 불길, 고통을 주면서도 자부심으로 나를 가득 채운 이상한 동요의 불길이었다.

곰곰 생각해보니—데미안은 겁이 없는 사람과 겁쟁이들에 대해 얼마나 이상하게 말했던가! 카인의 이마에 나타난 표를 얼마나 독특하게 해석했던가! 그의 눈, 어른의 특이한 눈은 얼마나 기묘하게 빛났던가! 그리고 막연히 이런 생각이 내 머리를 총알처럼 뚫고 지나갔다. 그가, 그러니까 저 데미안 자신이 카인 부류가 아닐까? 그가 스스로 카인과 비슷하다고 느끼지 않는다면 어째서 카인을 저렇게 변호하는 거지? 그의 눈길은 어째서 저런 힘을 지닌 거지? 그는 어째서 '다른' 사람들, 두려워하는 자들에 대해, 그들이야말로 신의 마음에 드는 경건한 사람들인데, 저렇게 비웃듯이 이야기하는 거지?

이런 생각이 끝도 없이 이어졌다. 그것은 내 어린 영혼이라는 샘에 떨어진 돌멩이였다. 한동안, 아니 아주 오랫동안 카인, 때려죽임, 표 따위가 내 생각의 중심점이 되었다. 깨달음, 의심, 비판을 시도할 때마다 나는 늘 이 중심점에서 출발하곤 했다.

다른 학생들도 데미안에게 커다란 관심을 보이는 것이 눈에 띄었다. 카인의 이야기를 그 누구에게도 하지 않았건만 그는 다른 아이들의 관심도 사로잡은 듯했다. 적어도 '전학 온 학생'에 대한 많은 소문이 돌았다. 내가 그런 소문들을 모두 안다면 그 소문 하나하나로 그를 조명해볼 수 있을 것이고, 그 하나하나를 해석할 수 있을 것이다. 하지만 내가 아는 것이라곤 처음에 데미안의 어머니가 아주 부자라는 소문이 퍼졌다는 정도였다. 그녀가 한 번도 교회에 가지 않았으며 아들도 그렇다는 말도 있었다. 누군가는 그들이 유대인일지 모른다고 했고, 비밀스러운 이슬람교도일지 모른다는 말도 돌았다. 막스 데미안의 체력에 대한 동화 같은 이야기도 퍼졌다. 그의 학년에서 가장 힘이 센 녀석이 데미안에게 싸움을 걸었는데 데미안이 거부하자 겁쟁이라고 불렀다가 톡톡히 망신을 당했다는 것만은 분명했다. 그 자리에 있었던 애들 말로는 데미안이 그 녀석의 목덜미를 한 손으로 움켜쥐고 꼭 누르자 녀석은 창백해져서 나중에 줄행랑을 놓았는데, 며칠씩이나 한쪽 팔을 쓰지 못했다고 한다. 저녁 나절 동안에는 그가 죽었다는 소문까지 퍼졌다. 한동안 온갖 소문들이 떠돌았다. 하나같이 자극적이고 놀라운 것들이었다. 그러다가 한동안은 잠잠했다. 하지만 얼마 지나지 않아 학생들 사이에 새로운 소문들이 돌았다. 데미안이 여자아이와 교제를 하고 있으며, '모든 것을 안다'는 소문이었다.

그사이에도 프란츠 크로머와의 일은 줄곧 피할 수 없는 길을 가고 있었다. 나는 그에게서 벗어나지 못했다. 중간중간 그가 며칠씩 나를 건드리지 않고 가만 놓아두어도 나는 그에게 묶여 있었다. 꿈속에서 그는 내 그림자처럼 나와 함께 살았고, 내 상상력은 그가 현실에서 하지 않은 일을 꿈속에서 하게 만들었다. 꿈속에서 나는 완전히 그의 노예였다. 나는 현실보다 오히려 이런 꿈속에서 살았는데—늘 꿈을 많이 꾸는 편이었기에—이런 그림자에 힘과 생기를 뺏겼다. 크로머가 나를 괴롭히는 꿈을 자주 꾸었다. 그가 내게 침을 뱉고 무릎으로 깔아뭉개는 꿈이었다. 그보다 더 나쁜 것은 그가 나를 끔찍한 범죄로 이끌어가는 것이었다. 이끌어간다기보다 그의 무시무시한 힘으로 그냥 강요했다. 이런 꿈들 중에서 가장 끔찍한 것은 내가 아버지를 죽이려 하는 꿈이었는데, 나는 절반쯤 미치광이가 되어 그 꿈에서 깨어났다. 크로머가 칼을 갈아 내 손에 쥐여주었다. 우리는 큰 가로수 길의 나무들 뒤에 숨어서 누군가를 기다렸는데, 나는 누구를 기다리는지는 몰랐다. 그 누군가가 다가오자 크로머는 내 팔을 꾹 눌러서 내가 칼로 찌를 사람이 바로 그 사람임을 알려주었다. 그 사람은 나의 아버지였다. 그 순간 나는 깨어났다.

이런 일들을 두고 나는 카인과 아벨 생각을 하기는 했지만 데미안 생각은 별로 하지 않았다. 그가 내게 다시 가까이 온 것도 이상하게 꿈속에서였다. 나는 다시 전에 견디던 그 끔찍한 학대와 폭력을 꿈속에서 겪었는데, 이번에는 무릎으로 나를 깔아뭉개는 사람이 크로머가 아니라 데미안이었다. 그리고—이것은 완전히 새로운 일로 내게 깊은 인상을 남겼는데—크로머에게서 고통스럽게 저항하며 견뎌낸 모든 일을 데미안에게서는 두려움과 기쁨이 공존하는 마음으로 기꺼이 견뎠다. 그런 꿈을 두 번 꾸고 나자 크로머가 다시 그 자리를 차지했다.

꿈에서 겪은 일과 현실에서 겪은 일을 이제 와서 아주 정확하게 구분하지는 못한다. 그래도 어쨌든 크로머와의 고약한 관계는 계속되었고, 순전히 좀도둑질을 해서 그에게 빚진 돈을 다 갚고 나서도 끝나지 않았다. 절대로 끝나지 않았다. 그가 언제나 돈이 어디서 났는지 물어서 나의 좀도둑질에 대해 알아두었기 때문이다. 덕분에 나는 전보다 더욱 단단히 그의 손아귀에 잡혔다. 이제는 아버지에게 모든 일을 이르겠다고 자꾸 협박했다. 그럴 때면 두려움보다는 오히려 처음부터 나 자신이 아버지에게 말씀드리지 않았다는 후회가 더 컸다. 하지만 나는 아무리 비참해도 모든 일을 다 후회하지는 않았고, 적어도 항상 후회만 하지는 않았다. 이따금은 모든 일이 이럴 수밖에 없다는 느낌도 들었다. 불운은 이미 내 머리 위에 드리워 있었고, 그것을 부수고자 해도 헛일이었다.

이런 상황에서 아마 우리 부모님도 적잖이 고통을 받았던 것 같다. 낯선 유령이 덮친 뒤로 나는 그렇게도 친밀하던 우리 집 생활과 어울리지 못하게 되었던 것이다. 마치 잃어버린 낙원을 향한 그리움처럼 그 생활에 대한 미칠 듯한 그리움이 나를 사로잡곤 했다. 나는 어머니에게서는 악당이라기보다는 오히려 환자 대우를 받았다. 하지만 진짜 사정이 어떤지는 두 누이의 태도를 보면 가장 잘 알 수 있었다. 매우 조심스러우면서도 나를 끝없이 비참하게 만든 누이들의 태도에서, 내가 야단치기보다는 오히려 탄식하는 쪽이 더 어울리는, 그러면서도 속엔 사악함이 자리를 잡은 일종의 정신병자임이 분명히 드러났다. 나는 가족들이 전과는 다르게 나를 위해 기도하고 있음을 느꼈고, 이런 기도가 아무 소용도 없음을 느꼈다. 풀려나고픈 바람과 솔직히 고백하고픈 갈망을 때때로 열렬히 느꼈지만, 그러나 아버지에게도 어머니에게도 모든 일을 제대로 말씀드리지 못하리라는 사실을 알았다. 부모님은 그 일을 따스하게 받아들이고 나를 보호해주리라는 사실을, 나를 딱하게 여기리라는 사실을 알고 있었지만, 완전히 이해하지는 못할 것이다. 이 전체가 실은 운명이건만 그냥 일종의 탈선이라고만 여길 것이다.

많은 이들이 채 열한 살도 되지 않은 아이가 그런 감정을 느낄 수 있다는 걸 믿지 않으리란 사실을 안다. 나는 그런 사람들에게 내 이야기를 하는 것이 아니다. 인간을 더 잘 아는 사람들에게 이 이야기를 하는 것이다. 자기 느낌의 일부를 생각으로 바꾸는 법을 배운 어른들은, 아이에게는 그런 생각이 없으니까 체험도 없으려니 여긴다. 하지만 나는 살면서 당시처럼 그토록 깊이 체험하고 고통받은 적이 드물었다.

어느 비 오는 날에 나는 나를 괴롭히는 녀석에게서 성 앞 광장으로 나오라는 부름을 받고 그곳에서 기다리면서, 아직도 물방울이 뚝뚝 듣는 검은 밤나무에서 떨어지는 젖은 나뭇잎을 두 발로 헤집고 있었다. 돈은 없었지만 크로머에게 무엇이라도 주어야겠기에 케이크 두 조각을 가지고 나온 참이었다. 나는 이미 오래전부터 그렇게 어느 구석엔가 서서 때로는 한참 동안 그를 기다리는 데 익숙해져 있었다. 피할 수 없는 일을 받아들이듯 나는 그 상황을 받아들이고 있었다.

마침내 크로머가 왔다. 이날 그는 오래 머물지 않았다. 내 갈비뼈를 몇 대 가볍게 치고는 웃으면서 케이크를 받았다. 심지어 내게 축축한 담배를 권하기까지 했다. 나는 물론 받지 않았지만 그는 어쨌든 평소보다 더 친절했다.

"그래." 그가 떠나면서 말했다. "잊어버릴까봐 말해두는데, 다음번엔 누나를 데려와라. 누나 이름이 뭐더라?"

나는 무슨 말인지 도무지 알 수가 없었고 그래서 대답도 하지 않았다. 그냥 놀라서 그를 물끄러미 바라보았다.

"모르겠어? 누나를 데려오란 말이야."

"그래, 크로머. 하지만 그건 안 돼. 그럴 순 없어. 누나도 분명 오지 않을 거야."

나는 그가 또 트집을 잡고 구실을 만들어내는 거라 생각했다. 그는 자주 그랬다. 무언가 불가능한 일을 요구하고 나를 두려움으로 몰아넣어 기를 꺾고는 다시 천천히 흥정을 하는 것이다. 그러면 나는 돈이나 다른 선물을 주고 거기서 풀려나곤 했다.

하지만 이번에는 사뭇 달랐다. 나의 거절에 그다지 화를 내지 않았다.

"그야 뭐." 그는 얼버무리며 말했다. "잘 생각해봐. 난 네 누나와 알고 지내고 싶은 거야. 어떻게든 될 거 아니야. 그냥 산책을 가자고 데리고 나오면 내가 거기 낄 수도 있고. 내일 휘파람을 불게, 다시 한번 얘기해보자."

그가 떠나자 갑자기 그의 욕망의 의미 일부가 아슴푸레 머릿속에 떠올랐다. 나는 아직 어린아이에 지나지 않았지만 그래도 소문으로 들어서 소년들과 소녀들이 조금 더 나이가 들면 뭔가 비밀스럽고 상스러운, 금지된 일들을 함께 하기도 한다는 사실을 알고 있었다. 이제 그러니까 내가 ― 갑자기 그게 얼마나 끔찍한 일인지 아주 분명하게 깨달았다! 즉시 절대로 그렇게는 하지 않겠다고 단단히 결심했다. 하지만 그런 다음에는 무슨 일이 일어날지, 크로머가 내게 어떻게 복수할지에 대해선 감히 생각조차 할 수 없었다. 이제 새로운 고문이 시작되었다. 아직도 충분치 못했던 것이다.

아무런 위안도 없이 두 손을 호주머니에 집어넣고 텅 빈 광장을 가로질러 걸었다. 새로운 고통, 새로운 종살이였다!

그때 산뜻하고 낮은 목소리가 나를 불렀다. 나는 깜짝 놀라 달리기 시작했다. 누군가 내 뒤로 달려오더니 손 하나가 나를 부드럽게 붙잡았다. 막스 데미안이었다.

나는 그렇게 붙잡혀 있었다.

"너였어?" 나는 불안스레 말했다. "깜짝 놀랐잖아!"

그는 나를 찬찬히 바라보았다. 그의 눈길이 그때보다 더 어른스럽고 우월하고 꿰뚫어보는 듯한 눈길이었던 적은 없었다. 우리가 함께 이야기를 나눈 지도 한참 되었다.

"그거 참 유감인걸." 그가 정중하면서도 아주 확고한 태도로 말했다. "하지만 들어봐, 사람이 무언가에 그렇게까지 놀라서는 안 되지."

"그래, 그렇지만, 그럴 수도 있는 거지."

"사정이 이런 것 같은데. 만일 네게 아무 짓도 안 한 누군가를 보고 그렇게 소스라치게 놀란다면 그 사람은 생각을 하기 시작하지. 이상한 일이라 호기심이 생기는 거야. 그는 네가 이상하게 잘 놀란다고 여기고 계속 이렇게 생각해. 두려움을 느낄 때만 그러는 법인데, 하고 말이야. 겁쟁이들은 늘 두려워하지. 하지만 내 생각에 넌 원래 겁쟁이가 아니야. 안 그래? 오, 물론 그렇다고 영웅도 아니지만. 넌 지금 무서워하는 것들이 있어. 무서워하는 사람들도 있고. 하지만 누구도 그런 게 있어선 안 돼. 절대로 사람을 무서워해서는 안 돼. 너, 나를 무서워하는 건 아니지? 아니, 무서워하고 있나?"

"오, 아니야, 전혀 안 무서워."

"좋아. 그거 봐. 하지만 네가 무서워하는 사람들이 있지?"

"모르겠어…… 나 좀 내버려둬, 나한테 뭘 바라는 거야?"

그는 나와 함께 걸음을 옮겼다. 나는 도망칠 생각으로 더욱 빨리 걸었다. 옆에서 내게 닿는 그의 눈길을 느꼈다.

"이렇게 생각해보자." 그가 다시 말을 이었다. "내가 너한테 좋은 마음을 품고 있다고 말이야. 어쨌든 나를 두려워할 필요는 없어. 나는 너한테 실험을 해보고 싶어. 재미도 있고, 게다가 아주 쓸모 있는 걸 배울 수 있는 실험이지. 잘 봐! 나는 이따금 사람들이 생각 읽기라고 부르는 기술을 시험해보곤 하거든. 이건 마법은 아니야, 하지만 그 방법을 모른다면 무척 이상하게 보일 거야. 그걸로 사람들을 아주 깜짝 놀라게 할 수 있으니까. 자, 한번 시험해보자. 그러니까 나는 너를 좋아해. 아니면 적어도 네게 관심이 있고. 그래서 네 안에 숨어 있는 듯 보이는 것을 밖으로 끄집어내고 싶어. 그렇게 하려고 벌써 첫걸음은 내디뎠어. 내가 너를 깜짝 놀라게 만들었으니까. 그러니까 넌 잘 놀라는 거지. 네가 두려움을 느끼는 일들과 사람들이 있는 거야. 그게 대체 어디서 왔을까? 사람은 그 누구도 두려워할 필요가 없는데 말이지. 누군가를 두려워한다면, 그건 그 사람에게 자기를 지배할 힘을 내주었기 때문이야. 예를 들어 어떤 못된 짓을 했어. 그런데 다른 녀석이 그 사실을 안다. 그러면 그가 너를 지배할 힘을 갖게 되는 거지. 알아듣겠니? 아주 분명하지. 안 그래?"

나는 어쩔 바를 모르고 그의 얼굴을 바라보았다. 그 얼굴은 언제나 그렇듯이 진지하고 총명하고 선량했지만, 전혀 상냥하지는 않고 오히려 엄격했다. 정의감 또는 그 비슷한 것이 어려 있었다. 나는 내게 무슨 일이 일어나고 있는지 몰랐다. 그가 마법사처럼 내 앞에 서 있었다.

"알아들었니?" 그가 다시 물었다.

나는 고개를 끄떡였다. 말은 전혀 할 수가 없었다.

"그래, 물론 이 생각 읽기란 웃기는 일처럼 보이지. 하지만 아주 자연스럽게 되는 것이기도 해. 예를 들면 내가 언젠가 카인과 아벨 이야기를 들려주었을 때 네가 나를 어떻게 생각했는지 상당히 정확하게 말할 수 있어. 물론 그건 지금 어울리는 얘긴 아니지만. 또 네가 언젠가 내 꿈을 꾸었을지도 몰라. 하지만 그건 그렇고! 너는 똑똑한 아이야, 대부분의 아이들은 멍청한데 말이지! 나는 이따금 내가 믿을 만한 똑똑한 소년과 이야기하고 싶은데, 그건 괜찮겠지?"

"물론이지. 다만 난 전혀 모르겠는데……"

"그냥 이 재미있는 실험을 계속하기로 하자. 우리는 그러니까 이런 사실을 알게 된 거야. 소년 S는 잘 놀란다, 누군가를 두려워한다, 그는 분명 이 누군가와 퍽 불쾌한 비밀을 나누고 있다. 자, 대강 맞니?"

나는 꿈속에서처럼 그의 목소리, 그의 영향력에 굴복했다. 나는 그냥 머리만 끄떡였다. 저 목소리는 오직 내게서만 나올 수 있는 이야기를 하고 있지 않은가? 저 목소리가 모든 것을 알고 있나? 저 목소리는 모든 것을 나 자신보다 더 잘, 더 분명히 알고 있나?

데미안이 내 어깨를 힘차게 두들겼다.

"그래, 맞구나. 그럴 거라 생각했어. 이젠 단 한 가지 질문만 남았어. 아까 저기서 가버린 그 아이 이름이 뭔지 아니?"

나는 소스라치게 놀랐다. 건드려진 나의 비밀이 고통스럽게 내 안으로 움츠러들어서는 도무지 밖으로 모습을 드러내려 하지 않았다.

"어떤 아이 말이야? 나 말고는 아무도 없었는걸."

그가 웃음을 터뜨렸다.

"그냥 말해!" 그가 웃었다. "그애 이름이 뭐지?"

나는 속삭였다. "프란츠 크로머 말이야?"

그는 만족해서 고개를 끄떡거렸다.

"브라보! 넌 빠른 녀석이다. 우린 친구가 될 거야. 이제 너한테 이 말을 해야겠다. 그 크로머, 아니 그애 이름이 뭐든, 걔는 나쁜 녀석이다. 그 녀석 얼굴이 악당이라고 말해주고 있어. 네 생각은 어때?"

"오, 물론이지." 나는 안도의 한숨을 내쉬었다. "그애는 나빠. 악마야! 하지만 그앤 이런 일을 몰라야 하는데! 맙소사, 그앤 몰라야 해. 걔를 알아? 걔가 너를 알아?"

"안심해. 그애는 갔어. 그리고 그앤 나를 알지 못해, 아직은 말이지. 하지만 나는 녀석을 기꺼이 알고 싶은걸. 걔 초등학교 다니지?"

"응."

"몇 학년이야?"

"5학년. 하지만 걔한테 아무 말도 하지 마. 제발, 제발 아무 말도 말아줘!"

"걱정 말라니까. 너한텐 아무 일도 안 생겨. 너, 나한테 그 크로머 이야기를 좀더 해줄 생각은 없겠지?"

"난 못 해. 아니, 나 좀 내버려둬." 그는 한동안 침묵했다.

"유감이다." 그러더니 그는 이렇게 말했다. "우린 이 실험을 더 진행

해볼 수 있었을 텐데. 하지만 널 괴롭힐 생각은 없어. 그 녀석을 두려워하는 게 옳지 않다는 건 너도 알지, 안 그래? 그런 두려움은 우리를 완전히 망가뜨려. 그런 건 없애버려야 해. 진짜 사나이가 되려면 그걸 없애버려야 해. 알아듣겠니?"

"물론, 네 말이 옳아…… 하지만 그게 안 돼. 넌 모르지……"

"너, 내가 많은 것을 알고 있는 걸 보았지. 네가 생각하는 것보다 더 많이 말이야. 걔한테 돈을 빚지고 있니?"

"응, 그렇기도 해. 하지만 그건 중요한 게 아니야. 난 말 못 해. 할 수가 없어!"

"그러니까 빚진 만큼 돈을 너한테 준다고 해도 아무 소용이 없겠구나? 내가 그 돈을 줄 수도 있는데."

"아니, 아니야. 그건 아니야. 제발 부탁인데 아무한테도 이야기하지 말아줘! 단 한 마디도! 넌 나를 불행하게 해!"

"날 믿어, 싱클레어. 넌 뒷날 너희들의 비밀을 내게 말하게 될 거야."

"절대로, 절대로 아니야!" 나는 격하게 외쳤다.

"너 하고 싶은 대로 해. 난 그냥 어쩌면 뒷날 네가 나한테 말할지도 모른다는 말이니까. 당연한 일이지만 네 마음이 내키면 말이야! 설마 내가 크로머 녀석처럼 그런 짓을 할 거라고 생각하는 건 아니겠지?"

"오, 아니야. 하지만 넌 그 일을 전혀 모르잖아."

"전혀 모르지. 다만 그 일에 대해 생각해보는 것뿐이야. 그리고 난 크로머가 한 것 같은 그런 짓은 절대로 안 할 거야. 내 말 믿어. 넌 나한테 빚진 게 없잖아."

우리는 한동안 침묵했다. 나는 차츰 마음이 차분해졌다. 하지만 데미안이 그 일을 안다는 사실이 점점 더 수수께끼처럼 생각되었다.

"이젠 집에 가야겠다." 그가 말하더니 빗속에서 두툼한 모직코트를 단단히 여몄다. "한 가지만 더 말할게. 어차피 여기까지 왔으니까. 넌 그 녀석을 떨쳐버려야 해! 다른 방법이 전혀 통하지 않으면 녀석을 때려죽여버려! 그렇게 한다면 내게 깊은 인상을 줄 거고 나도 좋아할 거야. 나도 널 돕겠어."

거듭 두려움이 생겨났다. 카인의 이야기가 불현듯 다시 떠올랐다. 섬뜩한 기분이 들어서 나는 조용히 울기 시작했다. 너무 많은 섬뜩한 일이 내 주변을 맴돌고 있었다.

"좋아." 막스 데미안이 미소를 지었다. "집으로 가! 우리는 잘해낼 거야. 때려죽이는 게 가장 간단하긴 하지만. 이런 일은 가장 간단한 게 가장 좋은 방법이거든. 네 친구 크로머 곁에서 네게 좋은 일은 없을 거야."

나는 집으로 돌아왔다. 한 1년쯤 떠나 있었던 것만 같았다. 모든 것이 달라 보였다. 나와 크로머 사이에 미래나 희망 같은 무언가가 생겼다. 나는 이제 혼자가 아니었다! 이제야 비로소 몇 주 내내 비밀을 끌어안은 채 혼자였던 게 얼마나 끔찍한 일이었는지 알았다. 여러 번이나 생각하고 또 생각하던 일이 바로 떠올랐다. 부모님 앞에서 고백을 하면 마음이 가벼워질 수는 있어도 완전히 구원받을 수는 없으리라는 사실 말이다. 이제 나는 고백을 한 셈이었다, 다른 사람한테, 낯선 사람한테. 그러자 구원의 예감이 강렬한 향기처럼 풍겨왔다!

내 두려움은 여전히 극복되지 못한 상태였지만 나는 적과의 길고도 끔찍한 대결을 각오했다. 그럴수록 모든 것이 그토록 고요하고, 그토록 완전히 비밀스럽고도 평온한 채로 지나가는 것이 이상하기만 했다.

우리 집 앞에서 크로머의 휘파람 소리가 사라졌다. 하루, 이틀, 사흘, 일주일 동안이나. 나는 감히 믿을 수가 없었고, 전혀 예기치 못한 순간에 그가 별안간 다시 나타나지 않을까 내심 기다렸다. 하지만 그는 나타나지 않았다! 나는 새로운 자유를 의심하면서 여전히 그 사실을 믿지 못했다. 마침내 프란츠 크로머와 부딪칠 때까지. 그는 내 바로 정면에서 자일러가세를 걸어내려오고 있었다. 그는 나를 보고 흠칫하더니 얼굴을 사납게 일그러뜨리면서 나를 피해 돌아서서 가버렸다.

나로서는 생각지도 못한 순간이었다! 나의 원수가 내 앞에서 도망치다니! 나의 사탄이 나를 두려워하다니! 기쁨과 놀라움이 거듭 내 몸을 뚫고 지나갔다.

그즈음 데미안이 한 번 모습을 나타냈다. 학교 앞에서 나를 기다리고 있었다.

"안녕." 내가 말했다.

"안녕, 싱클레어. 그냥 네가 어떻게 지내는지 궁금해서. 크로머는 이제 널 괴롭히지 않지? 안 그래?"

"네가 그랬어? 하지만 대체 어떻게? 대체 어떻게? 정말 모르겠다. 녀석이 완전히 사라져버렸어."

"그거 잘됐다. 녀석이 다시 돌아오면—난 안 그럴 거라고 생각하지만 워낙 뻔뻔한 자식이니까—개한테 데미안을 생각하라고만 말해라."

"하지만 대체 무슨 일이야? 개하고 싸우기라도 했어? 패주기라도 했어?"

"아니, 난 그런 짓은 좋아하지 않아. 그냥 이야기를 했지. 너하고 이
야기한 것처럼. 녀석에게 널 가만 내버려두는 게 저한테도 유리할 거
라고 분명히 일러주었을 뿐이야."

"그렇다면 개한테 돈을 주지도 않았단 말이지?"

"그래, 이 친구야. 그건 네가 이미 해본 방법이잖아."

내가 자세히 물어보려 하자 그는 물러나버렸고, 나는 그에 대해 옛
날의 답답한 느낌을 간직한 채 혼자 남았다. 고마움과 수줍음, 경탄과
두려움, 애착과 내면의 거부감이 기묘하게 뒤섞인 느낌이었다.

나는 그를 곧 다시 만나리라 생각했다. 그러면 이 모든 일에 대해 그
와 이야기해야지. 카인 문제에 대해서도.

하지만 그렇게 되지 않았다.

고마움의 감정이란 도무지 신뢰할 만한 미덕이 아니다. 그런 걸 어
린아이한테 요구하는 것은 잘못된 일 같다. 그런 만큼 내가 막스 데미
안에게 보여준 철저한 배은망덕은 아주 이상할 것도 없다. 지금도 나
는 그가 나를 저 크로머의 손아귀에서 빼내주지 않았더라면 평생 병들
고 망가진 사람이 되었으리라 확신한다. 당시에 이미 그 구원이 내 어
린 시절의 삶에서 가장 큰 체험이라고 느꼈다. 그러나 나를 구원해준
사람이 그런 기적을 행하자마자 나는 그를 그대로 무시해버렸다.

이미 말했듯이 배은망덕이 이상하게 생각되지는 않는다. 내가 보인
호기심의 결핍이야말로 이상한 일이다. 데미안이 내게 알려준 그 비밀
을 더 자세히 탐색하지 않고 어떻게 단 하룻들 편안히 사는 게 가능했
단 말인가? 카인에 대해서, 크로머에 대해서, 그리고 생각 읽기에 대해
서 더 듣고 싶다는 열망을 대체 어떻게 누를 수가 있었단 말인가?

이해하기 어려운 일이지만 정말로 그랬다. 나는 갑자기 악마의 그물에서 풀려난 나 자신을 보았고, 밝고도 즐거운 모습으로 다시 내 앞에 놓인 세상을 보았다. 두려움의 발작과 목을 조르는 듯한 두근거림이 사라졌다. 속박이 깨졌고 나는 이제 고문당하는 저주받은 자가 아니라 다시 평범한 학생이 되었다. 내 천성은 가능한 한 빨리 균형과 평화로 되돌아가려 했고, 수많은 추하고 위협적인 것을 떨쳐내고 잊어버리려고 갖은 노력을 다했다. 놀랄 만큼 빠른 속도로 내 잘못과 두려움의 그 긴 이야기가 기억에서 사라졌다. 언뜻 보기에는 그 어떤 흉터나 인상도 남기지 않은 채.

동시에 내게 도움을 준 구원자마저 똑같이 빨리 잊으려 했음을 지금은 이해한다. 나는 손상된 영혼의 온갖 추진력과 힘을 모아 내 저주의 골짜기로부터, 크로머에게서 겪은 두려운 종살이로부터 도망쳐 예전의 행복하고도 만족스럽던 상태로 되돌아갔다. 이제 다시 문이 열린 잃어버린 낙원으로, 아버지와 어머니의 밝은 세계로, 누이들에게로, 순수함의 향기로, 아벨처럼 하느님의 뜻으로.

데미안과 짧은 대화를 나눈 그날, 자유를 되찾았음을 완전히 확신하고 악몽이 되돌아올까 더는 걱정하지 않게 된 그날에, 나는 그동안 그토록 간절히 바라던 일을 했다. 고백을 한 것이다. 어머니한테 가서 자물쇠가 깨진 저금통을 보여드리고, 그 안에 진짜 돈 대신 장난감 돈이 들어 있는 것을 보여드렸다. 내가 나 자신의 잘못으로 얼마나 오랫동안 악당에게 묶여 있었는지를 말씀드렸다. 어머니는 전부 이해하지는 못했지만, 저금통을 보고, 내 변한 눈길을 보고, 또 내 변한 목소리를 듣고 내가 이제 다 나았음을, 다시 어머니에게 돌아왔음을 느꼈다.

이제 나는 격앙된 마음으로 내가 다시 받아들여졌다는 사실을, 잃어버린 아들의 귀향을 축하했다. 어머니는 나를 아버지에게로 데려가서 이야기를 되풀이했고, 질문과 놀람의 외침들이 터져나왔고, 두 분은 내 머리를 쓰다듬으며 오랜 답답함에서 벗어나 안도의 숨을 쉬었다. 모든 것이 훌륭했고, 모든 것이 이야기에 나오는 것 같았으며, 모든 것이 풀려 경이로운 하모니를 이루었다.

이제 나는 진짜 정열을 품고 이런 하모니로 도망쳐 들어갔다. 나의 평화와 부모님의 신뢰를 되찾은 일은 아무리 누려도 성에 차지 않았다. 나는 집안의 모범생이 되어 이전보다 누이들과 더 많이 어울리고, 예배 시간에는 구원받고 회개한 사람의 감정을 다해 좋아하는 옛날의 찬송가들을 함께 불렀다. 그것은 마음으로부터 일어난 일로, 거기에 거짓은 없었다.

그런데도 그건 전혀 정상이 아니었다! 그리고 바로 이 지점에서만 내가 데미안을 그토록 쉽게 잊어버린 일이 제대로 설명된다. 나는 그에게 고백을 했어야 했다! 그 고백은 덜 화려하고 덜 감동적이겠지만 내게는 아마 더욱 풍부한 결실을 가져왔을 것이다. 이제 나는 내 온갖 뿌리를 모조리 동원해서 이전의 낙원 같은 세계에 달라붙었다. 나는 집으로 돌아왔고 자비롭게 받아들여졌다. 하지만 데미안은 절대로 이 세계에 속하지 않았고 여기 어울리지도 않았다. 그는 크로머와는 달라도 여전히 유혹하는 자였고, 그 역시 나를 악하고 나쁜 이 두번째 세계와 연결시키는 존재였다. 바로 그 세계에 대해 나는 영원히 아무것도 알고 싶지 않았다. 나는 이제 아벨을 내려놓고 카인을 찬양하는 일을 도울 수가 없고 그럴 생각도 없었다. 나 스스로 아벨이 되어버린 지금

말이다.

겉으로 드러난 맥락은 그랬다. 하지만 속에 숨은 맥락은 이러했다. 나는 악마인 크로머의 손아귀에서 벗어났지만 나 자신의 힘으로, 스스로의 능력으로 벗어난 것이 아니었다. 나는 이 세상의 좁은 오솔길을 걸어보려 했지만 그 길이 내게는 너무 미끄러웠다. 이제 친절한 손길이 나를 붙잡아 구원해놓으니, 나는 곁눈질 한 번 하지 않고 곧바로 어머니의 품으로, 잘 보존된 경건한 어린 시절의 안전함으로 되돌아간 것이다. 나는 실제보다 더 어리고 의존적이고 어린아이같이 굴었다. 크로머에의 종속을 새로운 종속으로 바꾸어야 했다. 혼자서는 갈 수가 없었으니까. 그렇게 나는 눈먼 가슴으로 아버지와 어머니에게, 옛날의 사랑스러운 '밝은 세계'에 종속되는 것을 선택했다. 그것이 유일한 세계가 아님을 잘 알면서도. 그러지 않았더라면 나는 데미안을 붙잡고 그에게 비밀을 털어놓았을 것이다. 내가 그러지 않은 것이 당시는 그의 이상한 생각에 대한 지극히 올바른 불신처럼 생각되었지만, 실제로는 두려움에 지나지 않았다. 데미안은 내게 부모님보다 더 많은 것을 기대했을 테니까. 훨씬 더 많은 것을. 자극과 경고, 조롱과 아이러니를 동원해서 나를 훨씬 더 독립적으로 만들려고 했을 테니까. 아, 지금은 안다. 자기 자신에게로 이르는 길을 가는 것보다 사람이 더 싫어하는 일은 없다는 것을!

그런데도 반년쯤 지난 뒤에는 유혹에 저항할 길이 없었다. 산책중에 아버지에게 어떤 사람들은 카인이 아벨보다 더 낫다고 여기는데, 어떻게 생각하는지 물었다.

아버지는 매우 놀라서 그것은 별로 새로울 것도 없는 관점이라고 설명해주었다. 심지어 초기 그리스도교 시대에 이미 나타났던 생각으로, 예를 들면 '카인파'라 불리던 종파에서 그렇게 가르쳤다고 한다. 하지만 물론 이런 정신 나간 가르침은 우리의 신앙을 망가뜨리려는 악마의 시도에 지나지 않는 것이라고도 했다. 만일 사람들이 카인이 정당하고 아벨이 그르다고 믿는다면 하느님이 틀렸다는 결론이 나올 테니까. 즉 성서의 하느님이 유일하고 올바른 분이 아니라 거짓된 분이라는 결론 말이다. 정말로 카인파는 그 비슷한 것을 가르치고 설교했지만 이런 이단은 오래전에 사라졌다고 한다. 다만 아버지는 나의 학교 친구가 그런 것을 다 알다니 이상하다고 했다. 그러고는 그런 생각은 그만두라고 엄중히 타일렀다.

그리스도와 함께 십자가에 못 박힌 강도

내 어린 시절에 대해, 아버지와 어머니 곁의 안전함, 부모님을 향한 사랑, 온화하고 밝고 좋은 환경에서 충분히 놀면서 보낸 그 시절에 대해 이야기하는 것은 멋지고 다정하고 사랑스러운 일이 되리라. 하지만 내 관심을 사로잡는 것은 내가 나 자신에게 이르기 위해 내디딘 삶의 발걸음들뿐이다. 모든 아름다운 쉼표, 행복의 섬과 낙원, 그 매력을 나도 모르는 바는 아니지만 그것들을 먼 광채 속에 그대로 놓아둘 뿐, 그곳으로 한번 더 들어갈 마음은 없다.

그러므로 어린 시절의 이야기를 계속하면서 나는 내게 일어난 새로운 일, 나를 앞으로 몰아가고 또 멀리 떼어낸 일들만을 이야기하겠다.

그런 자극들은 언제나 '다른 세계'로부터 왔으며, 그것은 언제나 두려움과 강제와 양심의 가책을 함께 가져왔다. 그것은 늘 혁명적이었고, 내가 기꺼이 머물고 싶던 평화를 위협했다.

허용된 밝은 세계 안으로 슬그머니 기어들어와 숨어 있는 원초적 충동이 내 안에도 살고 있음을 드디어 깨닫게 되는 시절이 찾아왔다. 모든 인간을 찾아오는, 천천히 깨어나던 성(性)의 감정이 원수이며 파괴자처럼 내게도 찾아온 것이다. 그것은 금지된 것, 유혹이자 죄악이었다. 내가 호기심으로 탐색하는 것, 꿈과 쾌감과 두려움이 만들어내는 것, 사춘기의 그 거대한 비밀은 잘 보호된 어린 시절의 평화로운 행복감에는 도무지 어울리지 않는 것이었다. 나는 다른 모든 사람처럼 행동했다. 나는 이미 어린아이가 아니면서 아이인 척 이중생활을 했다. 내 의식은 이미 허용된 친근한 것 안에 살면서 새롭게 솟아나는 이 세계를 거부했다. 하지만 그와 나란히 꿈과 충동과 지하세계에 속한 소망들 속에서도 살았다. 저 의식된 삶은 이런 소망들 위로 점점 더 위태로워지는 다리들을 세웠다. 내 속에서 어린이세계가 무너졌기 때문이다. 대부분의 부모가 그렇듯이 나의 부모님도 깨어나는 삶의 충동에는 도움을 주지 않았고, 그것에 대해서는 거의 이야기도 없었다. 그분들은 다만 한없이 세심하게 내 가망 없는 노력들을 도와주었을 뿐이다. 엄연한 현실을 무시하고, 점점 더 비현실적이고 거짓으로 변해가는 어린이세계에 계속 머물려는 절망적인 노력이었다. 부모가 이런 문제에서 정말로 많은 일을 할 수 있는지는 나도 잘 모르겠으니 나의 부모님을 비난할 생각은 없다. 일을 스스로 처리하고 내 길을 찾는 일은 나 자신의 문제였고, 잘 키운 집 자식들이 대개 그렇듯이 나도 내 일을 잘 해내지 못했다.

인간은 누구나 이런 어려움을 겪고 넘어간다. 보통 사람들에게 이것은 자기 삶의 요구와 주변세계가 가장 심하게 갈등하는 지점, 앞으로 나아가는 길을 가장 힘들게 쟁취해야 하는 삶의 지점이다. 어린 시절이 물러지면서 천천히 붕괴하는 이 과정에서 많은 사람들은 일생에 단 한 번, 우리의 운명인 죽음과 재탄생을 경험한다. 그동안 친숙해진 것이 모조리 곁을 떠나고, 돌연 고독과 세계공간의 죽을 듯한 냉기가 자신을 둘러싸는 것을 느낄 때면 그렇다. 아주 많은 사람들이 이 낭떠러지에 영원히 매달려 있고, 평생 동안 고통스럽게 이제는 돌이킬 수 없는 과거에, 잃어버린 낙원의 꿈에 달라붙어 있다. 그것은 모든 꿈 중에서 가장 고약스럽고도 치명적인 꿈이다.

우리 이야기로 돌아가자. 내게 어린 시절의 종말을 알린 감정들과 꿈의 모습들은 여기서 이야기할 만큼 중요하지 않다. 중요한 것은 '어두운 세계', 이 '다른 세계'가 다시 나타났다는 사실이다. 옛날에 프란츠 크로머였던 것, 그것은 바로 나 자신 안에 숨어 있었다. 그로써 밖에서 온 '다른 세계'도 다시 나를 지배하는 힘을 얻었다.

크로머 사건 이후 여러 해가 흘렀다. 내 삶에서 죄악으로 가득했던 그 극적인 시절은 이미 아주 멀어졌고, 짤막한 악몽처럼 아무것도 아닌 것이 되어 스러져버렸다. 프란츠 크로머는 벌써 오래전에 내 삶에서 사라졌다. 그와 길에서 우연히 마주쳐도 거의 신경도 쓰지 않았다. 하지만 내 비극의 또다른 중요한 인물, 즉 막스 데미안은 내 주변에서 완전히 사라지지 않았다. 오랫동안 변두리에 머물며, 눈에 띄기는 해도 아무런 영향을 미치지 않았다. 그는 다시 아주 천천히 다가와 다시 힘과 영향력을 발산했다.

그 시절 내가 데미안에 대해 무엇을 알고 있었는지 곰곰이 생각해본다. 나는 1년 남짓 그와 단 한 번도 이야기를 나누지 않았던 것 같다. 나는 그를 피했고, 그는 절대로 억지로 밀고 들어오지 않았다. 언젠가 한 번 마주쳤을 때 그는 내게 끄떡 인사를 했다. 그의 친절함에 조소나 아이러니가 담긴 비난의 섬세한 울림 같은 게 있다는 느낌이 드문드문 들기는 했지만, 그건 그냥 내 공상이었을지도 모른다. 내가 그와 함께 경험한 일, 그리고 그가 당시 내게 행한 그 이상한 영향력은 그나나나 모두 잊은 듯했다.

그의 모습을 찾아본다. 돌이켜보면 그는 그곳에 있었고 나는 그 사실을 알고 있었다. 그가 혼자서 또는 상급생들 사이에서 학교에 가는 모습이 보인다. 그가 자신만의 공기에 둘러싸여 자신만의 법칙에 따라 살면서 낯설고도 고독하고 조용히, 마치 별처럼 그들 사이를 걷는 모습이 보인다. 아무도 그를 사랑하지 않았고, 아무도 그와 가까이 지내지 않았다. 그는 오직 자기 어머니하고만 가까웠는데, 어머니와도 아이가 아니라 어른처럼 지내는 것 같았다. 선생님들은 그를 가능하면 가만히 두었다. 그는 좋은 학생이긴 했지만 누구의 마음에 들려고 애쓰지 않았다. 이따금 우리는 소문으로 그가 선생님에게 했다는 어떤 한마디, 어떤 비꼬는 말이나 말대꾸 따위를 들었다. 그런 말들은 날카로운 도전이나 아이러니라는 면에서 더 바랄 나위가 없었다.

눈을 감고 생각해보면 그의 모습이 떠오른다. 그게 어디였던가? 그래, 다시 거기다. 우리 집 앞 골목길이다. 어느 날 거기 서 있는 그가 보였다. 손에 공책을 들고 스케치를 하고 있었다. 그는 우리 현관문 위에 달린, 새가 새겨진 낡은 문장을 스케치했다. 나는 창가의 커튼 뒤에 숨어서 그를 지켜보았다. 깊은 경탄을 품은 채 그 세심하고 차갑고도 밝은 얼굴이 문장을 향한 모습을 보았다. 그것은 어른의 얼굴, 연구자나 예술가의 얼굴이었다. 무언가를 아는 눈길에, 탁월하고 의지력이 가득한, 이상할 정도로 밝고도 냉담한 얼굴이었다.

그리고 다시 그가 보인다. 얼마간 시간이 흐른 뒤 길거리였다. 우리는 모두 학교에서 돌아오는 길에 쓰러진 말 한 마리를 둘러싸고 서 있었다. 말은 여전히 농부의 수레와 연결된 끌채에 매여 탄원하듯 탄식하듯 벌린 콧구멍을 공중으로 향한 채 헐떡거렸다. 눈에 보이지 않는 상처에서 피가 흘러 말의 옆구리 쪽 하얀 길먼지를 차츰 검은색으로 적셨다. 메스꺼움을 느끼며 눈길을 돌리는데 데미안의 얼굴이 보였다. 그는 앞으로 나오지 않고 맨 뒤쪽에서 언제나 그렇듯이 편안하고 상당히 우아한 태도로 서 있었다. 그의 눈길은 말의 머리를 향한 듯했는데, 다시 깊고도 고요하고 거의 광적인, 하지만 냉정을 잃지 않은 집중력을 보였다. 그를 오랫동안 지켜보았다. 당시 이미 의식 저멀리서부터 아주 독특한 무언가를 느꼈다. 나는 데미안의 얼굴을 보았다. 그가 소년의 얼굴이 아니라 어른의 얼굴을 하고 있음을 보았다. 아니, 그 이상을 보았는데, 어른의 얼굴도 아닌 전혀 다른 무엇을 보았다고, 아니면 알아챘다고 믿었다. 여자 얼굴의 어떤 요소가 들어 있는 듯했는데, 한순간 이 얼굴에는 남자나 어린이도 아니고, 늙거나 젊지도 않고, 천 살쯤 된, 어딘지 시간을 뛰어넘은, 우리가 사는 시간 단위와 다른 단위가 찍힌 듯 보였다. 짐승들은 그런 얼굴을 할 수 있다. 또는 나무나 별 들은. 당시 나는 그걸 몰랐고, 지금 어른이 되어 이야기하고 있는 내용을 정확히 느꼈던 것도 아니지만, 그 비슷한 것을 느꼈다. 어쩌면 그는 아름다웠고, 어쩌면 내 마음에 들었고, 어쩌면 역겹기도 했다. 그 어느 쪽인지도 판단할 수가 없었다. 다만 내가 본 것은 그가 우리와 다르다는 사실이었다. 그는 짐승과 같았다. 아니면 유령이나 어떤 이미지 같았다. 그가 어떤 모습이었다고 해야 할지는 모르겠으나 그는 우리 모두와 달랐다. 이루 상상할 수 없을 정도로 달랐다.

기억은 그 이상을 말해주지 않는다. 이것도 어쩌면 일부는 뒷날의 인상에서 만들어낸 것일지도 모른다.

몇 살 더 나이가 들고 나서야 마침내 다시 그와 가까워졌다. 데미안은 흔히 관습이 요구하는 대로 동갑내기들과 함께 교회에서 견진례를 받지 않았다. 거기에 대해서도 물론 곧바로 소문이 나돌았다. 학교에서는 그가 원래 유대인이다, 아니다, 이교도다라는 등 말이 많았고, 다른 아이들은 그가 어머니와 마찬가지로 아무런 종교도 없다는 등, 질이 나쁜 허황된 종파에 속한다는 등 입방아를 찧었다. 그런 맥락에서 그가 어머니와 마치 연인처럼 살고 있다는 의혹도 들은 적이 있는 것 같다. 짐작건대 그는 여태껏 그 어떤 신앙고백도 하지 않고 키워졌고, 이 사실이 그의 장래에 어떤 해로움을 초래할지 모른다는 두려움이 생겼던 듯하다. 어쨌든 그의 어머니는 동갑내기들보다 2년이나 늦은 지금이라도 그에게 견진례를 받게 하기로 결정했다. 그래서 그는 몇 달 동안 나와 함께 견진례 수업을 들었다.

한동안 나는 그를 완전히 멀리했다. 나는 그하고는 엮이고 싶지 않았다. 그는 온통 소문과 비밀에 휩싸여 있었다. 하지만 그보다는 저 크로머와의 사건 이후로 내게 남아 있던 의무감이 분명 방해가 되었다. 게다가 당시 나는 나 자신의 비밀로도 벅찼다. 견진례 수업이 내게는 성(性) 문제들에 대해 결정적으로 눈뜨던 시기와 때를 같이했던 것이다. 그로 인해 거룩한 가르침에 대한 내 관심은 좋은 의도에도 불구하고 크나큰 손상을 입었다. 종교 선생님이 이야기하는 내용은 내게서 멀리 떨어진 고요하고 성스러운 비현실 속의 일이었으며, 그건 아마도 무척 아름답고 가치가 있는 일이겠지만 절대로 당장의 문제도, 흥분시키는 일도 아니었다. 반면 성적인 문제들은 사람을 극단적으로 흥분시키는 일이었다.

이런 상태로 인해 수업에 갈수록 무심해지면서 내 관심은 다시금 더욱더 막스 데미안 쪽으로 향했다. 무언가가 우리를 결합시키는 듯 보였다. 나는 이 실마리를 가능하면 정확히 따라가야겠다. 내가 기억하는 한, 그 일은 이른 아침 수업 시간에 시작되었다. 교실에 아직 불을 켜놓았을 때였다. 종교 선생님이 카인과 아벨 이야기를 할 차례였다. 나는 거의 주목하지 않았고 졸음이 와서 듣는 둥 마는 둥 했다. 그때 목사님이 목소리를 높여 집요하게 카인의 표에 대한 이야기를 꺼냈다. 그 순간 나는 뭔가가 건드리는 듯한, 혹은 경고하는 듯한 느낌을 받았는데, 눈을 들자 책상 앞줄에서 나를 돌아보고 있는 데미안의 얼굴이 보였다. 이야기를 건네는 듯한 맑은 눈길이었는데, 그 표정은 비웃음 같기도 진지함 같기도 했다. 단 한 순간 그가 나를 바라보았을 뿐인데 갑자기 나는 긴장해서 목사님의 말에 귀를 기울였다. 목사님이 카인과 그의 표에 대해 하는 말을 들으면서, 내면 깊숙이에서 그건 목사님이 가르치는 내용과 꼭 같지는 않다고 느꼈다. 그것을 다르게 볼 수도 있으며, 거기에는 비판이 가능하다는 어떤 깨달음이었다!

그 순간 데미안과 나는 다시 연결되었다. 그리고 신기하게도 영혼의 어떤 공감 같은 것을 느끼자마자 그 느낌이 마치 마법처럼 공간으로도 옮겨가는 것을 보았다. 그가 직접 꾸민 일인지 아니면 우연이었는지는 모르지만—당시는 우연이라고 굳게 믿었다—며칠 뒤 종교 시간에 데 미안은 갑자기 자리를 바꿔 내 바로 앞자리로 왔다(아침에 비참한 빈 민 구호시설처럼 학생이 빡빡한 교실의 대기 속에서 그의 목덜미에서 풍기는 신선한 비누 냄새를 얼마나 기꺼이 들이마셨는지 아직도 기억 난다). 그리고 다시 며칠 뒤에는 그가 또 자리를 바꾸어 내 옆자리에 앉았다. 그는 겨우내 그리고 봄이 다 가도록 그 자리에 머물렀다.

아침 시간이 사뭇 달라졌다. 더는 졸리고 지루한 시간이 아니었다. 나는 그 시간을 즐거이 기다렸다. 이따금 우리는 대단한 집중력으로 목사님의 말에 귀를 기울였다. 옆자리에서 오는 눈길 하나면 나는 특 이한 이야기, 이상한 격언에 주목했다. 또 그가 보내는 다른 눈길, 아 주 특이한 눈길 하나면 내게 경고를 주어 속으로 비판과 의심을 불러 일으키기에 충분했다.

우리는 매우 빈번히 불량학생이 되어 수업 내용을 하나도 듣지 않았 다. 데미안은 늘 선생님과 다른 학생들에게 점잖게 굴었고, 나는 그가 학생들이 흔히 저지르는 어리석은 짓을 범하는 것을 한 번도 본 적이 없었다. 큰 소리로 웃거나 지껄이는 것을 들은 적도 없었으며 선생님 의 질책을 받은 적도 없었다. 하지만 그는 아주 조용히, 속삭임보다는 차라리 신호나 눈길로 나를 자기가 열중하는 일에 끌어들이곤 했다. 그런 일들은 때로 이상한 방식으로 이루어졌다.

이를테면 그는 학생들 가운데 누가 자기의 관심을 끄는지, 그리고 어떤 식으로 자기가 그들을 연구하는지를 이야기해주었다. 그는 몇몇 아이들을 매우 정확히 알고 있었다. 수업 시간 전에 그가 말했다. "내가 엄지손가락으로 네게 신호를 보내면 재하고 재가 우리 쪽을 돌아보거나 아니면 목을 긁을 거야" 하는 식의 말들이었다. 수업 시간에 그 생각은 거의 잊어버리고 있다가 데미안이 갑자기 눈에 띄는 몸짓으로 나를 향해 엄지를 돌리면 나는 재빨리 그가 미리 지목한 학생을 바라보았다. 그때마다 그 학생은 마치 철사로 연결되기라도 한 듯 지정된 몸짓을 해 보였다. 나는 데미안에게 선생님에게도 그렇게 해보라고 졸랐지만 그는 하려고 하지 않았다. 하지만 한 번, 내가 수업에 와서 오늘은 숙제를 못 했으니 목사님이 나한테 질문하지 않았으면 좋겠다고 말하자 그가 도움을 주었다. 목사님은 교리문답 일부를 누군가에게 암기시킬 생각이었는데, 이리저리 살펴보던 그의 눈길이 죄의식을 띤 내 얼굴에 와서 멈추었다. 목사님은 천천히 다가와 나를 향해 손가락을 뻗으며 내 이름을 입에 올리려다가 별안간 산만하고 불안해져서는 옷깃을 매만졌다. 그러고는 자기 얼굴을 뚫어져라 바라보는 데미안한테 다가가 질문하려다가, 놀란 듯 몸을 돌려 멀어져서 한동안 기침을 하더니 다른 학생에게 질문을 했다.

이런 장난에 흥겨워하다가, 나는 내 친구가 나한테도 자주 같은 장난을 친다는 사실을 차츰 알아차렸다. 학교 가는 길에 불현듯 데미안이 조금 뒤에서 오고 있다는 느낌이 들 때가 있는데 돌아보면 틀림없이 그가 있었다.

"그러니까 다른 사람이 네가 바라는 걸 생각하게 만드는 거야?" 내가 물었다.

그는 특유의 어른스러운 태도로 여유롭고 차분하게 기꺼이 알려주었다.

"아니." 그가 말했다. "그건 할 수 없어. 목사님이 그렇게 말씀하셨지만 인간은 자유의지를 가진 게 아니야. 다른 사람은 자신이 원하는 걸 생각할 수도 없고, 그렇다고 내가 그 사람에게 내가 원하는 걸 생각하게 할 수도 없어. 하지만 누군가를 잘 관찰할 수는 있지. 그러면 그가 무슨 생각을 하는지 또는 무슨 느낌을 갖고 있는지 이따금 상당히 정확하게 말할 수 있게 돼. 그럼 다음 순간에 그가 무엇을 할지도 대개는 예측할 수 있게 되지. 아주 간단한 일이야. 사람들이 그냥 모를 뿐이지. 물론 연습은 필요해. 이를테면 나비들 중에서 어떤 나방 종류는 암컷이 수컷보다 개체수가 훨씬 적어. 나방은 다른 동물들처럼 번식을 해. 수컷이 암컷을 수정시키고 암컷이 알을 낳는 거야. 네게 이 나방 암컷 한 마리가 있다면―이건 자연과학자들이 자주 하는 실험인데― 밤에 수컷들이 이 암컷을 향해 날아오지. 그것도 여러 시간이나 떨어진 곳에서! 여러 시간이라니, 생각해봐! 수킬로미터 떨어진 데서도 수컷들은 모두 그 지역에 있는 이 한 마리 암컷을 감지하는 거야! 그걸 설명하려고 해도 쉽지가 않아. 무슨 후각기관이나 뭐 그런 게 있는 게 분명해. 그러니까 훌륭한 사냥개가 눈에 보이지 않는 흔적을 찾아내 추적할 수 있는 것처럼 말이지. 알겠니? 그런 일들이 있지, 자연에는 그런 일들이 넘쳐나. 다만 아무도 그걸 설명할 길이 없지. 하지만 이제 내 말을 들어봐. 이 나방 암컷이 수컷만큼 많다면, 수컷들은 그토록 섬세한 후각을 갖지 못했을 거야! 그런 일에 훈련이 되어서 그런 후각을 갖게 된 거지. 동물이든 사람이든 모든 주의력과 모든 의지를 특정한 데 집중하면 거기 도달하는 거야. 그게 다야. 네가 한 말도 정확히 바로 그 말이지. 어떤 사람을 충분히 면밀하게 바라보렴. 그러면 그에 대해 그 자신보다도 더 잘 알게 돼."

'생각 읽기'라는 낱말이 혀까지 올라와서 하마터면 그에게 옛날 크로머와의 장면을 상기시킬 뻔했다. 이것도 우리 둘 사이에 있는 이상한 일이었다. 그가 여러 해 전에 한 번 아주 진지하게 내 삶에 개입했었다는 사실을 조금이라도 암시하는 발언은 그나 나나 단 한 번도 한 적이 없었다. 마치 전에 우리 사이에 그 어떤 일도 일어난 적이 없는 것만 같았다. 아니면 우리는 제각기 상대방이 그 일을 잊어버렸다고 굳게 믿는 것만 같았다. 심지어 함께 길을 걷다가 한두 번 프란츠 크로머와 마주친 적도 있었지만, 우리는 눈길 한 번 교환하지 않고 그에 대해선 말 한 마디도 나누지 않았다.

"그렇다면 의지란 또 어떻게 되는 거지?" 내가 물었다. "네 말대로라면 인간은 자유의지가 없다면서. 그런데 우리가 어떤 것에 의지를 확고하게 집중하면 목적을 달성할 수 있다고도 했잖아. 그럼 말이 안 맞지! 내가 내 의지의 주인이 아니라면 나는 내 의지를 멋대로 이것 또는 저것에 집중하게 할 수가 없잖아."

그는 내 어깨를 토닥였다. 내가 그를 기쁘게 하면 그가 늘 하는 행동이었다.

"질문하다니 좋아!" 그가 웃음을 터뜨리며 말했다. "사람은 늘 물어야지. 언제나 의심을 품어야 해. 그 문제는 아주 간단해. 예를 들어 저 나방이 어떤 별이나 다른 어떤 곳에 의지를 집중하려 한다면 그건 안 되는 일이야. 나방은 절대로 그러지 않겠지만. 나방은 자기에게 의미 있고 가치가 있는 것, 자기에게 필요한 것, 무조건 가져야 하는 것만을 찾아. 그래서 믿을 수 없는 일을 해내지. 나방은 다른 동물에겐 없는 마법과도 같은 여섯번째 감각을 발전시킨 거야! 우리는 동물보다는 물론 활동 영역도 크고 관심 분야도 더 많아. 하지만 우리도 비교적 좁은 테두리 안에 묶여서 거길 넘어가진 못해. 물론 이런저런 상상을 해볼 수는 있지. 무조건 북극에 가겠다는 등의 공상을 말이야. 하지만 그 소원이 내 안에 온전히 들어 있어야만, 정말로 내 존재 전체가 그 소원으로 가득 채워져 있어야만 그걸 강력히 원하고 또 실천할 수 있는 거야. 정말 그런 경우라면, 그러니까 네 내면으로부터 막을 수 없이 솟구쳐 올라오는 것을 시도하면, 그건 이루어진다. 네 의지를 순한 말처럼 부릴 수 있는 거야. 가령 내가 지금 우리 목사님이 앞으로는 안경을 쓰지 않도록 해야겠다고 생각한다면 그런 건 이루어지지 않아. 그건 그냥 장난일 뿐이지. 하지만 내가 지난가을에 저 앞에 있는 내 의자에서 자리를 옮겨야겠다는 확고한 의지를 가졌을 때는 제대로 이루어졌지. 알파벳순으로 나보다 앞에 있는 어떤 애가 여태 아파서 못 나오다가 그때 갑자기 나타난 거야. 누군가 자리를 내줘야 해서 자연스럽게 내가 그렇게 했지. 내 의지는 기회가 오면 곧바로 붙잡을 준비가 되어 있었으니까."

"그래." 내가 말했다. "당시 정말 이상하다고 생각했어. 우리가 서로에게 관심을 가진 순간부터 너는 차츰 나랑 가까운 데로 왔거든. 하지만 어떻게 그렇게 한 거야? 넌 처음에 곧바로 내 옆으로 오지는 않고 내 바로 앞줄에 앉아 있었잖아. 어떻게 그런 거지?"

"그건 이렇게 된 거야. 처음 자리에서 떠나고 싶었을 때 어디로 가고 싶은지 나도 정확히 몰랐어. 그냥 훨씬 뒤쪽에 앉아야겠다는 것만 알았지. 너한테로 가겠다는 게 내 의지였지만 나 자신도 잘 의식하지 못했던 거야. 동시에 네 의지도 함께 작용하면서 나를 도왔어. 내가 네 앞줄에 앉게 되니까 비로소 내 소원이 겨우 절반만 이루어졌다는 걸 알게 됐어. 나는 바로 네 옆에 앉고 싶었던 거야."

"하지만 그때는 새로 들어온 학생도 없었는데."

"없었지. 하지만 난 그냥 하고 싶은 대로 한 거야. 재빨리 네 옆에 앉아버렸지. 나하고 자리를 바꾼 애는 그냥 놀라서 내가 그러도록 내버려두었고. 목사님은 어떤 변화가 일어났다는 걸 한 번 알아채셨지. 나를 상대할 때마다 무언가가 은연중 마음에 걸렸던 거야. 내 성은 데미안인데, D로 시작하는 성을 가진 내가 아주 뒤쪽인 S자 쪽에 앉아 있는 게 뭔가 맞지 않는다는 걸 알고 계셨지. 하지만 그 사실이 의식까지 올라오지는 않았어. 내 의지가 그것을 가로막고, 내가 언제나 방해하니까. 목사님은 거듭 무언가가 잘못되었다고 느끼고 나를 보면 궁리를 하기 시작했지, 선량한 목사님. 하지만 난 단순한 방법을 써. 그럴 때마다 더더욱 똑바로 그분의 눈을 바라보거든. 사람들은 대개 그런 걸 잘 견디지 못해. 모두 불안해져. 누군가에게서 뭔가를 얻어내고 싶을 때 갑자기 아주 단호하게 눈을 들여다보는데도 그 사람이 전혀 동요하지 않으면 포기해라! 그 사람한테선 절대로 얻어내지 못하니까, 절대로! 하지만 그런 일은 극히 드물어. 그런 게 먹히지 않는 사람을 꼭 한 사람 알지만."

"그게 누구야?" 내가 재빨리 물었다.

그는 생각에 잠겨서 눈을 살짝 가늘게 뜬 채로 나를 바라보았다. 그러더니 눈길을 돌리고는 아무런 대답도 하지 않았다. 나는 호기심이 발동했지만 질문을 되풀이할 수는 없었다.

하지만 그가 당시 자기 어머니를 말한 것이라고 믿는다. 어머니와 그는 내적으로 끈끈하게 연결된 삶을 사는 듯했다. 하지만 그는 어머니 이야기를 내게 한 적이 없었고 나를 한 번도 집으로 데려가지 않았다. 나는 그의 어머니가 어떻게 생겼는지도 몰랐다.

당시 나는 여러 번이나 데미안을 따라, 내 의지를 무언가에 집중해서 이루어보려고 시도했다. 나한테는 충분히 절박해 보이는 소망들이 있었으니까. 하지만 아무 소용도 없었고 아무것도 되지 않았다. 그렇다고 그 일에 대해 데미안과 이야기해볼 배짱도 없었다. 내가 바라는 바를 그에게 툭 털어놓을 수가 없었던 것이다. 그도 묻지 않았다.

그러는 사이 종교 문제들에 대한 나의 믿음에 여기저기 구멍이 생겼다. 하지만 나는 철저히 데미안의 영향을 받은 나의 생각과 전적으로 불신앙을 내세우던 동급생들의 생각을 뚜렷이 구분했다. 그런 애들이 몇몇 있었는데, 한 분 하느님을 믿는 일이 우스꽝스럽고 인간의 품위에 어울리지도 않는다는 둥, 삼위일체 이야기나 예수가 동정녀에게서 태어난 이야기 따위는 웃기는 일이라는 둥, 오늘날에도 그런 터무니없는 말들을 떠벌리다니 수치스러운 일이라는 둥의 말들을 하곤 했다. 나는 전혀 그렇게 생각하지 않았다. 나도 의심을 품긴 했지만, 내 어린 시절의 모든 체험을 통해 부모님의 삶과 같은 경건한 삶이 있음을 충분히 알고 있었고, 그런 삶이 품위가 없거나 위선적인 것이 아니라는 사실도 알고 있었다. 오히려 나는 종교에 대해 전과 다름없이 깊은 경외심을 품었다. 다만 데미안 덕분에 어떤 이야기와 교리 들을 더욱 자유롭고 개인적으로, 더욱 장난스럽고 환상적으로 바라보거나 해석하는 데 익숙해졌다. 적어도 나는 그가 암시해주는 해석들을 늘 기꺼이 즐겨 들었다. 물론 일부는 지나치게 과격했다. 카인 이야기 같은 게 그랬다. 한번은 견진례 수업중에 그가 더욱 대담한 관점으로 나를 깜짝 놀라게 한 적도 있었다. 선생님이 골고다 이야기를 막 끝냈을 때였다. 구세주의 수난과 죽음 이야기는 아주 일찍부터 내게 깊은 인상을 남겼다. 어린 소년 시절 이따금, 이를테면 수난의 금요일 같은 때 아버지가 수난 이야기를 낭독해준 다음이면 나는 마음 깊이 감동받아 이 고통스럽게 아름답고 창백하고 유령 같은, 그러면서도 섬뜩하게 생생한 세계, 저 겟세마네와 골고다 언덕에 살았다. 그리고 바흐의 〈마태수난곡〉을 들을 때면, 그 온갖 신비로운 전율을 간직한 비밀스러운 세계의 어둡고도 강렬한 수난의 광채가 나를 가득 채우곤 했다. 오늘날에도 나는 이 음악과 저 〈죽음의 칸타타Actus tragicus〉를 모든 시와 예술적 표현의 정수라고 생각한다.

어쨌든 그 수업이 끝날 무렵 데미안이 생각에 잠겨 이렇게 말했다. "싱클레어, 여기엔 내 마음에 들지 않는 무언가가 있어. 그 이야기를 한번 자세히 읽고 혀로 음미해봐라. 뭔가 김빠진 맛이 난다. 그러니까 그리스도와 함께 십자가에 못 박힌 두 강도 이야기 말이야. 골고다 언덕 위에 십자가 세 개를 나란히 세우다니, 대단해! 하지만 우직한 강도가 등장하는 감상적인 설교 이야기가 되고 말지! 애초에 그는 범죄자로 그게 뭐가 되었든 범죄행위를 저질렀어. 그런 그가 이제 마음이 누그러져서 그토록 눈물겨운 개선과 참회의 향연을 벌이다니! 무덤을 두 걸음 바로 앞에 두고 그런 후회를 한다는 게 대체 무슨 의미가 있지? 응? 이거야말로 진짜로 성직자나 할 법한 이야기지. 감동 덩어리에 극히 교화적인 배경이 깔린 달콤하고도 정직하지 못한 이야기란 말이야.
네가 지금 이 두 강도 중에 한 명을 친구로 선택해야 한다거나, 아니면
둘 중에 어느 쪽을 더 믿을지를 생각해야 한다면 틀림없이 이 울보 회
개자는 아닐 거란 말이지. 물론 아니고말고. 다른 쪽이 사나이인데다
제 색깔도 분명해. 그는 자기 처지에서 보면 그저 듣기 좋은 이야기에
지나지 않는 이따위 회개를 비웃고 그냥 제 길을 끝까지 가니까. 지금
까지 분명히 자기를 도와준 악마한테서 비겁하게 마지막 순간에 등을
돌리지 않는 거지. 그게 바로 제 색깔이고 성격이야. 그리고 이렇게 성
격이 뚜렷한 사람이 성서 이야기에서는 무시를 당해. 어쩌면 그도 카
인의 후손일지 모르지. 그렇게 생각하지 않니?"

나는 몹시 당황했다. 십자가에 못 박힌 수난 이야기는 훤히 안다고
믿었는데, 이제야 비로소 내가 그동안 이 이야기를 얼마나 나만의 생
각 없이, 얼마나 상상력도 환상도 없이 그냥 듣고 읽었는지 깨달았던
것이다. 그런데도 데미안의 새로운 생각은 내게 치명적으로 들렸고,
내 안에 있던 생각들, 그 지속성을 지켜야 한다고 확고히 믿었던 모든
생각을 뒤집어엎으려 했다. 아니, 모든 것을 하나하나 이렇게 뒤집어
엎을 순 없어, 그게 가장 거룩한 이야기일지라도.

내가 무어라 말도 꺼내기 전에 늘 그렇듯이 그는 곧바로 나의 거부
감을 알아챘다.

"나도 알아." 그가 체념하면서 말했다. "그건 오래된 이야기지. 너무
심각하게 여길 건 없어! 하지만 난 네게 뭔가 말하려는 거야. 그리스도
교의 결함을 아주 분명히 보여주는 한 가지 점이 여기 있어. 구약이나
신약에 나타나는 이 하느님이 특별한 형상이긴 하지만 원래 나타나야

할 모습 그대로가 아니라는 거지. 신은 선하고 고귀하고 아버지 같고 아름답고 높고도 다감한 어떤 존재다. 아주 좋아! 하지만 세상은 다른 것으로도 이루어져 있어. 그런데 그런 건 모조리 악마의 것으로 돌려버리지. 세계의 이 부분, 이 절반이 그냥 꿀떡 삼켜진 채로 하나도 언급되지 않는 거야. 그들은 신이 모든 생명의 아버지라고 찬양하면서도, 생명의 바탕인 성생활 전체에 대해서는 그냥 뚝 침묵하고 여차하면 아예 악마의 일이라거나 죄악이라고 선포하고 있어! 난 사람들이 이 야훼 하느님을 존중하는 데는 반대하지 않아. 전혀 안 하지. 하지만 난 우리가 모든 걸 존중하고 거룩하게 여겨야 한다고 생각해. 인위적으로 반으로 나눈 다음 공식적으로 인정한 절반만이 아니라 세계 전체를 말이야! 그러니까 하느님에 대한 예배와 나란히 악마에 대한 예배도 드려야 해. 그게 옳다고 생각해. 아니면 악마도 속에 포함하는 그런 하느님을 만들어내야 할 거야. 그래서 세상의 가장 자연스러운 일들이 일어날 때 그분 앞에서 두 눈을 질끈 감지 않아도 되도록 말이지.”

그는 평소와는 달리 상당히 격해져 있었다. 그러나 곧이어 다시 미소를 짓고는 나를 더는 몰아붙이지 않았다.

그 말은 내 어린 시절의 모든 수수께끼를 정확히 표현한 말이었다. 내가 늘 속에 지니고 있으면서 그 누구에게도 단 한 마디 입 밖에 내지 못한 수수께끼였다. 데미안이 신과 악마에 대해서, 공식적으로 인정된 신의 세계와 완전히 침묵으로 일관되는 악마의 세계에 대해서 한 말이야말로 정확하게 나의 생각, 나의 신화였다. 두 세계, 또는 두 절반—밝은 세계와 어두운 세계에 대한 생각 말이다. 나의 문제가 모든 인간의 문제이며 모든 생명과 사유의 문제라는 깨달음이 불현듯 거룩한 그림자처럼 내게로 밀려들었고, 나의 극히 개인적인 삶과 생각이 위대한 사념들의 영원한 흐름에 얼마나 깊이 동참하고 있는지를 갑자기 느끼면서 경외감이 나를 덮쳤다. 그 깨달음은 왠지 인정받는 듯한 만족스러운 느낌을 주긴 했지만 즐거운 것은 아니었다. 그것은 가혹했고, 어딘지 알알한 뒷맛을 남겼다. 그 안에는 책임의 울림이, 이제 더는 아이가 아니며 홀로 서야 한다는 울림이 담겨 있었기 때문이다.

나는 생전 처음으로 그토록 깊은 비밀을 밖으로 드러내면서 아주 어린 시절부터 줄곧 품어온 '두 세계'에 대한 내 생각을 친구에게 털어놓았다. 그러자 그는 가장 깊은 느낌으로 내가 그에게 동의하고 그가 옳다고 인정한다는 사실을 곧바로 알아차렸다. 하지만 그런 비밀 따위를 이용하는 일은 그의 방식이 아니었다. 그는 여느 때보다 더욱 주의 깊게 내 말을 경청했고 내 눈을 들여다보았다. 나는 그만 눈길을 돌리고 말았다. 그의 눈에서 다시 저 이상하고 짐승 같은, 시간을 넘어선 요소, 나이를 헤아릴 수 없는 요소를 보았기 때문이다.

"우리 그 이야기를 언제 한번 더 하기로 하자." 그는 조심스레 말했다. "넌 누군가에게 말할 수 있는 것보다 더 많은 생각을 하고 있어. 만일 그렇다면 넌 네가 생각한 대로 아직 한 번도 제대로 살아보지 못했다는 걸 안다는 얘기지. 그건 좋지가 못해. 우리가 살아내는 생각만이 가치가 있어. 넌 너의 '허용된' 세계가 단지 세상의 절반에 지나지 않는다는 걸 알고 있어. 그리고 목사님이나 선생님처럼 너도 그 두번째 세계를 감추려 했지. 그렇게 되진 않을 거야! 그런 생각을 시작했다면 그 누구도 감출 순 없어."

그 말은 내 가슴 깊이 와닿았다.

"하지만," 나는 소리를 지르다시피 말했다. "금지된 추악한 일들이 정말로 있어. 그건 너도 부인하지 못할 거야! 그것들은 금지되어 있고, 우린 그걸 포기해야 해. 세상엔 살인과 온갖 악덕이 있다는 걸 난 알아. 하지만 그것들이 존재하니까 나도 가서 범죄자가 되라는 말이야?"

"오늘은 이야기를 다 못 하겠다." 막스가 달래듯 말했다. "넌 누군가를 때려죽이거나 아가씨를 강간하고 살인해선 안 돼. 물론 안 되지. 하지만 넌 '허용된' 것과 '금지된' 것이 원래 무슨 뜻인지 깨닫는 경지에는 아직 도달하지 못했어. 그냥 진실의 한 조각을 맛보았을 뿐이야. 다른 것도 더 나타날 거야. 이 말을 믿어! 예를 들면 넌 대략 1년 전부터 마음속에서 다른 무엇보다 강력한 어떤 충동을 느껴왔을 거야. 그리고 그건 '금지된' 것에 해당하지. 그리스 사람들과 다른 많은 민족들은 반대로 이 충동을 신적인 것이라 여겨 큰 축제를 베풀어 숭배했어. 그러니까 그 무엇도 영원히 '금지된' 것은 없어. 바뀔 수 있는 거지. 오늘날에도 누구든 목사님 앞에 서서 여자와 결혼만 하면 그 여자랑 잠을 자도 되지. 다른 민족들의 경우엔 달라, 오늘날에도 말이지. 그래서 우리 모두는 제각기 무엇이 허용된 것인지, 무엇이 금지된 것인지를 알아내야 하는 거야. 자기에게 금지된 것을 말이지. 물론 금지된 것을 전혀 행하지 않고도 대단한 악당이 될 수가 있지. 그 반대도 가능하고. 그것은 본래 그냥 편안함의 문제야! 너무 편해서 스스로 생각하고 스스로 재판관이 되지 못하는 사람은 그저 금지된 그대로를 따르지. 그게 편하니까. 다른 이들은 자기 안에서 스스로 계율을 느껴. 그러면 모든 명망 있는 사람이 매일 행하는 일들이 그에게는 금지되기도 하고, 또 보통은 엄금되어 있는 다른 일들이 허용되기도 해. 누구나 저 자신으로 홀로 서야 하니까."

그는 갑자기 말을 너무 많이 했다고 후회하는 듯 말을 멈추었다. 나는 당시 이미 그가 느낀 감정을 어느 정도 알 수가 있었다. 그토록 편안하게, 그리고 겉보기로는 경솔하게 자기 생각들을 털어놓곤 했지만 그는 언젠가 말했듯이 '그냥 말하기 위해서만 하는' 대화를 죽도록 참기 힘들어했다. 그런데 그는 내게서 진짜 관심 외에도 세련된 수다에 대한 지나친 즐거움, 지나친 장난 혹은 그 비슷한 것을 느꼈다. 그러니까 완벽한 진지함의 결핍을 느꼈던 것이다.

앞에 이미 쓴 마지막 말─'완벽한 진지함'─을 다시 읽자니 또다른 장면이 불현듯 다시 떠오른다. 내가 아직 절반은 아이이던 시절에 막스 데미안과 함께 경험한 가장 강렬한 장면이다.

우리의 견진례가 다가오면서 종교 수업의 마지막 몇 시간에는 최후의 만찬을 다루었다. 목사님에게는 중요한 일이었기에 그는 열의를 다했다. 이 시간에는 무언가 성스러운 분위기마저 느껴졌다. 하지만 견진례를 위한 수업의 마지막 몇 시간 동안 내 관심은 전혀 다른 데 가 있었다. 그러니까 내 친구 개인에게 가 있었다. 우리가 교회 공동체에 받아들여졌음을 선언하는 견진례 날짜가 다가오는 것을 보면서, 약 반년에 걸친 이 종교 수업의 가치는 우리가 여기서 배운 내용이 아니라 데미안과 가까이하면서 받은 영향에 있다는 생각이 피할 길 없이 밀려들었다. 나는 교회에 받아들여질 준비를 한 것이 아니라 전혀 다른 것, 곧 사색과 개성의 교단(敎團)에 받아들여질 준비가 된 것이다. 지상 어딘가에 분명히 그런 교단이 있을 테고, 내 친구가 그곳의 대표 또는 사절일 거라고 느꼈다.

나는 이런 생각을 밀어내려고 애썼다. 그 온갖 일에도 불구하고 견진례 행사를 어느 정도 품위 있게 치르려고 진지하게 생각했는데, 그런 품위가 나의 새로운 생각과는 잘 어울리지 않아 보였다. 하지만 나는 원하는 일을 하고 싶었다. 생각은 이미 있었고, 그것이 다가오는 교회 행사에 대한 생각과 차츰 결합되었다. 나는 이 행사를 다른 아이들과는 다르게 치를 각오가 되어 있었다. 즉 이 행사는 데미안에게서 배운 사색의 세계에 받아들여지는 것을 뜻해야만 했다.

그 무렵에 한번 더 그와 활발한 논쟁을 벌였다. 종교 수업 직전이었다. 친구는 마음을 닫은 채, 어딘가 상당히 조숙하고도 거드름 피우는 듯한 내 이야기에 별로 기쁨을 느끼지 않았다.

"우린 말을 너무 많이 한다." 그가 평소와 달리 진지하게 말했다. "그렇게 똑똑한 말은 아무 의미가 없어. 전혀 없지. 자기 자신에게서 멀어질 뿐이야. 자신에게서 멀어지는 건 죄악이야. 사람은 거북이처럼 자신 속으로 완전히 기어들어갈 줄 알아야 하는데."

그 말과 함께 우리는 교실로 들어갔다. 수업이 시작되자 나는 집중하려고 애썼고 데미안은 나를 방해하지 않았다. 한참 뒤 그가 앉아 있는 옆쪽에서부터 어떤 특이한 느낌을 받기 시작했다. 비어 있음, 차가움 또는 그 비슷한 느낌, 마치 그 자리가 갑자기 비어버린 느낌이었다. 그 느낌이 차츰 답답해지기 시작했기에 나는 옆을 보았다.

거기에는 내 친구가 언제나처럼 반듯하고 올곧은 자세로 앉아 있었다. 하지만 평소와는 사뭇 다른 모습이었다. 무언가가 그에게서 나가버린, 내가 전혀 모르는 무언가가 그를 둘러싼 모습이었다. 나는 그가 눈을 감고 있다고 생각했지만 그는 눈을 뜨고 있었다. 그러나 그 눈은 무엇을 바라보지 않았고, 볼 수 있는 상태도 아니었다. 그냥 멍하니 자기 속을, 아니면 아주 먼 곳을 향했다. 그는 꼼짝도 하지 않고 앉아 있었는데 숨조차 쉬지 않는 것 같았다. 입은 목재나 돌로 깎아놓은 듯했다. 얼굴은 창백하여 마치 돌처럼 한결같이 파리한데 갈색 머리카락만이 살아 있는 모습이었다. 두 손은 자기 앞 의자 위에 놓여 있었는데, 돌이나 과일 같은 물건처럼 고요하고 생명이 없이 파리하고 움직임이 없었지만, 힘없이 느슨하게 풀린 것이 아니라 감추어진 강인한 생명을 감싼 단단하고 좋은 껍질 같았다.

그 모습에 몸이 떨렸다. 그가 죽었구나! 생각하고 하마터면 큰 소리로 말할 뻔했다. 하지만 그가 죽지 않았음을 나는 알고 있었다. 나는 마법에 사로잡힌 듯 그 얼굴, 그 돌 같은 창백한 마스크에 눈길을 고정시켰다. 그리고 나는 느꼈다. 저게 데미안이다! 그전의 모습, 나와 함께 걷고 이야기할 때의 그는 절반만 데미안이었다. 이따금 어떤 역할을 하고, 거기 적응하고, 좋은 마음에서 함께하는 절반의 데미안이었다. 진짜 데미안은 지금의 모습, 돌로 된, 태고를 간직한, 짐승과 같은, 돌과 같은, 아름답고 차가운, 죽어 있으면서 동시에 들어본 적 없는 생명으로 은밀히 가득차 있는 저런 모습이었다. 그를 에워싼 이 고요한 공허, 이런 에테르와 별의 공간, 이 고독한 죽음!

순간 그가 완전히 자기 속으로 들어가버렸음을 느끼고 나는 전율했다. 나는 저토록 고독해본 적이 없었다. 나는 그와 함께하지 못하고, 그는 내게는 닿을 수 없는 사람이었다. 마치 이 세상의 가장 먼 섬에 있는 듯 내게서 멀리 떨어져 있었다.

나 말고 아무도 그 모습을 보지 못했다는 사실을 나는 거의 알지도 못했다! 틀림없이 모두가 보고 모두가 전율하겠지! 하지만 아무도 그를 주목하지 않았다. 그는 그림처럼, 내 생각에는 이교의 신처럼 굳은 모습으로 앉아 있었다. 파리 한 마리가 그의 이마에 앉아 코와 입술 위를 천천히 기어갔지만 그는 주름살 하나 짓지 않았다.

그는 지금 어디에, 어디에 있을까? 무슨 생각을 하나, 무엇을 느끼나? 대체 하늘에 있나, 지옥에 있나?

그에게 그걸 물어보기란 불가능한 일이었다. 수업 마지막에 그가 다시 살아나서 숨을 쉬는 것을 보았을 때, 그의 눈길이 내 눈길과 부딪쳤을 때, 그는 원래 모습으로 돌아와 있었다. 그는 대체 어디서 돌아왔을까? 어디 갔었나? 그는 지쳐 보였다. 얼굴색이 다시 돌아왔고, 두 손도 다시 움직였다. 하지만 갈색 머리카락은 이제 빛을 잃고 지친 모습이었다.

다음 며칠 동안 나는 침실에서 몇 번이나 새로운 연습을 했다. 의자에 반듯하게 앉아서 눈을 고정시키고 꼼짝도 하지 않은 채 내가 얼마나 오래 견디나, 무엇을 느끼나를 알아보려 했다. 하지만 그냥 피곤해지면서 눈까풀에 심한 경련만 일었다.

곧이어 견진례가 있었지만 그 일은 내게 아무런 중요한 기억도 남기지 않았다.

이제 모든 것이 달라졌다. 어린 시절은 내 주변에서 떨어져 부스러졌다. 부모님은 살짝 당혹해하며 나를 바라보았다. 누이들은 완전히 낯설어졌다. 각성이 일어나면서 익숙한 감정들과 기쁨들이 변질되고 빛이 바랬다. 정원엔 향기가 사라지고, 숲은 유혹하지 않고, 내 주변의 세계는 낡은 상품의 떨이판매같이 김빠지고 자극이 없고, 책들은 종이, 음악은 소음이 되어버렸다. 가을 나무 주변으로 그렇게 잎사귀가 떨어진다. 나무는 그것을 느끼지 못하고, 비가 나무에 내리고, 햇빛이나 서리도 내리지만, 나무는 천천히 가장 내밀하고 가장 깊은 속으로 점점 더 움츠러든다. 나무는 죽지는 않는다. 기다린다.

방학이 끝나면 나는 다른 학교로 가기로, 처음으로 집에서 멀리 떠나기로 되어 있었다. 때때로 어머니는 가까이 다가와 미리 이별을 고하면서 특별한 애정을 담아 내 마음에 사랑과 향수와 잊을 수 없는 것을 불어넣었다. 데미안은 여행을 떠났다. 나는 혼자였다.

베아트리체

친구를 다시 만나지 못한 채 방학이 끝나갈 무렵 성(聖) ○○시로 갔다. 두 분 부모님이 나와 함께 와서 온갖 세심함을 기울여 나를 김나지움 선생님이 관리하는 남학생 기숙사에 넣어주었다. 그리하여 나를 대체 어떤 것들 속으로 밀어넣었는지 알았더라면 부모님은 놀라서 딱딱하게 굳어버리고 말았을 것이다.

시간이 흘러 내가 좋은 아들이자 쓸 만한 시민이 될지, 아니면 내 천성이 다른 길로 밀려갈지는 여전히 의문이었다. 아버지의 집과 정신의 그늘 아래서 행복해보려는 나의 마지막 시도는 아주 오래 지속되었고, 이따금 거의 성공하기도 했지만 결국에는 완전히 실패하고 말았다.

견진례 이후의 방학 동안 처음으로 느낀 묘한 공허와 고독은(뒷날

이러한 공허와 이렇게 옅은 공기를 얼마나 더 많이 맛보았던가!) 쉽사리 사라지지 않았다. 고향과의 이별은 이상할 정도로 쉬웠다. 그다지 슬프지 않아서 부끄러울 지경이었다. 누이들은 끝도 없이 우는데 나는 그럴 수가 없었다. 나 자신에 대해 스스로 깜짝 놀랐다. 전에는 늘 감정이 풍부한 아이였고, 근본적으로 상당히 착한 아이였다. 그런데 이제는 딴판이었다. 바깥세상에는 완전히 무심한 태도로 며칠이고 오로지 내면에만 귀를 기울이고, 그곳 내면의 지하에서 흐르는 금지된 어두운 강물에만 귀를 열었다. 지난 반년 동안 나는 아주 빨리 자라서 키만 훌쩍 크고 바싹 야윈 풋내기 꼴이 되어 세상을 바라보았다. 소년의 사랑스러움은 내게서 완전히 사라졌다. 나 자신도 이런 꼴로는 사람들한테 사랑받을 수 없으리라고 느끼면서 스스로도 자신을 전혀 사랑하지 않았다. 막스 데미안을 향한 크나큰 그리움을 자주 느꼈다. 하지만 드물지 않게 그를 미워도 했고, 이제 내가 추한 병처럼 짊어진 삶의 빈곤함도 그의 탓으로 돌렸다.

나는 처음에 우리 기숙사에서 인기를 끌지도 주목을 받지도 못했다. 애들은 처음에 나를 놀리다가 곧 내게서 떨어지더니 나를 말수가 적은 애, 불쾌한 괴짜로 여겼다. 나는 그게 마음에 들어 짐짓 과장을 섞어서 그런 역할을 하면서, 겉으로는 늘 세계에 대한 가장 남자다운 경멸로 보이는 고독 속으로 숨어들었다. 그러나 마음을 갉아먹는 우수와 절망의 발작에 남몰래 자주 시달렸다. 학교에서는 고향에서 쌓은 지식을 써먹어야 했다. 수업은 이전 학교에 비해 진도가 약간 뒤져 있었고, 나는 동갑내기들을 아이들로 여겨 약간 경멸하는 버릇이 생겼다.

한 해가 넘도록 그런 식으로 흘러갔다. 첫 방학을 맞아 고향 집을 방문한 일도 그 어떤 새로운 울림을 가져오지 못했고, 나는 기꺼이 다시 집을 떠났다.

11월이 시작될 무렵이었다. 나는 날씨가 어떻든 상관하지 않고 생각에 잠겨 짧은 산책을 하곤 했다. 그런 산책에서 일종의 환희를 느꼈다. 우수, 세계경멸, 자기경멸로 가득찬 환희였다. 어느 날 저녁 안개가 축축하게 낀 어스름녘에 그렇게 도시 주변을 이리저리 배회하고 있을 때였다. 어느 공원의 텅 빈 너른 가로수 길이 나더러 오라고 부르는 듯했다. 길에는 낙엽이 두툼하게 쌓여 있었다. 나는 울적한 쾌감에 젖어 낙엽을 발로 헤집었다. 축축하고 쓰디쓴 냄새가 났다. 멀리 있는 나무들은 유령처럼 커다란 모습으로 안개 속에 어슴푸레 서 있었다.

가로수 길 끝에서 우물쭈물 멈춰 서서, 나는 검은 나뭇잎을 들여다보며 풍화와 사멸의 축축한 향기를 탐욕스레 들이마셨다. 내 안의 무언가가 그 향기에 화답하고 그것을 환영했다. 아, 삶은 얼마나 김빠진 맛인가!

옆길에서 누군가 외투 깃을 바람에 날리며 이쪽으로 걸어왔다. 내가 계속 가려는데 그가 내 이름을 불렀다.

"안녕, 싱클레어!"

그가 다가왔다. 우리 기숙사에서 나이가 가장 위인 알폰스 베크였다. 나는 그를 보면 늘 좋았고, 그에게 어떤 유감도 없었다. 다만 그가 다른 아이들한테 하듯이 나한테도 빈정거리며 삼촌처럼 구는 것만 빼면 그랬다. 그는 곰처럼 힘이 세다고 알려졌는데, 우리 기숙사 선생님을 슬리퍼 발로 짓눌렀다고 한다. 김나지움에 떠도는 수많은 소문의 주인공이었다.

"대체 여기서 뭐하니?" 그는 더 큰 아이들이 이따금 우리 같은 아이들에게 말을 걸 때면 쓰는 말투로 상냥하게 말했다. "어디, 내기라도 할까? 너 시를 짓고 있었지?"

"그런 생각은 하지도 않았는데." 내가 퉁명스레 부인했다.

그는 웃음을 터뜨리더니 나와 나란히 걸으면서 내게는 전혀 낯선 방식으로 수다를 떨었다.

"내가 이해하지 못할까봐 두려워할 필요는 없어, 싱클레어. 사람이 이렇게 저녁때 안개 속을 거닐면, 가을 생각에 젖어서 말이지, 그럼 시를 짓기도 하는 거지. 나도 알아. 물론 죽어가는 자연에 대해서지, 또 자연을 닮은 잃어버린 청춘에 대해서도. 하인리히 하이네를 봐."

"난 그렇게 감상적이지 않아." 내가 항의했다.

"그야 좋도록! 하지만 이런 날씨에는 포도주 한 잔이나 뭐 그런 게 있는 조용한 장소를 찾아보는 게 좋지. 나하고 함께 갈래? 난 마침 혼자니까. 싫어? 난 뭐 네가 모범생이 되겠다면 널 꼬시는 놈이 되긴 싫어."

곧이어 우리는 교외의 작은 주점에 앉아 수상쩍은 포도주를 마시며 두툼한 잔을 부딪쳤다. 처음엔 별로 내키지 않았지만 어쨌든 새로운 일이었다. 포도주에 익숙하지 않은 나는 금세 말이 몹시 많아졌다. 마치 내 안의 창문이 열려 세상이 안으로 들어온 듯했다. 얼마나 오래, 얼마나 끔찍이 오래 나는 영혼에 대해 아무 말도 하지 못했던가! 나는 별의별 소리를 지껄였고, 그러는 와중에 카인과 아벨의 이야기를 꽤 멋들어지게 떠들어댔다.

베크는 흐뭇하게 내 이야기에 귀를 기울였다. 마침내 내가 어떤 사람에게 뭔가를 준 것이다! 그는 내 어깨를 두드리며 나를 굉장한 녀석이라 불렀다. 나는 환희로 가슴이 한껏 부풀어올랐다. 이야기하고 속을 털어놓고 싶은 막혔던 욕구를 실컷 분출하고, 나이가 위인 사람한테 제법 인정받고 대접받는 데서 오는 환희였다. 그가 나를 천재적인 녀석이라고 불렀을 때, 그 말은 달콤하고 강렬한 포도주처럼 내 영혼으로 흘러들어왔다. 세상은 새로운 색깔로 불타오르고, 백 가지 무모한 원천에서 생각들이 흘러나오고, 정신과 불꽃이 내 안에서 활활 타올랐다. 우리는 선생님들이나 동료들에 대해 이야기를 나누었고, 나는 우리가 서로를 기가 막히게 잘 이해하는 것만 같았다. 그리스 사람들과 이교에 대한 이야기도 했다. 또 베크는 어떻게든 사랑에 얽힌 모험을 고백하게 만들려 했다. 하지만 그 점에서 나는 털어놓을 게 없었다. 아무 경험도 없으니 이야기할 거리도 없었다. 그동안 속으로 느끼고 꾸며내고 공상했던 것들이 내면에서 불타올랐지만, 포도주를 통해서도 그것은 밖으로 나와 말로 전달되지 못했다. 여자에 대해서는 베크가 훨씬 더 잘 알았고, 나는 그런 이야기에 열렬히 귀를 기울였다. 그리고 믿을 수 없는 말을 들었다. 절대로 있을 법하지 않다고 생각하던 일이 평범한 현실이 되고 자명한 일로 보였다. 알폰스 베크는 열여덟 즈음에 벌써 여러 경험을 한 것이다. 그런 경험들 중에는 소녀들과 얽힌 것들도 있었다. 소녀들은 상냥하고 정중한 태도와 아첨만을 바라는데 그거야 뭐 썩 괜찮은 일이긴 하지만 진짜배기는 아니다. 성숙한 여자들한테서 더 많은 것을 얻을 수 있고 그들이 훨씬 더 똑똑하다는 것이다. 예를 들면 공책과 연필 등을 파는 가게를 하는 야겔트 부인과는 이야기를 나누기도 하지만, 그녀의 카운터 뒤에선 온갖 일이 다 일어난다. 그런 거야 책에는 안 나오는 일이지.

나는 깊이 매혹되어 몽롱하니 앉아 있었다. 물론 나는 야겔트 부인을 사랑할 수는 없을 것 같았다. 그래도 어쨌든 들어보지도 못한 이야기였다. 거기에서는, 적어도 나이가 좀더 든 아이들한테는, 내가 꿈도 꾸어보지 못한 샘물이 흐르는 것 같았다. 거기엔 물론 거짓 울림도 있었고, 모든 것에서 내가 사랑이라면 그러하리라 생각했던 맛보다 더 하찮고도 일상적인 맛이 났다. 아무튼 그게 현실이고 삶이며 모험이었다. 그리고 그런 것을 체험하고 모든 것을 자명하게 여기는 사람이 바로 내 옆에 앉아 있었다.

우리의 대화는 살짝 가라앉았고 무언가를 잃어버렸다. 나는 이제 더는 천재적인 어린 사나이가 아니라 그냥 어른의 말을 경청하는 소년에 지나지 않았다. 그렇다 해도 벌써 오래전부터 내 삶을 이루고 있던 것에 비하면 이것은 아주 멋졌고 낙원과 같았다. 그 밖에도 그것이 금지되어 있다는 것, 그러니까 우리가 술집에 앉아 있다는 사실에서부터 우리가 나눈 이야기까지 모든 것이 엄격히 금지되어 있다는 것을 나는 차츰 느끼기 시작했다. 나는 어쨌든 거기서 정신을, 혁명을 맛보았다.

그날 저녁을 아주 또렷이 기억한다. 우리 두 사람이 늦은 시간에 흐릿하게 타오르는 가스등을 지나, 차갑고 축축한 밤에 집으로 돌아오는 길에 들었을 때, 나는 처음으로 술에 취해 있었다. 기분 좋은 일은 아니었고 오히려 지극히 고통스러웠지만 거기엔 무언가가 있었다. 어떤 매력, 어떤 달콤함이 있었고, 궐기와 도취, 삶과 정신이 있었다. 베크는 나더러 새파란 애송이라고 욕을 하면서도 씩씩하게 나를 보살폈다. 그는 나를 반쯤은 업어서 집으로 데려갔다. 그리고 열린 복도 창문 너머로 나를 밀어넣고 자기도 슬그머니 들어올 수 있었다.

아주 잠깐 죽은 듯이 잠을 잔 후 통증과 함께 깨어나면서 엄청난 고통이 밀려왔다. 침대에서 일어나 앉아보니 나는 낮에 입었던 셔츠를 그대로 입은 채였고 바닥에는 옷가지와 신발이 이리저리 나뒹굴고 있었다. 담배 냄새와 토한 냄새, 두통과 구토와 미칠 듯한 갈증 사이로 오랫동안 눈에 보이지 않던 모습이 나타났다. 고향과 부모님의 집, 아버지와 어머니, 누이들과 정원이 보이고, 고요한 고향 집의 내 침실이 보이고, 학교와 시장이 보이고, 데미안과 견진례 수업 시간들이 보였다. 모든 것이 밝았고, 모든 것이 광채로 둘러싸였고, 모든 것이 훌륭하고 신적이고 순수했다. 이 모든 것이—이제야 알게 된 사실인데—어제까지만 해도, 몇 시간 전까지만 해도 내 것이고 나를 기다리던 것이지만, 이제 이 순간, 이토록 추락하고 저주받은 이 순간부터는 더는 내 것이 아니었다. 그 모든 것이 나를 밀어내면서 역겨운 듯이 나를 바라보았다! 모든 사랑스럽고도 내적인 것, 가장 멀고도 가장 아름다운 어린 시절의 정원으로 되돌아가 부모님 곁에서 겪은 것들, 어머니의 모든 키스, 모든 크리스마스, 고향에서 맞은 모든 경건하고 밝은 일요일 아침, 정원의 모든 꽃, 그 모든 것이 황폐해졌다. 그 모든 것을 내가 발로 짓밟은 것이다! 이제 형리가 나타나 나를 포박해 인간쓰레기이며 성전의 파괴자인 나를 교수대로 이끌어간다면 나는 동의할 것이고, 기꺼이 따라갈 것이며, 그것이 훌륭하고 올바른 일이라 여길 것이다.

나의 내면은 이런 모습이었다! 이리저리 돌아다니며 세상을 비웃던 나! 정신은 오만하며 데미안의 생각을 함께 나누던 나! 내 모습은 이랬다. 인간쓰레기이자 불결한 놈, 취하고 더러운, 역겹고도 비열한, 끔찍한 충동에 사로잡힌 상스러운 짐승! 나는 그런 모습이었다. 온갖 순수함, 광채와 사랑스러운 애정이 넘치던 정원에서 온 내가, 바흐의 음악과 아름다운 시들을 사랑하던 내가! 역겨움과 분노를 품고 나 자신의 웃음소리를 들었다. 술에 취해 자제력을 잃은, 이따금 우둔하게 터져나오는 웃음. 그게 나였다!

그 모든 일에도 불구하고 이런 통증을 느끼는 일은 거의 쾌감에 가까웠다. 나는 그토록 오래 눈이 멀어 무감각하게 여기까지 기어왔고, 내 마음은 그토록 오래 침묵한 채 빈곤해져서 구석에 틀어박혀 있었기에, 지금 이런 자기고발, 이런 두려움, 영혼의 이런 아주 끔찍한 감정조차 환영이었다. 어쨌든 이것은 감정이었고 불꽃이 일어났으며 심장도 움찔거렸다! 나는 이런 비참의 한가운데서 혼란스러워하면서도 해방과 봄 같은 것을 느꼈다.

그사이 겉으로만 보면 나는 착실하게 내리막길을 걷고 있었다. 처음으로 술에 취한 일이 곧 더는 처음이 아니게 되었다. 우리 학교에는 술집을 찾아다니며 법석을 떠는 아이들도 꽤 있었다. 나는 거기 어울리는 아이들 가운데 나이가 가장 어린 축에 들었다. 머지않아 나는 그럭저럭 받아들여진 꼬마가 아니라 주동자가 되고 스타가 되었으며, 유명하고 대담한 술꾼이 되었다. 나는 다시 한번 완전히 어두운 세계, 악마에게 속하게 되었고, 이 세계에서 소문난 녀석이 되고 말았다.

그러면서도 비참한 기분이 들었다. 나는 자기파괴적인 방종함 속에서 살았다. 동료들 사이에서 주동자이며 끝내주는 녀석으로, 무지하게 단호하고도 재치 있는 놈으로 통하는 동안에도 내 마음속 깊은 곳에서는 불안으로 가득찬 두려워하는 영혼이 팔랑거렸다. 어느 일요일 오전에 술집을 나서다가 길거리에서 말끔히 빗은 머리와 일요일의 옷차림을 한 밝고도 즐거운 모습의 아이들이 노는 광경을 보고는 눈물이 핑 돌았던 일이 아직도 기억난다. 그리고 하잘것없는 술집의 더러운 탁자에서 맥주통에 빠져 있는 사이로, 대담한 신랄함으로 친구들을 즐겁게 만들고 자주 놀라 자빠지게도 만드는 동안에도, 마음속 깊은 곳에서는 내가 비웃는 모든 것에 대해 경외심을 품었고, 속으로는 눈물을 흘리며 내 영혼, 내 과거, 내 어머니, 신 앞에서 무릎을 꿇었다.

내가 동료들과 한 번도 한통속이 되지 못했던 것, 그들 사이에서 홀로 고독하게 남았고, 그래서 그토록 괴로웠던 것, 거기에는 그럴 만한 이유가 있었다. 나는 술집의 영웅이었고, 가장 거친 자들도 마음에 들어하는 조롱꾼이었다. 나는 재치를 보여주었고, 선생님들이나 학교, 부모, 교회 등에 대한 말이나 생각에서 용기를 보여주었다. 나는 음담패설도 견뎠고 스스로 한마디 보태기도 했지만, 동료들이 여자들을 찾아갈 때면 한 번도 따라가지 않았다. 사랑에 대한 불타는 동경을 지닌 채, 희망 없는 동경을 품은 채 홀로 남았다. 내가 떠드는 소리대로라면 나는 극히 뻔뻔스럽게 쾌락을 누리는 인간이어야 했을 테지만, 나만큼 쉽게 상처 입고 수줍어하는 사람도 없었다. 예쁘고 깨끗한, 밝고도 단아한 젊은 양갓집 아가씨가 내 앞에서 걸어가는 모습을 볼 때면, 그들은 내게 경이롭고도 순수한 꿈이었다. 내게는 닿지 않는 천 배나 선량하고 순수한 사람들이었다. 한동안 나는 야겔트 부인의 공책 가게에도 갈 수가 없었다. 그녀의 모습을 보고 알폰스 베크가 그녀에 대해 들려준 이야기를 생각하면 얼굴이 빨개졌기 때문이다.

이 새로운 모임에서 내내 고독하고 나 자신이 다른 존재임을 알면

알수록 나는 그들에게서 더욱 헤어나오지 못했다. 그렇게 술을 퍼마시고 허풍을 치는 일이 당시 정말로 내게 기쁨이었는지는 모르겠다. 술을 마시는 일도 매번 후유증이 나타나지 않을 만큼 버릇이 되지는 못했다. 그 모든 것이 마치 강제 같았다. 그것 말고는 무엇을 어떻게 해야 할지 도무지 알지 못해서 그냥 그렇게 했다. 오래 혼자 있기가 두려웠고, 항상 내 마음을 끄는 수많은 부드럽고 부끄러운 내적인 변화가 두려웠다. 그리고 그토록 자주 마음속에 나타나는 달콤한 사랑에 대한 생각이 두려웠다.

내게 가장 부족한 것은 친구였다. 내가 무척 좋아하는 두세 명의 학생들이 있기는 했다. 하지만 그들은 선량한 학생들이었고, 나의 방탕함은 이미 그 누구에게도 비밀이 아니었다. 그들은 나를 피했다. 모두들 나를 노는 자식, 발밑에서 바닥이 흔들리는 희망 없는 애로 여겼다. 선생님들은 나에 대해 많은 것을 알았고, 나는 점점 더 엄한 벌을 받았으며, 모두들 마지막에 내가 학교에서 쫓겨나리라고 생각했다. 나 자신도 그것을 알고 있었다. 나는 이미 오래전부터 착한 학생이 아니었고, 이 상태도 더는 오래 지속되지 않으리라는 느낌을 지닌 채 힘들게 요령을 부려 학교의 과정을 통과했다.

신이 우리를 고독하게 만들어 우리 자신에게로 이끌어가는 많은 길이 있다. 신은 당시에 나와 함께 그 길을 걸었다. 그것은 사나운 꿈과 같았다. 더러움과 찐득찐득함, 깨진 맥주잔들과 조롱조로 떠들어댄 밤들 너머로 추방당한 꿈쟁이인 내 모습이 보인다. 쉴새없이 시달리며 추하고도 더러운 길을 기어가는 모습이다. 공주에게 가는 도중 진흙탕에, 악취와 쓰레기로 가득찬 뒷골목에 처박혀버리는 꿈들도 있는 법이다. 당시 내 처지가 그랬다. 내게는 그렇게 섬세하지 못한 방식으로 고독의 길이 주어졌다. 어린 시절과 나 사이에는, 광채를 뿜는 무자비한 파수꾼들이 지키는 에덴동산의 닫힌 문이 가로놓여 있었다. 그것은 나 자신을 향한 그리움의 시작이며 깨어남이었다.

아버지가 기숙사 선생님의 편지로 경고를 받고 처음으로 성 ○○시로 와서 뜻밖에 내 앞에 나타났을 때, 나는 소스라치게 놀라 경련이 일었다. 그해 겨울의 끄트머리에 아버지가 두번째로 오셔서 야단을 치고, 제발 어머니 생각 좀 하라고 간청을 해도 나는 냉혹하고 무관심한 태도를 보였다. 아버지는 마지막에 격분해서 내가 변하지 않는다면 온갖 굴욕과 창피를 주어 학교에서 끌어내 감화원에 가두어버리겠다고 말했다. 좋으실 대로! 당시 아버지가 떠났을 때는 아버지가 불쌍했다. 아버지는 아무것도 이루지 못했고, 내게 도달하는 그 어떤 길도 찾아내지 못했다. 한순간 나는 아버지가 그렇게 된 게 당연하다고 느꼈다.

내가 장차 무엇이 되든지 상관이 없었다. 나는 술집에 앉아 의기양양해하면서 이상하고도 아름답지 못한 방식으로 세상과 싸웠으며, 그것은 세상에 항의하는 나의 방식이었다. 그 과정에서 나는 망가졌고 이따금 이런 생각이 들기도 했다. 세상이 나 같은 인간들을 필요로 하지 않는다면, 세상이 그런 인간들을 위해 더 나은 장소, 더 높은 과제를 제시하지 못한다면 나 같은 인간들은 망가지는 법이다. 손실이야 세상이 입겠지.

그해의 크리스마스 휴가는 정말로 즐겁지 못했다. 어머니는 나를 다시 만나고 기겁을 했다. 나는 키가 더 컸고, 야윈 얼굴은 잿빛으로 까칠해 보였고, 피곤한 얼굴에 눈가에는 염증이 생겨 있었다. 코밑수염이 거뭇거뭇 나기 시작한데다 얼마 전부터 안경을 써서 어머니에게는 더욱 낯설어 보였다. 누이들은 뒤로 물러나 킥킥댔다. 모든 게 불쾌했다. 아버지와 서재에서 나눈 이야기가 불쾌하고 괴로웠고, 몇몇 친척들과의 인사가 불쾌했으며, 무엇보다도 크리스마스이브가 불쾌했다. 어릴 때부터 크리스마스이브는 우리 집에서 가장 성대한 축제였다. 축제 분위기와 사랑과 감사가 있는 저녁이었고, 부모님과 나 사이의 유대가 새로워지는 저녁이었다. 하지만 이번에는 모든 것이 마음을 짓누르고 당황스러웠을 따름이다. 아버지는 옛날처럼 들판의 양치기들에 대한 복음서 구절을 읽었다. "그들이 양떼를 지키고 있었다." 언제나처럼 누이들은 선물 탁자 앞에 빛나는 모습으로 서 있었다. 하지만 아버지의 목소리는 즐겁게 울리지 않았고, 얼굴은 나이들고 답답해 보였다. 어머니는 슬퍼했다. 선물과 축복, 복음서와 크리스마스트리 등 그 모든 것이 내게는 고통스럽고 바라지도 않는 것이었다. 크리스마스 쿠키가 달콤한 냄새를 풍기고 달콤한 추억들이 구름처럼 뭉실뭉실 밀려들었다. 전나무는 향기를 풍기며 이제 더는 없는 일들을 이야기했다. 나는 이 저녁과 크리스마스 축제 기간이 끝나기를 간절히 소망했다.

겨우내 그런 식이었다. 얼마 전에 나는 교사위원회의 강력한 경고와 함께 퇴학 위협을 받았다. 그리 오래 걸리지 않을 것이다. 아무렴 어때.

막스 데미안에게는 특별한 원망을 품었다. 그 기간 내내 그를 보지 못했다. 성 ○○시에서의 학창 시절 초반에 그에게 두 번 편지를 써보냈지만 답장이 오지 않았다. 그래서 나도 방학 동안에 그를 찾아가지 않았다.

지난가을 알폰스 베크와 만났던 그 공원에서 가시나무 생울타리가 초록으로 물들던 이른 봄, 한 소녀가 눈에 띄었다. 나는 온갖 역겨운 생각과 근심에 잠긴 채 혼자서 산책하는 길이었다. 건강이 나빠졌고, 그것 말고도 계속 돈 문제로 낭패를 겪고 있었다. 동료들에게 빚을 지고는 다시 집에서 돈을 얻어내려고 온갖 핑계를 만들어냈다. 그러고는 몇몇 가게에 담배나 그 비슷한 물건들의 외상값을 키우고 있었다. 이런 근심들이 아주 깊었다는 말은 아니다. 머지않아 여기 오는 것도 마지막이 되고, 내가 물에 뛰어들거나 감화원에 보내지면 이따위 근심거리야 중요한 일도 아니니까. 하지만 나는 여전히 그런 불쾌한 일들을 마주하고 살면서 그로 인해 고통받았다.

그 봄에 공원에서 내 마음을 무척 끄는 젊은 숙녀와 마주쳤다. 그녀는 키가 크고 날씬하며 우아한 옷차림에 영리한 소년의 얼굴을 지니고 있었다. 그녀는 이내 내 마음에 들었다. 내가 좋아하는 타입이었고, 내 상상력을 활발하게 만들기 시작했다. 나보다 나이가 많지는 않은 듯했지만 훨씬 어른스러웠다. 우아하고 고운 윤곽에 벌써 완연히 숙녀티가 났다. 하지만 얼굴에 무모하고 소년 같은 데가 엿보였는데, 그런 점이 무엇보다 마음에 들었다.

내가 홀딱 반한 소녀에게 가까이 다가가는 데 성공한 적은 한 번도 없었다. 이번에도 물론 제대로 되지 않았다. 하지만 그 인상은 이전의 어떤 인상보다 훨씬 깊었고, 이 사랑의 감정이 내 삶에 미친 영향은 어마어마한 것이었다.

갑자기 내 앞에 다시 하나의 모습이 나타났다. 고귀하고 존경스러운 모습—아, 내 안의 그 어떤 갈망이나 충동도 존경과 숭배를 향한 소망만큼 그렇게 깊고 격렬한 것은 없었다. 나는 그녀에게 베아트리체라는 이름을 주었다. 단테는 읽지도 않았지만 어떤 영국 그림에서 그 이름을 알게 되었기 때문이다. 나는 그 그림의 사본 하나를 간직하고 있었다. 영국의 라파엘전파(前派) 화가가 그린 소녀 그림인데, 머리가 좁고도 길고, 팔다리도 매우 길고 날씬하며, 두 손과 윤곽에는 정신성이 깃들어 있었다. 내가 만난 그 젊고 아름다운 아가씨는 이 그림의 모습과 완전히 똑같지는 않아도 내가 좋아하는 날씬하고 소년다운 모습, 그리고 정신 또는 영혼이 깃든 얼굴을 지니고 있었다.

나는 베아트리체와 말 한마디 나누지 못했다. 그런데도 그녀는 당시 내게 무척 깊은 영향력을 발휘했다. 그녀는 내 앞에 모습을 드러내면서 내게 거룩한 신전의 문을 열어주고 나를 그 신전의 기도자로 만들었다. 당장 하루 만에 나는 술집에 앉아 있거나 밤마다 쏘다니는 짓을 그만두었다. 다시 혼자 있을 수 있었고, 다시 기꺼이 책을 읽었고, 다시 기꺼이 산책을 했다.

이런 느닷없는 개전(改悛)은 넉넉한 조롱을 불러들였다. 하지만 나는 이제 사랑하고 숭배할 대상이 생겼고, 다시금 이상(理想)을 지니게 되었다. 삶은 다시 다채로운 비밀을 품은 여명과 예감으로 넘쳤다. 덕분에 조롱에 무심할 수 있었다. 숭배하는 대상에 봉사하는 노예가 되었을망정 다시 나 자신으로 돌아온 것이다.

그 시절을 어떤 감동 없이는 생각할 수 없다. 나는 다시 가장 내적인 수고를 다하여 부서진 삶의 시기의 파편들을 모아 '밝은 세계'를 건설하려고 했으며, 내 안에서 어둠과 악을 몰아내고 완전히 밝은 데서 머물려는, 신들 앞에 무릎을 꿇으려는 단 한 가지 소망에 묻혀 살았다. 그렇다 해도 이번의 '밝은 세계'는 어느 정도 나 자신이 만들어낸 것이었다. 그것은 어머니에게로 도망쳐 책임감 없이 안전함 속으로 기어들어가는 일이 아니었다. 나 자신이 만들어내고 요구한 새로운 복무였으며, 책임과 자기 기율을 갖춘 것이었다. 내게 고통을 주고 또 거듭 회피하곤 하던 성적인 욕구가 이런 성스러운 불길 안에서 정신과 경건함으로 승화되었다. 어두운 것, 추악한 것은 없어져야 했다. 신음으로 지새운 밤들, 외설스러운 모습들 앞에서의 가슴 두근거림, 금지된 문 앞에서의 귀 기울임, 음탕함이 없어져야 했다. 그 모든 것 대신에 나는 나만의 제단을 세우고 거기에 베아트리체의 모습을 걸었다. 그렇게 그녀에게 자신을 바침으로써 나는 정신과 신들에게 자신을 바친 것이다. 어두운 힘들에게서 빼낸 삶의 부분을 밝은 힘들에게 바쳤다. 이제 나의 목적은 쾌락이 아니라 순결함이었으며, 행복이 아니라 아름다움과 정신성이었다.

베아트리체를 향한 이런 숭배는 나의 삶을 통째로 바꾸어놓았다. 어제만 해도 조숙하고 빈정거리는 아이였던 나는 이제 성인(聖人)이 되겠다는 목표를 지닌 신전의 근무자였다. 나는 이미 익숙해진 일상생활을 완전히 끊었을 뿐만 아니라 모든 것을 바꾸려고 했다. 모든 것 속에 순결함과 고귀함과 품위를 주려 했고, 먹고 마시고 말하고 옷을 입을 때도 그런 생각을 했다. 차가운 물에 목욕하는 것으로 아침을 열었다. 처음에는 나 자신을 힘들게 채찍질해야만 했다. 나는 진지하고 품위 있게 행동했고, 자세를 똑바로 했으며, 걸음걸이를 더 느리고 우아하게 만들었다. 구경꾼에게는 어쩌면 우스꽝스럽게 보였을지도 모른다.

하지만 내 내면에서 그것은 신을 향한 순수한 예배였다.

새로운 신념을 위한 표현을 찾으려는 이런 새로운 연습에서 한 가지가 중요해졌다. 나는 그림을 그리기 시작한 것이다. 내가 지니고 있던 영국의 베아트리체 그림이 그 소녀와 충분히 닮지 않아서 시작된 일이었다. 나 자신만을 위해 그녀를 그려보기로 했다. 완전히 새로운 기쁨과 희망으로 내 방에—얼마 전부터 나 혼자 쓰는 방이 생겼기에—아름다운 종이와 물감과 붓을 모아놓고 팔레트, 유리잔, 도자기 접시, 연필을 정리했다. 새로 사들인 섬세한 템페라 물감이 나를 매혹했다. 거기에 독한 크롬산(酸) 초록색이 있었다. 그것이 처음으로 자그마한 흰 주발 안에서 빛나던 모습이 지금도 눈앞에 선하다.

나는 조심스럽게 시작했다. 얼굴을 그리기란 어려운 일이었기에 처음에는 다른 것들로 시험을 해보기로 했다. 장식무늬, 꽃, 자그마한 상상의 풍경화, 예배당 옆의 나무 한 그루, 사이프러스나무가 있는 로마의 다리를 그렸다. 이따금 이 장난스러운 행위에 완전히 몰입해서 나 자신을 잊었고, 나는 크레파스를 든 어린아이처럼 행복했다. 그리고 마침내 베아트리체를 그리기 시작했다.

종이 몇 장을 몽땅 망쳐서 내버렸다. 이따금 거리에서 마주치던 소녀의 얼굴을 떠올리려고 노력하면 할수록 오히려 떠오르지 않았다. 마지막에는 그런 노력을 포기하고 상상력에 따라, 또 색깔과 붓에서 저절로 나오는, 일단 시작한 데서 저절로 나오는 안내에 따라 그냥 얼굴 하나를 그리기 시작했다. 그렇게 생겨난 것은 꿈속의 얼굴이었고 그것이 꼭 불만스럽지도 않았다. 그래도 그런 노력을 바로 계속해나갔다. 새로 그리는 그림마다 점점 더 뚜렷하게 무언가를 말했고, 현실의 모습과는 사뭇 달라도 그 타입에 더욱 가까워졌다.

　나는 차츰 꿈결 같은 붓질로 모델도 없이, 장난스러운 터치와 무의식에서 나온 선들을 그리고 평면을 채우는 데 익숙해졌다. 어느 날 마침내 거의 의식도 없는 상태에서 이전의 것들보다 더욱 강하게 내게 말을 걸어오는 얼굴을 완성했다. 그것은 소녀의 얼굴이 아니었다. 어차피 이미 오래전부터 그렇게 되기란 틀린 일이었다. 그것은 무언가 다른 것이었고 무언가 비현실적인 것이었지만, 그렇다고 가치가 덜하지는 않았다. 그것은 소녀의 얼굴이라기보다는 오히려 젊은이의 얼굴로 보였다. 머리카락은 내 아름다운 소녀의 그것처럼 밝은 금발이 아니라 붉은 색조가 어린 갈색이었고, 턱은 강하고 단호했으며 입술은 붉은색으로 피어났고, 전체는 어딘지 뻣뻣하고 가면 같은 데가 있었지만 인상적이고 신비로운 생명으로 가득했다.

　완성된 그림 앞에 앉아 있자니 그림이 묘한 인상을 풍겼다. 그것은 일종의 신의 모습 또는 거룩한 가면처럼 보였다. 절반은 남자, 절반은 여자, 나이를 넘어선, 의지력이 강하면서도 꿈결 같고, 뻣뻣하면서도 은밀히 생동하는 모습이었다. 그 얼굴은 내게 무언가를 말하고 있었다. 그것은 내 것이었고 내게 어떤 요구들을 했다. 그리고 그 누군가와 비슷했는데 그게 누군지를 알 수가 없었다.

　그 초상은 한동안 내 모든 생각을 따라다니면서 나의 삶에 동참했다. 나는 그림을 서랍에 숨겨두었다. 아무도 그림을 훔쳐보거나 그것으로 나를 놀리지 못하도록 말이다. 하지만 내 작은 방에서 혼자가 될 때면 그림을 꺼내서 그것과 교유했다. 저녁이면 핀으로 침대 맞은편 벽에 고정시켜서 잠들 때까지 바라보았고, 아침이면 맨 먼저 그리로 눈길을 돌렸다.

바로 그 시기에 나는 다시 꿈을 많이 꾸기 시작했다. 어린 시절에 늘 그랬던 것처럼. 몇 해 동안이나 꿈을 꾸지 않았던 듯했다. 이제 꿈이 돌아왔다. 전혀 새로운 종류의 모습들이었다. 그리고 내가 그린 초상도 자꾸자꾸 꿈속에 나타났다. 생생하게 말을 하며, 나와 친구가 되거나 적이 되어, 이따금은 찌푸린 얼굴로, 이따금은 끝없이 아름답고 조화롭고 고귀한 모습으로.

어느 날 아침에 그런 꿈들에서 깨어났을 때 나는 문득 깨달았다. 그림이 믿을 수 없을 만큼 친숙한 모습으로 나를 바라보았다. 내 이름을 부르는 듯했다. 마치 어머니처럼 나를 알아보는 것 같았고, 그 모든 시간 동안 나를 향해 있었던 것만 같았다. 두근거리는 가슴으로 그림을 바라보았다. 숱 많은 갈색 머리칼, 절반은 여자 같은 입술, 이상하게 빛나는(마르면서 저절로 그렇게 된) 강렬한 이마, 마음속으로 차츰차츰 깨달음과 앎을 느꼈다.

침대에서 벌떡 일어나 얼굴 앞으로 가서 크게 뜬, 초록빛이 감도는 고집스러운 눈을 똑바로 들여다보았다. 오른쪽 눈이 다른 쪽보다 약간 더 높이 있었다. 그리고 갑자기 이 오른쪽 눈이 가볍고도 섬세하게, 하지만 뚜렷하게 찡끗했다. 이 찡끗하는 눈짓으로 나는 그 모습을 알아보았다……

어떻게 그것을 이제야 알아본단 말인가! 그것은 데미안의 얼굴이었다.

나중에 나는 기억 속에 남아 있는 데미안의 실제 윤곽과 그 그림을 거듭 비교해보았다. 두 모습은 비슷하기는 해도 꼭 같지는 않았다. 하지만 그래도 데미안이었다.

언젠가 이른 여름 저녁때 내 방의 서쪽 창문으로 햇빛이 비스듬히 붉은빛을 비춰주었다. 방 안은 어둑어둑했다. 그때 갑자기 생각이 떠올라 베아트리체의 혹은 데미안의 초상을 핀으로 창틀에 고정시키고 저녁햇살이 그림을 통과하는 모습을 바라보았다. 얼굴은 윤곽이 없이 흐릿해졌지만 붉은색으로 테두리를 그린 두 눈과 이마의 밝은 색깔과 격렬하게 붉은 입술만은 표면에서 깊고도 거칠게 빛났다. 나는 오랫동안 그림을 마주보며 앉아 있었다. 이미 캄캄해진 뒤까지도. 그리고 차츰 그것은 베아트리체도 데미안도 아니고 바로 나 자신이라는 느낌이 들었다. 나와 닮지는 않았지만—그럴 리 없다고 나도 느꼈고—그래도 그것은 나의 삶을 이루는 것, 나의 내면, 나의 운명 또는 나의 데몬*이었다. 언젠가 다시 친구를 갖게 된다면 내 친구는 저런 모습이 될 것이다. 언젠가 애인을 얻게 된다면 내 애인은 저런 모습이 될 것이다. 나의 삶과 나의 죽음도 저런 모습이 될 것이다. 이것은 내 운명의 울림이자 리듬이었다.

그 몇 주일 동안 나는 책을 읽기 시작했는데, 그것은 이전의 그 무엇보다도 더욱 깊은 인상을 남겼다. 뒷날에도 그런 식으로 경험한 책들은 그리 많지 않다. 니체 정도나 그랬을까. 노발리스의 편지와 격언 들이 담긴 책이었는데 나는 그중 대부분을 이해하지 못했고, 그런데도 그 모두가 말할 수 없이 매혹적이었으며 내 마음을 온통 사로잡았다. 그 순간 격언 하나가 떠올랐다. 나는 그것을 펜으로 초상화 아래에 적

---

* 그리스어 다이몬(daimon)에서 유래한 낱말로 원래는 신을 뜻한다. 악의 특성을 배제하지 않는 신성을 가리키며 각각의 맥락에 따라 선한 영, 악한 영을 뜻하기도 한다.

어놓았다. "운명과 기질은 같은 개념의 다른 이름이다." 나는 방금 그 말을 이해한 것이다.

나는 베아트리체라고 부르던 소녀와 여전히 자주 부딪쳤다. 이제 더는 동요를 느끼지 않았지만 언제나 부드러운 일치감, 감정적인 예감을 느꼈다. 넌 나와 연결되어 있어. 네가 아니라 너의 모습뿐이긴 하지만. 넌 내 운명의 일부야.

막스 데미안을 향한 그리움이 다시 강렬해졌다. 몇 해 전부터 그의 소식을 전혀 모르고 지냈다. 방학 때 단 한 번 그를 만난 적이 있었다. 그 짧은 만남을 내 기록에서 빠뜨렸음을 이제야 깨달으며 그것이 부끄러움과 허영심에서 일어난 일임을 알겠다. 늦게나마 그 이야기를 해야겠다.

언젠가 방학 때 술집을 돌아다니던 시절의 거만하고 피곤한 얼굴로 고향 도시를 이리저리 쏘다니고 있었다. 산책용 지팡이를 휘두르며 옛날과 똑같은 경멸스러운 속물들의 얼굴을 바라보고 있을 때 옛 친구와 우연히 마주쳤다. 그를 보자마자 나는 어깨를 움찔했다. 프란츠 크로머 생각이 번개처럼 빠르게 스쳐갔다. 데미안이 그 이야기를 잊었다면 얼마나 좋을까! 그에게 빚을 졌다는 사실이 그토록 불쾌했다. 그거야 그냥 어린 시절의 멍청한 이야기지만 그래도 그런 빚이 있다는 건……

그는 내가 인사하기를 기다리는 것 같았다. 내가 가능한 한 침착한 태도로 인사를 건네자 그는 내게 손을 내밀었다. 그것은 역시 그의 악수였다! 그토록 확고하고 따스하고 그러면서도 차갑고 남자답다니!

그는 주의 깊게 내 얼굴을 살펴보며 말했다. "많이 컸구나, 싱클레어." 그 자신은 하나도 변하지 않아 보였다. 언제나처럼 똑같이 나이든,

똑같이 젊은 모습이었다.

그가 합류해서 우리는 함께 산책을 했다. 순전히 시시한 일들에 대해서만 이야기를 나누었고, 당장의 일에 대해서는 한 마디도 하지 않았다. 전에 몇 번 그에게 편지를 보냈지만 답장을 받지 못했다는 생각이 떠올랐다. 아, 그가 그것도 잊었으면 좋으련만, 그 멍청하고 멍청한 편지들이라니! 그는 그 편지에 대해서는 아무 말도 하지 않았다!

당시만 해도 베아트리체도 초상화도 없었고, 나는 아직 사나운 시절의 한복판에 있었다. 교외에 이르자 그에게 술집에 들어가자고 청했다. 그는 함께 들어갔다. 나는 허풍을 떨며 포도주 한 병을 주문해서는 잔에 따르고 그와 잔을 부딪쳤다. 대학생들의 음주 습관에 매우 친숙한 내 모습을 보여주고는 첫 잔을 단숨에 들이켰다.

"술집에 자주 가나보지?" 그가 물었다.

"응, 그래." 나는 무심하게 대답했다. "따로 할 일이 뭐가 있어? 결국은 그게 가장 재미있는걸."

"그렇게 생각해? 그럴지도 모르지. 거기엔 아주 아름다운 점도 있으니까. 술에 취하는 것, 바쿠스적인 것! 하지만 자주 술집에 앉아 있는 사람들은 대개 재미를 완전히 잃어버리던걸. 술집을 돌아다니는 거야말로 진짜 속물적인 일 같은데. 그래, 물론 하룻밤 횃불을 밝히고 진짜로 화끈하게 취하는 거야 좋지! 하지만 언제나 거듭 한 잔 또 한 잔, 그거야말로 진짜가 아닌 것 같은데? 파우스트가 저녁마다 단골 술집에 앉아 있는 모습을 상상할 수 있어?"

나는 잔을 비우고 적대감에 차서 그를 바라보았다.

"그래, 하지만 누구나 파우스트는 아니니까." 나는 짤막하게 말했다.

그는 약간 멈칫하며 나를 바라보았다.

그러고는 옛날의 활기와 우월함을 드러내며 웃음을 터뜨렸다.

"좋아, 무엇하러 싸우겠니? 어쨌든 술주정꾼이나 방탕한 사람의 삶이 흠 하나 없는 부르주아의 삶보다는 아마 더 생동하는 것이겠지. 게다가 언젠가 읽은 말인데, 방탕한 삶이 신비주의자가 되기 위한 최고의 준비 과정이라더라. 뒷날 예언자가 되는 성 아우구스티누스 같은 사람들이야 늘 있는 법이니까. 그도 한때는 향락을 즐기는 세속적인 사람이었지."

나는 불신에 가득찼고 그에게 지배당하지 않을 셈이었다. 그래서 거만하게 말했다. "그래, 누구나 제 입맛대로 살라지! 터놓고 말하자면 예언자나 뭐 그런 게 되는 건 나하고는 전혀 상관없는 일이야."

데미안은 살짝 가느스름하게 뜬 눈으로 잘 안다는 듯이 나를 바라보았다.

"친애하는 싱클레어." 그가 천천히 말했다. "네게 불쾌한 말을 하려던 건 아니었어. 게다가 네가 지금 어떤 목적으로 그 잔을 들이켜는지 우리 둘 다 모르지. 네 안에서 네 삶을 만드는 것은 그걸 이미 알고 있겠지. 그걸 아는 건 좋은 일이야. 우리 안에 누군가가 있어서 모든 것을 알고, 모든 것을 원하고, 모든 것을 우리 자신보다도 더 잘한다는 사실 말이야. 그런데 용서해라, 난 그만 집에 가야겠어."

우리는 짧게 작별인사를 나누었다. 나는 불쾌한 기분으로 앉아서 병을 몽땅 비웠다. 그리고 돌아가려는 순간에 데미안이 이미 술값을 치렀음을 알았다. 그 사실이 나를 더욱 화나게 했다.

내 생각은 다시 이 짧은 만남에 머물렀다. 온통 데미안 생각뿐이었다. 그리고 그가 그 교외의 술집에서 했던 말들이 다시금 기억에 떠올랐다. 이상하게도 생생하게 고스란히 떠올랐다. "그걸 아는 건 좋은 일이야. 우리 안에 누군가가 있어서 모든 것을 안다는 사실 말이야!"

창에 걸린 채 이제 완전히 어둠 속으로 사라진 그림을 바라보았다. 여전히 빛나는 두 눈이 보였다. 그것은 데미안의 눈빛이었다. 아니면 내 안에 있는 그 누군가였다. 모든 것을 아는 그 누군가.

데미안이 얼마나 그리웠던가! 그에 대해서 나는 아무것도 몰랐다. 그는 내가 닿을 수 없는 곳에 있었다. 아마도 어딘가에서 대학교에 다니고 있으리라는 것, 그가 김나지움 시절을 마치자 그의 어머니도 우리 도시를 떠났다는 것만 알았다.

크로머와의 이야기에 이르기까지 내 안에 있는 막스 데미안에 대한 모든 기억을 뒤졌다. 그가 옛날에 이야기한 얼마나 많은 말이 지금 다시 울리고 있는가. 모든 것이 여전히 의미가 있었다. 여전히 지금의 문제였고 내게 중요했다. 별로 즐겁지 않았던 마지막 만남에서 그가 방탕한 사람과 성자에 대해 한 말도 불현듯 환하게 내 영혼 앞에 나타났다. 내게 꼭 그런 일이 생긴 게 아닌가? 나는 취기와 더러움 속에서, 마비와 상실 속에 살지 않았던가? 그러다가 새로운 삶의 충동과 더불어 그 반대가 내 안에서 살아나면서 순결함에 대한 열망, 성자에 대한 동경이 나타나지 않았던가?

그렇게 나는 줄곧 추억을 따라갔다. 밤이 된 지 이미 오래였고 밖에는 비가 내렸다. 내 추억 속에서도 비가 내리는 소리가 들렸다. 그 옛날 언젠가 밤나무 아래 서 있던 시간. 그가 내게 크로머 일을 캐묻고 내 첫 비밀들을 알아내던 시간이었다. 하나씩 차례로 떠올랐다. 학교

가는 길에 나눈 대화들, 견진례 수업 시간들. 그리고 마침내 막스 데미안과 맨 처음으로 만나던 순간도 떠올랐다. 그때 대체 무슨 이야기를 했더라? 금방 떠오르지는 않았지만 천천히 시간을 두고 완전히 몰두했다. 그러자 그것도 다시 떠올랐다. 그가 내게 카인에 대한 의견을 말해준 뒤 우리는 함께 우리 집 앞에 서 있었다. 그는 우리 집 현관문 위에 달린 낡고 색이 바랜 문장에 대해 이야기했다. 아래서부터 위로 점점 더 넓어지는 쐐기돌에 새겨진 문장이었다. 그것이 자기 관심을 끈다고 그가 말했지. 그런 것들은 눈여겨봐야 한다고.

그날 밤에 나는 데미안과 그 문장 꿈을 꾸었다. 문장은 끊임없이 변했다. 데미안이 문장을 손에 쥐고 있었다. 그것은 때로는 작고 잿빛이었다가 또 때로는 엄청 크고 다채로운 빛깔이 되었는데, 그는 그것이 언제나 동일한 것이라고 설명해주었다. 마지막에 그는 내게 문장을 먹으라고 강요했다. 그것을 삼키자 놀랍게도 삼킨 문장의 새가 내 안에서 살아나더니 나를 가득 채우고는 안에서부터 나를 쪼아먹기 시작했다. 나는 죽음의 공포에 사로잡혀 벌떡 일어나며 잠에서 깼다.

정신이 들었는데 아직 한밤중이었고, 방 안에는 빗소리가 들렸다. 창문을 닫으려고 일어났다가 바닥에서 무언가 허연 것을 밟았다. 다음 날 보니 그것은 내가 그린 그림이었다. 축축한 바닥에 있었기에 올록볼록해졌다. 나는 그림이 마르도록 펼쳐서 압지 사이에 끼워 두툼한 책 속에 넣어 놓았다. 이튿날 다시 꺼내보니 말라 있었다. 하지만 그것은 약간 변했다. 붉은 입술은 색깔이 옅어지고 조금 가늘어져 있었다. 그것은 이제 완전히 데미안의 입술이었다.

나는 새로운 그림을 그리기 시작했다. 문장의 새였다. 그것이 원래 어떤 모양이었는지 더는 분명히 알 수가 없었다. 내가 아는 한 문장의 일부는 가까이에서 보아도 잘 알아볼 수 없는 상태였다. 오래되어 여러 번이나 색을 덧칠한 탓이었다. 새는 무언가의 위에 서 있거나 앉아 있었다. 꽃이나 바구니 혹은 둥지, 어쩌면 나무우듬지였을지도 모르겠다. 나는 더이상 그런 데 신경쓰지 않고 똑똑히 생각나는 것부터 시작했다. 불확실한 어떤 욕구에 따라 곧바로 강렬한 색으로 시작했다. 내 그림에서 새의 머리는 황금색이었다. 기분 내키는 대로 계속 그려서 그림을 며칠 만에 완성했다.

그것은 날카롭고 대담한 새매의 머리를 지닌 맹금류였다. 몸의 절반이 어두운 색깔의 지구에 박혀 있는데, 새는 마치 거대한 알에서 나오는 듯 그곳에서 나오는 중이었다. 푸른 하늘이 배경이었다. 그림을 오래 바라보고 있자니 그것은 차츰 꿈속에 나타났던 다채로운 빛깔의 문장처럼 보였다.

어디로 부칠지를 알았다고 해도 데미안에게 편지를 쓰기란 아마 불가능했으리라. 하지만 당시 내가 무슨 일을 할 때든 느끼곤 하던 꿈결 같은 예감 속에서 나는 그에게 이 새매 그림을 보내기로 결심했다. 그에게 도달하든 안 하든 상관없이. 그림에 아무것도 쓰지 않고, 내 이름조차 쓰지 않고 가장자리를 조심스럽게 오려냈다. 커다란 종이봉투를 사서는 내 친구의 옛날 주소를 적었다. 그런 다음 그것을 부쳤다.

시험이 다가왔고 보통 때보다 더 많이 공부해야 했다. 내가 돌연 무례한 태도를 바꾼 뒤로 선생님들은 나를 다시 너그러이 받아들여주었다. 당시도 좋은 학생은 아니었지만, 반년 전에만 해도 내가 아마 벌을 받아 퇴학당할 거라고들 했었다는 사실을 나 자신이나 다른 누구도 더는 생각하지 않았다.

아버지는 이제 다시 예전과 같은 말투로 질책이나 협박 없이 편지를 보냈다. 하지만 나는 아버지나 다른 누구에게도 어떻게 나에게 변화가 일어났는지 설명할 생각이 없었다. 이런 변화가 나의 부모님과 선생님들의 소망과 맞아떨어진 것은 우연이었다. 그것은 나를 다른 사람에게로 데려가거나 그 누구와 가깝게 만들지도 않았다. 나를 더욱 고독하게만 만들었을 뿐이다. 그것은 어딘가로 향해 있었다. 데미안에게로, 멀리 있는 운명에게로. 나 자신도 아직 잘 몰랐다. 나는 그 한가운데서 있었으니. 일은 베아트리체로 시작되었으나, 얼마 전부터 나는 내가 그린 그림들과 데미안에 대한 생각들과 더불어 살았다. 얼마나 완벽하게 비현실적인 세계에 살았던지 베아트리체마저 시야와 생각에서 완전히 놓치고 말았다. 설사 내가 원했다 해도, 나는 그 누구에게도 내꿈과 내 기대와 내 내면의 변화들에 대해서 단 한 마디도 할 수 없었으리라.

하지만 내가 대체 그것을 어떻게 원할 수가 있었겠는가?

새는 힘겹게 투쟁하여 알에서 나온다

내가 그린 꿈속의 새는 제 갈 길을 가서 내 친구를 찾았다. 세상에서 가장 이상한 방식으로 답장이 왔다.

언젠가 수업 사이의 쉬는 시간이 끝난 다음 교실의 내 책상에서 책에 꽂힌 종이쪽지를 보았다. 쪽지는 동급생들이 이따금 수업 시간에 은밀히 쪽지를 전달할 때 접는 방식으로 접혀 있었다. 나는 대체 누가 이런 쪽지를 보냈을까 의아했다. 그 누구하고도 그런 식으로 교유하지 않았기 때문이다. 학생들 사이에서 재미로 하는 도발이겠거니 여겼다. 나는 그런 일에는 끼어들지 않았기에 쪽지를 읽지도 않고 책 앞쪽에 꽂아두었다. 수업 시간에 쪽지가 우연히 다시 손에 들어왔다.

종이를 만지작거리다가 아무 생각도 없이 그것을 펼쳤고 거기 적힌 몇 마디 글자를 보았다. 슬쩍 한번 쳐다보고는 어떤 한 마디 말에 눈길이 꽂혀서 깜짝 놀라 읽었다. 혹독한 추위를 맞은 듯 운명 앞에서 심장이 움츠러들었다.

"새는 힘겹게 투쟁하여 알에서 나온다. 알은 세계다. 태어나려는 자는 한 세계를 깨뜨려야 한다. 새는 신에게로 날아간다. 그 신의 이름은 아프락사스다."

나는 그 구절을 몇 번이나 읽은 다음 깊은 생각에 빠져들었다. 의심의 여지가 없었다. 그것은 데미안에게서 온 답장이었다. 그와 나 말고는 아무도 그 새에 대해 알 리가 없었다. 그가 내 그림을 받은 것이다. 그는 이해했고, 내가 그 뜻을 해석하도록 도운 것이다. 하지만 이 모든 게 어떤 연관성이 있단 말인가? 그리고—이 부분이 무엇보다 나를 괴롭혔는데—아프락사스란 대체 무엇인가? 나는 이 말을 들어본 적도 읽어본 적도 없었다. "그 신의 이름은 아프락사스다!"

수업은 단 한 마디도 듣지 못한 채로 그 시간이 끝났다. 오전의 마지막 수업인 다음 시간이 시작되었다. 젊은 교생 선생님이 맡은 수업인데, 그는 대학을 갓 나와 아직 젊고 우리에게 거짓 위엄을 부리지 않았기에 우리 모두 좋아했다.

우리는 폴렌 선생님의 지도로 헤로도토스를 읽었다. 이 강독은 내가 흥미를 느끼는 몇 안 되는 과목 중 하나였다. 하지만 이번에 나는 딴 데 정신이 팔려 있었다. 기계적으로 책을 펼치긴 했지만 번역을 따라가지 않고 그냥 내 생각에 잠겨 있었다. 하여튼 나는 데미안이 옛날에 종교 수업 시간에 했던 말이 얼마나 옳은지를 이미 여러 번이나 경험했다. 무언가를 충분히 강하게 원하면 이루어진다는 말이었다. 수업 시간에 내가 자신만의 생각에 완전히 몰두해 있으면 나는 아주 조용해지고 선생님도 나를 그대로 내버려두었다. 그렇다, 만일 산만해지거나 졸고 있으면 선생님은 별안간 앞에 와서 서 있곤 했다. 나한테도 그런 일이 가끔 일어났다. 하지만 정말로 생각을 하면, 정말로 깊이 몰두해 있으면 보호를 받았다. 그리고 단호한 눈빛으로 바라보는 일도 이미 시험해보고 믿을 만하다는 것을 깨달았다. 그 옛날 데미안과 함께하던 시절에는 성공하지 못했지만 이제는 눈빛과 생각으로 매우 많은 것을 이룰 수 있음을 자주 느꼈다.

그때도 나는 그렇게 헤로도토스와 학교에서 멀리 떨어진 채 앉아 있었다. 그러다 느닷없이 선생님의 목소리가 번개처럼 내 의식 안으로 쳐들어오는 바람에 깜짝 놀라 깨어났다. 선생님의 목소리가 들렸다. 선생님은 내 바로 옆에 서 있었다. 내 이름을 불렀다고 생각했는데 나를 보지 않고 있었다. 나는 안도의 숨을 내쉬었다.

그 순간 선생님의 목소리가 다시 들렸다. 큰 소리로 '아프락사스'라는 낱말을 말하고 있었다.

폴렌 선생님은 내가 놓친 앞부분에 이어 설명을 계속했다. "우리는 고대 종파들의 의견과 신비적인 합일을, 합리주의의 관점으로 바라볼 때 흔히 그러듯 그렇게 단순하게 생각해서는 안 된다. 오늘날 우리가 생각하는 의미에서의 학문이란 고대에는 아예 없었다. 그 대신 철학적이고도 신비주의적인 진리를 향한 깊은 탐색이 있었는데, 그런 탐색은 매우 높은 수준으로 발전했다. 부분적으로는 거기서 마법과 농간이 생겨났고, 그것은 자주 기만과 범죄로 발전하기도 했다. 하지만 마법도 고귀한 기원과 깊은 사상을 지녔다. 앞에서 예로 들었던 아프락사스의 가르침도 마찬가지다. 사람들은 이 이름을 흔히 그리스의 마법 주문과 연관시켜 말하면서, 오늘날에도 야만적인 종족들이 믿는 무슨 마법을 부리는 악마의 이름이라고 여긴다. 하지만 아프락사스는 훨씬 더 많은 의미를 지닌 것으로 보인다. 우리는 이 이름이 신적인 것과 악마적인 것의 결합이라는 상징적 과제를 지닌 어떤 신의 이름이라고 생각할 수 있겠다."

키가 자그마한 이 학자는 섬세하고도 열성적으로 설명을 이어나갔지만 아무도 관심을 보이지 않았다. 그리고 아프락사스라는 이름도 더는 언급되지 않았기에 나도 곧바로 나 자신에게로 관심을 돌렸다.

'신적인 것과 악마적인 것의 결합'이라는 말이 여전히 귓가에 울렸다. 나는 여기서 연관성을 찾아낼 수 있었다. 그것은 우리 우정의 맨 끝 무렵에 데미안과의 대화에서 친숙해진 생각이었다. 데미안은 당시 우리가 숭배하는 하느님이란 멋대로 나누어놓은 세계의 절반만을 나타낸다고 말했다(공식적으로 허용된 '밝은' 세계 말이다). 하지만 우리는 세계 전체를 숭배할 수 있어야 하며, 그러려면 신이면서 동시에 악마이기도 한 신을 갖든가, 아니면 신에 대한 예배와 나란히 악마에 대한 예배도 드려야 한다고 했다. 그렇다면 아프락사스는 바로 신이면서 동시에 악마인 신이었다.

한동안 나는 아주 열성적으로 계속해서 그 신을 추적해보았지만 전혀 진전이 없었다. 아프락사스를 찾아 헛되이 도서관 전체를 뒤져보기도 했다. 하지만 나의 본질은 직접적이고 의도적으로 탐색하는 이런 방식에는 잘 맞지가 않았다. 그러면 학문적인 진리들을 발견하게 되는데, 그것은 나 같은 사람의 손에서는 돌이 되어버리고 만다.

내가 한동안 그토록 열렬히 빠져 있었던 베아트리체의 모습은 이제 차츰 사라져버렸다. 아니 오히려 그녀는 내게서 천천히 멀어지면서 점점 수평선으로 다가가더니 갈수록 어렴풋해지고 멀어지고 흐릿해졌다. 그 모습은 더이상 영혼을 충족시키지 못했다.

이제는 내가 마치 몽유병자처럼 지속하던, 독특하게 내면 안으로 은둔해버린 삶의 방식에서 새로운 것이 형성되기 시작했다. 내 안에서 삶을 향한 동경, 아니 오히려 사랑을 향한 동경이 피어났다. 한동안 베아트리체를 향한 숭배로 풀 수 있었던 성적인 충동이 새로운 모습과 목적 들을 동경하였다. 나는 여전히 그 어떤 충족도 얻지는 못했지만 그렇다고 이런 동경을 속이면서, 내 동료들이 행복을 얻으려고 찾아가곤 하던 여자들에게서 무엇을 기대하기란 전보다도 더욱 불가능한 일이 되었다. 나는 다시 자주 꿈을 꾸었고, 밤보다 오히려 낮에 더 많은 꿈을 꾸었다. 여러 상상들, 모습들, 소망들이 내 안에서 피어올라 나를 외부세계에서 떼어놓았기에, 나는 현실의 환경보다는 내 속에 있는 이런 모습들, 꿈이나 그림자 들과 점점 더 진짜처럼 더욱 생생히 교유하며 살았다.

어떤 특정한 꿈 또는 환상놀이가 언제나 거듭 나타나면서 내게 의미심장한 것이 되었다. 내 삶에서 가장 중요하고도 가장 지속적인 이 꿈은 대략 이런 내용이었다. 나는 아버지의 집으로 돌아갔다. 집의 현관문 위에서 문장의 새가 푸른 바탕을 배경으로 노랗게 빛났다. 집에서 어머니가 나를 맞아주었는데, 내가 안으로 들어가 어머니를 포옹하려고 하자 실은 어머니가 아니라 한 번도 본 적 없는 모습이었다. 키가 크고 강하며, 막스 데미안이나 내가 그린 그림과도 닮은, 그러면서도 다른, 강인하면서도 온전히 여성적인 모습. 이 모습은 나를 끌어당겨 깊고도 떨리는 사랑의 포옹으로 나를 맞아들였다. 희열과 공포가 뒤섞인 이 포옹은 신을 향한 예배이면서 동시에 범죄였다. 어머니에 대한 너무 많은 기억들, 내 친구 데미안에 대한 너무 많은 기억들이 나를 껴안은 이 모습 속에 유령처럼 스며 있었다. 그녀의 포옹은 모든 경외심을 위반하는 것이면서도 영혼의 지복이었다. 나는 이따금 깊은 행복감을 안은 채 이 꿈에서 깨어났고, 또 이따금은 끔찍한 죄악에서 벗어나듯이 죽음의 공포와 죽도록 괴로운 양심의 가책을 지닌 채 깨어나기도 했다.

온전히 내면에서 생겨난 이 모습과, 내가 찾으려는 신에 대해 외부에서 들어온 신호 사이에 오직 무의식에서만 차츰 그 어떤 결합이 나타났다. 그 결합은 점차 긴밀해지고 내밀해졌다. 나는 나 자신이 이 예감의 꿈속에서 아프락사스라는 이름을 부른다는 것을 눈치채기 시작했다. 희열과 공포, 남자와 여자가 뒤섞인, 가장 거룩한 것과 추한 것이 서로 뒤엉킨, 깊은 죄가 가장 사랑스러운 무죄를 번개처럼 관통하는—내 사랑의 꿈의 모습은 그랬고, 아프락사스 또한 그랬다. 사랑은 이제 내가 맨 처음에 두려워하며 느끼던 동물적인 어두운 충동이 아니었다. 그리고 베아트리체의 모습에 바치던 경건하게 정신화된 예배도 아니었다. 사랑은 두 가지 모두였다. 두 가지 모두이면서 동시에 그 이상이었다. 사랑은 천사의 모습이며 악마이고, 하나가 된 남자이며 여자이고, 인간이며 동물이고, 최고의 선이며 극단적인 악이었다. 이를 겪는 것이 내게 주어진 일이었고, 이를 맛보는 것이 내 운명이었다. 나는 운명을 향해 동경과 공포를 품었지만, 운명은 언제나 거기 있었고, 언제나 내 위에 있었다.

이듬해 봄에 김나지움을 떠나 대학에 가게 되었지만 아직도 어디서 무엇을 공부해야 할지 몰랐다. 내 입술 위로는 수염이 살짝 자랐고, 나는 이제 다 자란 인간이었는데도 어쩔 줄 모르고 목적도 없었다. 오직 한 가지만 분명했다. 내 안의 목소리, 꿈의 영상이었다. 나는 그것의 안내를 맹목적으로 따라가는 것이 과제라고 느꼈다. 하지만 그것이 힘들어서 매일 거부했다. 어쩌면 내가 미쳤나, 어쩌면 내가 다른 애들과 다른가 하는 생각도 드물지 않게 들었다. 하지만 나는 다른 애들이 하는 일을 모두 할 수 있었고, 약간의 부지런함과 노력만 기울이면 플라톤을 읽을 수 있었고, 삼각법 과제를 풀거나 화학 분석도 따라갈 수 있었다. 다만 한 가지만은 못했다. 다른 애들이 하듯이 내 안에 어둡게 감추어진 목적을 끄집어내서 내 앞 어딘가에 또렷이 그려보는 일이었다. 그들은 자기들이 교수나 판사, 의사나 예술가가 되고 싶다는 것을 분명히 알았고, 그것이 얼마나 오래 걸릴지, 어떤 이점이 있을지 잘 알았다. 나는 그러지 못했다. 어쩌면 나도 언젠가 그런 뭔가가 되겠지만, 그게 뭔지 내가 어찌 알겠는가. 어쩌면 여러 해 동안 찾고 또 찾아야 할지도 모른다. 그런 다음에도 아무것도 되지 못하고 목적지에 도달하지 못할지도 모른다. 어쩌면 어떤 목적지에 도달하긴 하지만 그것이 사악하고 위험하고 끔찍한 것일지도 모른다.

나는 오로지 내 안에서 저절로 우러나오는 것에 따라 살아가려 했을 뿐이다. 그것이 어째서 그리도 어려웠을까?

나는 자주 내 꿈속의 강렬한 사랑의 모습을 그림으로 그려보려고 했다. 하지만 잘되지 않았다. 그림을 그릴 수만 있었다면 데미안에게 보냈을 것이다. 그는 대체 어디 있나? 나는 몰랐다. 오직 그가 나와 결합

되어 있다는 사실만 알았다. 언제 그를 다시 만날까?

베아트리체 시절 그 몇 주, 그 몇 달간의 쾌적한 고요함은 이미 오래전에 사라졌다. 당시 나는 섬에 도달했고 이제 평화를 찾았다고 믿었다. 하지만 언제나 그렇듯이 어떤 상태가 사랑스러워지고 어떤 꿈이 쾌적해지면 그것은 금방 시들면서 보이지 않게 되었다. 그것이 그리워 탄식해도 소용없었다. 나는 이제 진정되지 않는 갈망과 긴장된 기다림의 불꽃 속에서 살았다. 그것이 자꾸 나를 몹시 거칠게 또 미치게 만들었다. 꿈속 연인의 모습을 자주, 무척이나 뚜렷이 보았다. 나 자신의 손보다도 더 뚜렷했다. 그 모습과 이야기를 나누고 그 앞에서 울고 저주를 퍼부었다. 그 모습을 어머니라 부르며 그 앞에서 무릎을 꿇고 눈물을 흘렸다. 그 모습을 애인이라 부르며 그 성숙하고도 모든 것을 충족시켜주는 키스를 예감했다. 그 모습을 악마이자 창녀, 흡혈귀이자 살인자라고 불렀다. 그것은 나를 유혹하여 가장 섬세한 사랑의 꿈으로, 또 난잡한 음탕함으로 이끌었다. 여기서는 그 무엇도 너무 좋거나 소중하지 않았고, 그 무엇도 너무 나쁘거나 저급하지 않았다.

그 겨울을 나는 무어라 형언하기 어려운 내면의 폭풍 속에서 보냈다. 고독에는 익숙해진 지 이미 오래였고, 고독은 나를 짓누르지도 않았다. 나는 데미안과 새매와 꿈속의 거대한 모습과 더불어 살았다. 그 모습은 내 운명이며 연인이었다. 그 안에서 살기에 모자람이 없었다. 모든 것이 거대하고도 드넓은 것을 바라보았고, 모든 것이 아프락사스를 가리켰으니까. 하지만 이런 꿈들 가운데 그 어느 것도, 나 자신의 그 어떤 생각도 나를 따르지 않았다. 나는 무엇도 부를 수 없었고, 그 무엇에도 내 마음대로 색깔을 줄 수 없었다. 그것들이 와서 나를 데려갔고, 나는 그것들의 지배를 받고, 그것들이 내 삶을 결정했다.

겉으로는 퍽 안전했다. 나는 이제 사람들에게 두려움을 느끼지 않았으며 내 동료들도 그것을 알고는 내게 은밀한 존경심을 보냈다. 그 존경심에 나는 때때로 미소를 지었다. 내가 원하면 나는 동료들 대부분을 아주 잘 꿰뚫어볼 수 있었고, 그로써 이따금 그들을 놀라게 할 수가 있었다. 하지만 나는 그런 일을 거의 또는 전혀 원하지 않았다. 나는 언제나 나 자신에게 열중해 있었고, 언제나 나 자신과 함께였다. 그리고 이제 마침내 한 조각 삶을 살아봤으면, 내 안에서 무언가를 세상으로 내보냈으면, 세상과 관계를 맺고 투쟁도 해봤으면 하고 간절히 원했다. 이따금 저녁에 거리를 걸으며 불안한 마음으로 한밤중까지 집으로 돌아오지 못할 때면 나는 이렇게 생각하곤 했다. 이제는, 정말 이제는 내 애인을 만나게 되리라, 그녀가 다음 모퉁이를 지나가고 있으리라, 다음 창문에서 나를 불러주리라. 이따금은 이 모든 것이 참을 수 없이 고통스럽게 여겨졌고, 한번은 목숨을 끊을까도 생각했다.

당시 나는 독특한 피난처를 찾아냈다. 흔히 말하듯이 '우연'을 통해서였다. 하지만 그런 우연이란 없다. 누가 무언가를 꼭 필요로 하는데 제게 꼭 필요한 그것을 찾아낸다면, 그것은 우연이 가져다준 것이 아니라 그 자신이, 그 자신의 갈망과 필연성이 그를 그리로 데려간 것이다.

나는 도시를 쏘다니는 길에 교외의 작은 교회에서 두세 번 오르간 연주 소리를 들었다. 걸음을 멈추지는 않았다. 그다음에 그곳을 지나가는데 다시 오르간 소리가 들렸고, 바흐를 연주하고 있음을 알았다. 문으로 다가가보았지만 문이 잠겨 있었다. 골목길에는 인적이 드물었기에 나는 교회 모퉁이의 갓돌 위에 앉아 외투 깃을 세우고 음악을 들었다. 크지는 않아도 좋은 오르간이었고 연주는 아주 훌륭했다. 극히 개인적인 의지와 고집을 독특하게 표현했는데, 그것은 마치 기도처럼 들렸다. 나는 저기서 연주하는 저 남자가 이 음악 속에 보석이 감추어져 있음을 알고, 자신의 생명을 얻듯이 이 보석을 얻으려고 건반을 두들기며 노력하고 있다는 느낌을 받았다. 나는 기술적인 측면에서는 음악을 많이 알지 못하지만 이런 영혼의 표현만은 어린 시절부터 본능적으로 이해했고, 내 안에서 음악을 어떤 자명한 것처럼 느끼곤 했다.

이어서 악사는 현대의 곡을 연주했다. 레거[*]의 곡인 듯싶었다. 교회는 어둠에 잠겼고, 아주 가느다란 빛줄기만이 옆 창문을 통해 흘러나왔다. 나는 곡이 끝날 때까지 기다렸다가 오르간 연주자가 밖으로 나오는 모습이 보일 때까지 이리저리 서성거렸다. 그는 아직 젊었지만 나보다는 몇 살 위였고, 억세고 땅딸막한 모습이었다. 그는 힘차면서도 마지못한 걸음으로 재빨리 그곳을 떠났다.

그 뒤로 이따금 저녁 시간에 교회 앞에서 앉아 있거나 이리저리 서성였다. 한번은 문이 열려 있는 것을 보고 연주자가 저 위쪽 오르간석에서 빈약한 가스 불빛에 연주하는 동안 반시간이나 추위에 벌벌 떨면서 행복하게 의자에 앉아 있었다. 그가 연주하는 음악에서 나는 연주자 자신만을 들었던 것은 아니다. 그가 연주하는 것이 모두 서로 연관된 듯, 어떤 비밀스러운 연관성을 가진 듯했다. 연주하는 음악마다 모두 신앙심과 헌신, 경건함이 깃든 것이었지만 교회 신자들이나 성직자들처럼 경건한 것이 아니라 중세의 순례자나 거지처럼 경건했다. 모든

----

[*] 막스 레거. 독일 출신의 작곡가, 지휘자, 오르간 연주자.

종파를 넘어선 세계감정에 대한 가차 없는 헌신이 담긴 경건함이었다. 바흐 이전의 대가들과 옛날 이탈리아 작곡가들의 곡을 열심히 연주했다. 그리고 모든 곡이 같은 것을 이야기했다. 모든 곡이 악사가 자기 영혼에 간직하고 있는 것을 이야기했다. 그리움, 세상을 지극히 내적으로 움켜잡기, 세상과 다시 가장 거칠게 작별하기, 자신의 어두운 영혼에 열렬히 귀 기울이기, 헌신에의 도취, 경이로운 것에 대한 깊은 호기심을.

한번은 오르간 연주자가 교회에서 떠날 때 몰래 그 뒤를 따라갔는데, 그가 저멀리 도시의 변두리에서 작은 술집으로 들어가는 모습이 보였다. 나는 참지 못하고 그 뒤를 따라 들어갔다. 여기서 처음으로 그를 분명히 보았다. 검은 펠트모자를 쓴 그는 자그마한 홀의 구석 탁자에 포도주잔을 앞에 놓고 앉아 있었다. 그의 얼굴은 내가 예상한 그대로였다. 못생기고 약간 거칠었으며, 무언가를 탐색하는 고집스러움에 제멋대로이고 의지력이 강한 모습이었지만, 입술 언저리는 연약하고 천진해 보였다. 남성적이고 강인한 요소는 모두 눈과 이마에 몰려 있었고, 얼굴 아래쪽은 섬세하고 미숙하며 통제되지 않고 부분적으로는 연약했다. 우유부단함이 그득한 턱은 마치 이마와 눈길과는 반대이기라도 한 듯 소년 같았다. 자부심과 적대감으로 가득찬 짙은 갈색의 눈이 내게는 친근했다.

나는 아무 말도 없이 그의 맞은편에 앉았다. 술집에 다른 사람은 없었다. 그는 나를 쫓아내려는 듯이 쏘아보았다. 하지만 나는 그대로 버티면서 굴하지 않고 그를 마주보았다. 마침내 그가 퉁명스럽게 내뱉었다. "어쩌자고 그리 날카롭게 보는 거요? 나한테 뭘 바라시나?"

"바라는 건 없습니다." 나는 대답했다. "하지만 당신에 대해 이미 상당히 알고 있죠."

그는 이마를 찌푸렸다.

"그렇다면 당신은 음악 팬이오? 음악을 숭배하다니, 그건 구역질나는 일인데."

나는 물러서지 않았다.

"벌써 당신의 연주를 여러 번 들었지요. 저 바깥 교회에서요." 내가 말했다. "어쨌든 귀찮게 할 생각은 없어요. 그냥 당신에게서 뭔가 특별한 것을 찾아낼 수 있지 않을까 생각했어요. 그게 무언지는 아직 모르겠지만. 차라리 나를 신경쓰지 마세요! 나야 교회에서 당신 음악을 들을 수 있으니까."

"하지만 언제나 문을 잠그는데."

"최근에 그걸 잊으셨지요. 그래서 안에 앉아 있었어요. 다른 땐 밖에 서 있거나 아니면 갓돌 위에 앉아 있곤 하죠."

"그래요? 다음번엔 안으로 들어오시오, 좀더 따뜻할 테니. 그냥 문을 노크하면 됩니다. 세게, 물론 연주할 때는 안 되고. 그럼 말해보시오. 대체 무슨 말을 할 셈이오? 아직 젊은 사람이구먼. 김나지움 학생이나 대학생 정도? 댁은 음악가요?"

"아닙니다. 음악 듣기를 좋아하죠. 그냥 당신이 연주하는 음악 같은 걸요. 아주 절대적인 음악을, 그러니까 한 인간이 하늘과 지옥을 흔들어대고 있음을 느끼게 해주는. 음악은 내 생각에 별로 도덕적이지 않아서 참 좋죠. 다른 건 모두 도덕적인데, 나는 그렇지 않은 걸 찾고 있거든요. 도덕적인 것에선 고통만 느끼죠. 내 마음을 잘 표현할 수가 없네요. 당신은 아시지요? 신이면서 동시에 악마인 신이 있어야 한다는 걸요. 그런 신이 있었다고 하던데요, 그런 말을 들었어요."

악사는 챙이 넓은 모자를 살짝 뒤로 젖히고 넓은 이마에서 검은 머리카락을 쓸어올렸다. 그러면서 나를 뚫어질 듯 바라보더니 얼굴을 탁자 너머 내 쪽으로 내밀었다.

그가 긴장한 목소리로 나직이 물었다. "당신이 말한 신의 이름이 무엇이오?"

"그 신에 대해서는 유감스럽게도 거의 모릅니다. 그냥 이름만 알죠. 그 이름은 아프락사스입니다."

악사는 누군가 우리 말을 엿듣기라도 할까봐 불신에 차서 주변을 둘러보았다. 그런 다음 내게 몸을 기울이고 속삭였다. "내 생각대로군. 그렇게 생각했지. 당신 누구요?"

"김나지움 학생입니다."

"대체 아프락사스에 대해선 어떻게 알았지?"

"우연히요."

그가 탁자를 탕 치는 바람에 포도주가 찔끔 넘쳤다.

"우연이라고! 그런 빌어……먹을 소리 마시오, 젊은이! 아프락사스에 대해선 우연히 알 수가 없어. 알아두시오, 내가 그에 대해 이야기해 드리지. 내가 좀 아니까."

그는 침묵한 채로 의자를 조금 뒤로 밀었다. 내가 기대에 부풀어 그를 바라보자 그는 얼굴을 찌푸렸다.

"여기서 말고! 다음번에. 자, 받아요!"

그러면서 그는 그대로 입고 있던 외투 호주머니를 뒤져서 군밤 몇 알을 꺼내 내게 던졌다.

나는 아무 말도 하지 않고 그것을 받아먹었다. 매우 만족스러운 기분이었다.

"그래서!" 잠시 뒤에 그가 속삭였다. "그에 대해선 어디서 들었소?"

나는 망설이지 않고 이야기했다.

"내가 혼자서 어쩔 바를 모르고 있을 때 어린 시절 친구가 생각났지요. 그 친구가 무척 많은 것을 안다고 믿었으니까. 난 무언가를 그렸어요. 지구에서 빠져나오는 새 그림이었죠. 그걸 그 친구한테 보냈어요. 얼마가 지나 나도 더는 답장을 기대하지 않고 있을 때 종이쪽지 하나가 손에 들어왔어요. 거기 이렇게 쓰여 있었어요. 새는 힘겹게 투쟁하여 알에서 나온다. 알은 세계다. 태어나려는 자는 한 세계를 깨뜨려야 한다. 새는 신에게로 날아간다. 그 신의 이름은 아프락사스다."

그는 아무 대답도 하지 않았고, 우리는 밤껍질을 벗겨서 포도주와 함께 먹었다.

"한 잔 더 할까?" 그가 물었다.

"아니 됐습니다. 술을 별로 좋아하지 않아서."

그는 약간 실망한 듯 웃음을 터뜨렸다.

"좋을 대로! 난 좀 달라. 난 여기 남겠소. 이제 가보시지!"

그다음에 오르간 음악이 끝나고 그와 함께 걸어갈 때 그는 말이 그리 많지 않았다. 그는 낡은 골목길에서 어느 위풍당당한 오래된 저택 위층으로 들어가 약간 음침하고 황폐한 커다란 방으로 나를 데려갔다. 피아노 말고는 음악을 암시하는 것은 없었고, 대신 커다란 책장과 책상이 학자의 방 같은 분위기를 만들고 있었다.

"책이 많네요!" 내가 칭찬의 뜻으로 말했다.

"일부는 아버지 서재에서 가져온 거야. 난 아버지 집에서 살고 있지. 그렇소, 젊은이, 나는 아버지와 어머니 집에서 살지만 자네를 그분들께 소개할 수는 없어. 내 교우관계는 이 집에선 그다지 존중받지 못하거든. 나는 잃어버린 아들이니까. 아시겠지. 아버지는 더할 나위 없이 존경받는 사람이오. 이 도시에서 저명한 목사이고 설교자니까. 자네가 알아먹기 쉽게 말하자면 나는 재능이 많고 앞날이 창창한 아드님이야, 하지만 제 길에서 벗어나 살짝 미쳐버린 거지. 신학을 공부하다가 국가고시를 보기 직전에 이 성실한 학과를 떠났어. 하기야 개인적인 탐구만 따지자면 나는 아직도 이 분야에 있지만. 사람들이 시대에 따라 어떤 신들을 생각해냈는지가 내겐 언제나 극히 중요한 관심사니까. 그 밖에 지금은 음악가이고, 아마 머지않아 자그마한 교회의 오르간 연주자 자리를 얻을 거요. 그럼 다시 교회에 있게 되겠지."

나는 책등을 주욱 살펴보았다. 작은 탁상램프의 흐릿한 불빛 속에 그리스어, 라틴어, 히브리어 제목들이 보였다. 그사이에 방 주인은 어둠 속에서 벽 바로 옆쪽 바닥에 엎드려 무언가에 열중해 있었다.

"이리 와보게." 잠시 뒤에 그가 소리쳤다. "이제 철학을 좀 해보자고. 그러니까 입은 닥치고 배를 깔고 엎드려 생각을 좀 하자는 거지."

그는 성냥을 긋더니 자기 앞에 있는 벽난로 속 종이와 장작에 불을 붙였다. 불꽃이 피어올랐다. 그는 부채질을 하면서 신중하게 불꽃을 살렸다. 나는 그의 곁으로 가 너덜너덜한 양탄자 위에 엎드렸다. 그는 불을 뚫어지게 바라보았는데, 불꽃이 내 마음도 사로잡았다. 우리는 그렇게 아무 말도 없이 한 시간가량 파닥거리는 장작불 앞에 배를 깔고 엎드려 불꽃을 바라보았다. 이글이글 타오르다가 바지작거리고, 아래로 스러졌다가 꿈틀거리며, 활활 타오르다가 경련하고 마지막에 고요히 바닥에 가라앉아 작열하며 생각에 잠기는 모습을.

"불꽃 숭배는 지금까지 고안된 것 가운데 가장 멍청한 건 아니지." 그가 혼잣말처럼 웅얼거렸다. 그 말 말고 우리는 한 마디도 하지 않았다. 나는 불꽃을 뚫어져라 바라보면서 꿈과 고요 속에 빠져들어 연기의 형상들과 재의 그림들을 보았다. 한번은 소스라치게 놀라기도 했다. 함께 불을 보고 있던 그가 잉걸불 속에 송진 한 조각을 던져넣자 작고 날씬한 불꽃이 솟구쳐올랐다. 그 속에서 노란 새매의 머리를 한 그 새를 보았다. 스러져가는 벽난롯불 속에서 황금색으로 빛나는 실들이 그물처럼 엉켜 철자와 그림 들이 나타나고, 얼굴, 동물, 식물, 벌레, 뱀 들에 대한 기억이 나타났다. 내가 깨어나서 그를 바라보자 그는 두 주먹에 턱을 괸 채 완전히 몰두하여 열광적으로 재를 들여다보고 있었다.

"이젠 가야겠어요." 내가 나직이 말했다.

"좋아, 가시오. 안녕!"

그는 일어나지 않았고 램프는 꺼져버렸기에, 나는 어두운 방과 새카만 복도와 계단을 더듬더듬 힘들게 통과하여 마법에 걸린 낡은 저택을 빠져나왔다. 거리에서 걸음을 멈추고 낡은 집을 올려다보았다. 불을 밝힌 창은 하나도 없었다. 문 앞에 주석으로 된 작은 팻말이 가스등 불빛 속에서 빛을 발했다.

'피스토리우스, 주임목사'라고 적혀 있었다.

집에서 저녁식사를 마친 다음 홀로 내 작은 방에 앉았을 때에야 비로소 아프락사스에 대해서도 피스토리우스에 대해서도 별 이야기를 듣지 못했다는 것, 오늘 우리가 기껏 열 마디도 나누지 않았다는 것을 깨달았다. 하지만 그를 방문한 일은 몹시 만족스러웠다. 게다가 그는 다음번에 아주 정선된 옛날 오르간 음악 한 곡을 들려주기로 약속했다. 북스테후데의 파사칼리아*였다.

내가 미처 깨닫지도 못한 사이에 오르간 연주자 피스토리우스는 우리가 함께 그의 울적한 은둔자의 방 바닥 벽난로 앞에 엎드려 있을 때 내게 첫 가르침을 준 셈이었다. 불을 들여다본 것이 내게 좋은 작용을 하여 내가 언제나 지니고 있었으면서 한 번도 제대로 돌보지 못한 여러 성향들을 확인시켜주고 또 강화시켜주었다. 나는 그 사실을 점차 분명히 알게 되었다.

벌써 어린 시절에 나는 자연의 기묘한 형태들을 바라보려는 성향이 있었다. 관찰이 아니라 그 본래의 마법에, 그 뒤얽힌 깊은 언어에 마음을 빼앗겼다. 목화(木化)된 긴 뿌리, 암석에 나타난 여러 색깔의 광맥들, 물 위에 떠다니는 기름얼룩, 유리에 난 균열들—이런 모든 것이 내게는 때때로 대단한 마법을 부렸으며, 무엇보다도 물과 불, 연기, 구름, 먼지, 그리고 특히 눈을 감으면 보이는 빙글빙글 도는 색깔점이 그랬다. 피스토리우스를 처음으로 방문하고 난 다음 며칠 동안 그런 것들이 다시 생각나기 시작했다. 내가 그 뒤로 느낀 어느 정도의 활력과 기쁨, 나 자신에게서 나오는 감정의 상승이 순전히 활활 타오르는 불

---

* 북스테후데는 바로크 시대의 작곡가이자 오르간 연주자. 파사칼리아는 17세기 초 스페인에서 유래한 무곡.

을 오랫동안 바라본 덕이라 여겼기 때문이다. 불을 바라보는 일이 특이하게도 좋은 영향을 미쳐 마음을 풍요롭게 해주었다!

지금까지 내 삶의 원래 목적을 향해 가는 도중에 겪은 몇 안 되는 경험에 이 새로운 경험도 더해졌다. 그런 형태들을 관찰하다보면, 그러니까 비합리적이며 이상하고도 꿈틀거리는 자연 형태에 몰두하다보면, 이런 형태들을 있게 한 의지력과 우리의 내면이 서로 일치한다는 느낌이 생겨난다─물론 곧바로 그런 일치감을 우리 자신의 변덕으로, 우리 자신의 창작으로 여기려는 유혹을 느끼지만─우리는 자신과 자연 사이에 있던 경계가 흔들리면서 무너지는 것을 보게 되며, 또한 이런 형태들이, 외부의 인상이 우리 망막에 맺혀서 생긴 것인지 아니면 내면의 인상이 눈앞에 나타난 것인지 모르는 상태를 경험하게 된다. 우리가 얼마나 대단한 창조자인지, 우리 영혼이 언제나 끊임없는 세계의 창조에 얼마나 많이 동참하고 있는지를 그렇게 쉽고도 간단하게 알아낼 수 있는 길은 이런 연습 말고는 세상 어디에도 없다. 나뉘지 않은 동일한 신이 우리 안에서, 그리고 자연에서도 활동하고 있는 것이다. 만일 외부세계가 붕괴한다면 우리 중 한 명이 세계를 다시 세울 수 있을 것이다. 산과 강, 나무와 잎새, 뿌리와 꽃, 자연의 모든 형태가 우리 안에도 미리 새겨져 있으며 바로 영혼에서 나왔기 때문이다. 영혼의 본질은 영원성이며 우리는 그 본질을 알지 못하지만, 그것은 우리에게 대개는 사랑의 힘, 창조의 힘으로 느껴진다.

여러 해가 지난 다음에야 나는 이런 관찰을 어떤 책이 뒷받침해주고 있음을 알았다. 다름아닌 레오나르도 다빈치의 글이었다. 그는 수많은 사람들이 침을 뱉어놓은 담벼락을 관찰하는 일이 얼마나 좋고도 깊은 자극을 주는 일인지에 대해 이야기하고 있다. 축축한 담벼락의 얼룩을 보고 그는 피스토리우스와 내가 불을 보며 느낀 것을 느꼈던 것이다.

다음번 만남에서 오르간 연주자는 내게 이런 설명을 해주었다.

"우린 우리 개성의 경계를 언제나 너무 좁게 잡는단 말이지! 우리가 개인적이라고 구분하는 것만을 따로 떼어내 우리 개성에 속한 것이라 여기는 거야. 하지만 우리는 모두 제각기 세계의 전체 구성성분으로 이루어져 있지. 한 사람 한 사람이 모두 그래. 우리 몸은 물고기나 그보다 훨씬 더 이전까지 거슬러올라가는 진화의 계보를 속에 지니고 있고, 그와 똑같이 우리 영혼도 지금까지 인간의 영혼에 나타났던 것을 모조리 지니고 있다는 말이야. 과거에 존재한 적이 있는 모든 신과 악마는 그리스 사람 것이건 중국 사람 것이건 아니면 줄루족 것이건 상관없이 모두가 우리 안에 있어. 가능성으로, 소망으로, 탈출구로 존재하는 거야. 인류가 어느 정도 재능을 가진 아이 단 한 명만 남기고 모조리 멸종한다 해도, 그리고 이 아이가 수업을 받은 적이 없는 아이라 해도 이 아이는 모든 과정을 다시 찾아낼 거야. 신과 데몬과 낙원과 계명과 금지 들, 그리고 신구약 성경, 모든 것을 다시 창조해낼 거란 말이야."

"좋습니다." 나는 항의했다. "그렇다면 대체 개인의 가치는 어디 있단 말인가요? 우리가 모든 것을 이미 완성된 채로 우리 안에 지니고 있다면 우리는 무얼 위해 노력하는 거죠?"

"잠깐!" 피스토리우스가 격하게 소리쳤다. "자네가 그냥 세계를 속에 지니고만 있느냐, 아니면 그 사실을 알기도 하느냐는 아주 큰 차이가 있는 거야. 미친 사람이 플라톤을 상기시키는 생각을 할 수도 있지.

헤른후트파 학교의 경건한 꼬마 학동이 그노시스파나 조로아스터에게
나타나는 깊은 신비주의 맥락의 생각을 독창적으로 펼치는 일도 가능
해. 그런데 그는 그런 것에 대해선 아무것도 모른단 말이야! 그것을 모
르는 한 그는 나무나 돌, 고작해야 짐승에 지나지 않아. 하지만 인식의
첫 불꽃이 깜박거리면 그는 인간이 되지. 자넨 설마 저 바깥 길거리를
두 발로 서서 돌아다니는 모든 존재를 인간이라고 생각하는 건 아니겠
지? 그들이 두 발로 똑바로 서고 애를 임신하면 태내에 아홉 달을 품는
다는 이유만으로? 그들 중 얼마나 많은 이들이 물고기나 양, 벌레나 거
머리인지, 얼마나 많은 이들이 개미이고 얼마나 많은 이들이 꿀벌인지
알고 있겠지! 하지만 그들 모두에겐 인간이 될 가능성이 있어. 다만 스
스로 그걸 눈치채고, 스스로 어느 정도는 그걸 의식하는 법을 배워야
만 이 가능성이 진짜 그의 것이 되는 거지."

우리 대화는 대강 이런 식이었다. 그런 대화가 내게 완전히 새로운
것이나 완전히 놀라운 것을 알려주는 일은 드물었다. 하지만 모든 대
화는, 극히 진부한 것조차도 줄곧 나직하게 내 안의 같은 지점을 망치
질했다. 그 모든 대화가 나의 형성을 돕고 내가 허물을 벗도록, 내가
알껍질을 깨뜨리도록 도와주었고, 그럴 때마다 나는 머리를 조금 더
위로, 조금 더 자유롭게 들어올리곤 했다. 나의 노란 새가 부서진 세계
의 껍질에서 맹금류의 아름다운 머리를 치켜들 때까지.

우리는 자주 꿈 이야기를 나누었다. 피스토리우스는 꿈을 해석하는
법을 알고 있었다. 마침 놀라운 예 하나가 기억난다. 한번은 꿈속에서
날 수가 있었다. 하지만 아직 완전히 익숙하지 못한 상태에서 크게 도
약을 하다가 공중에서 나뒹굴며 떨어지곤 했다. 이 날아오르는 느낌은

상쾌했지만 뜻하지 않게 상당한 높이에 오르는 순간 상쾌함은 곧바로 두려움으로 변했다. 그 순간 나는 숨을 참거나 쉬는 것을 통해 상승과 하강을 조절할 수 있다는 사실을 발견하고 매우 안심했다.

그 꿈에 대해 피스토리우스는 이렇게 말했다. "자네를 날게 만든 도약은 누구나 갖고 있는 우리 인류의 크나큰 재산이지. 모든 힘의 근원과 연결되어 있다는 느낌. 하지만 동시에 그건 누구에게든 두려운 일이기도 해! 끔찍하게 위험한 일이니까! 그래서 대부분의 사람들은 날기를 포기하고 차라리 정해진 규정의 손길에 붙잡혀 보행자의 길을 걷기를 선택하는 거야. 하지만 자넨 안 그렇지. 자넨 계속 날아오르고 있어. 씩씩한 청년에게 어울리는 방식이지. 그리고 보라고, 자넨 차츰 스스로 날기를 통제할 수 있다는 그 경이로움을 발견하고 있어. 섬세하고도 작은 독자적인 힘, 하나의 신체기관, 하나의 방향키가, 자네를 계속 이끌어가는 그 거대한 보편적인 힘을 향해 나아가는 걸 말이지! 그건 정말 멋진 일이야. 그게 없다면 인간은 의지도 없이 공중으로 날아오르는 꼴이지. 예를 들어 미친 사람들이 그렇다네. 미친 사람들에게는 저 보행자 도로를 걷는 사람들에게 주어진 것보다 더욱 깊은 예감이 주어졌네. 다만 그들은 그리로 날아갈 어떤 열쇠도 방향키도 없기에 바닥 없이 추락하는 거야. 그런데 싱클레어, 자넨 그 일을 잘해내고 있어. 하지만 어떻게? 그걸 아직 모르겠나? 자넨 새로운 기관, 호흡을 조절하는 기관으로 그걸 해내는 거야. 그렇다면 이제 자네의 영혼이란 게 깊은 곳에선 거의 '개인'의 것이 아니라는 걸 볼 수 있겠지. 자네의 영혼이 이 기관을 새로 발명한 건 아니니까. 그건 새로운 게 아니지! 그냥 빌린 거야. 수천 년 전부터 있던 거니까. 그건 물고기들에게 있는 평형기관인 부레라네. 실제로 오늘날에도 몇몇 특이하고 오래된 물고기 종류들에게선 부레가 동시에 일종의 폐여서, 상황에 따라서는 진짜로 호흡에 쓰일 수도 있다네. 그러니까 자네가 꿈속에서 비행용 부레로 사용한 폐와 아주 똑같은 거지!"

그는 심지어 동물학 책 한 권을 가져와서 내게 저 오래된 몇몇 물고기 종류의 이름과 도판을 보여주기까지 했다. 나는 독특한 전율을 느끼며 내 안에 이전 진화시대의 한 기능이 살아 있음을 느꼈다.

야곱의 싸움

내가 저 특이한 음악가 피스토리우스에게서 아프락사스에 대해 들은 것을 짤막하게 다시 이야기할 수는 없다. 하지만 그에게서 배운 가장 중요한 것은 나 자신에게로 가는 길에서 또 한 걸음 앞으로 나아가는 것이었다. 나는 당시 열여덟 살쯤 된 기묘한 젊은이였다. 많은 일에서 매우 조숙했지만, 또다른 일에서는 매우 뒤처져서 어쩔 바를 몰랐다. 자신을 다른 사람과 비교할 때면 자주 자부심에 넘치고 오만했지만, 또 그만큼 자주 기가 죽고 자존심에 상처를 입었다. 이따금 나 자신이 천재 같다가도 이따금은 절반쯤 미친 것 같았다. 또래 친구들의 기쁨과 삶을 함께 누리는 일이 내게는 잘되지 않았다. 내가 희망 없이 그들에게서 멀리 떨어져 있는 것만 같아서, 삶이 내게는 닫혀 있는 것만 같아서 때때로 스스로를 비난과 근심으로 괴롭혔다.

그 자신도 괴짜 어른이었던 피스토리우스는 내게 용기와 자신에 대한 존경심을 갖도록 가르쳤다. 그는 나의 말에서, 나의 꿈과 상상과 생각에서 늘 가치 있는 것을 발견하고 언제나 그것들을 진지하게 받아들이며 진지하게 이야기함으로써 내게 모범을 보여주었다.

"자넨 이런 이야기를 한 적이 있지." 그가 말했다. "음악이 도덕적이지 않아서 좋다고 말이야. 좋을 대로. 하지만 자네 자신도 도덕가가 되어선 안 되는 거야! 자신을 다른 사람들과 비교하지 말게. 자연이 자네를 박쥐로 만들었다면 스스로 타조가 되려고 해서는 안 돼. 자넨 이따금 자신을 괴짜라 여기고 대부분의 사람들과는 다른 길을 간다고 스스로를 비난하지. 그런 짓은 말아야 해. 불꽃을 들여다보게, 구름을 올려다보게. 예감들이 나타나면, 영혼 안에서 목소리가 말을 시작하면 그 소리에 자신을 완전히 내맡기고, 그것이 선생님이나 아버지 또는 그 어떤 신에게 어울리는 일일까 묻지 말게! 그런 질문은 자신을 망칠 뿐이니까. 그랬다가는 보행자 도로를 걸으면서 화석이 되고 말지. 친애하는 싱클레어, 우리 신의 이름은 아프락사스야. 그 신은 신이며 동시에 악마지. 자기 안에 밝은 세계와 어두운 세계를 동시에 지니고 있어. 아프락사스는 자네의 생각 그 어느 것도, 자네의 꿈 그 어느 것도 반대하지 않아. 이 사실을 절대로 잊지 말게. 하지만 자네가 언젠가 흠 없이 정상적인 사람이 되면 이 신은 자네 곁을 떠날 거야. 자네 곁을 떠나서 자신의 생각을 담아 요리할 새로운 그릇을 찾아보겠지."

내 모든 꿈 가운데 저 어두운 사랑의 꿈이 가장 끈질기게 계속되는 꿈이었다. 나는 자꾸자꾸 그 꿈을 꾸었다. 문장의 새 아래로 옛날 우리 집에 들어가서 어머니를 포옹하려 하지만, 나는 어느새 어머니 대신 절반은 남자 절반은 어머니 같은 키가 큰 여자를 포옹하고 있었다. 그녀가 두려웠지만 그러면서도 타는 듯한 갈망이 나를 그녀에게로 이끌었다. 친구에게도 이 꿈 이야기를 하지 못했다. 그에게 다른 모든 것을 털어놓았어도 이 꿈만은 속에 간직했다. 이 꿈은 나의 구석, 나의 비밀, 나의 피난처였다.

마음이 울적해지면 피스토리우스에게 저 옛날 북스테후데의 파사칼리아를 연주해달라고 청했다. 저녁 무렵 어두운 교회에서 나는 특이하고 내면적이며, 자신 속에 침잠하여 자신의 소리에만 귀를 기울이는 이 음악을 들었다. 그것은 언제나 내게 좋은 작용을 해서 영혼의 목소리가 옳음을 받아들일 각오를 다지게 만들었다.

이따금 우리는 오르간 소리가 사라지고 난 뒤에도 한동안 더 교회에 앉아 희미한 빛이 높고 뾰쪽한 아치형 창문들을 통해 비쳐들다 서서히 사라지는 모습을 바라보았다.

"우스운 소리 같지만," 피스토리우스가 말했다. "난 옛날에 신학자였고 목사가 될 뻔했지. 하지만 나는 당시 형식상의 잘못을 범했어. 사제가 된다는 건 내 소명이고 목적이야. 다만 나는 너무 일찍 만족하고 나 자신을 야훼에게 바쳤던 거야. 아프락사스를 알기도 전에 말이지. 아, 모든 종교는 아름다워. 종교는 영혼이야. 그리스도교의 만찬을 받아들이든 메카를 향해 순례 여행을 떠나든 마찬가지야."

"그렇다면," 내가 말했다. "당신은 목사가 될 수도 있었던 것 아닙니까."

"아니, 싱클레어, 그렇지 않아. 그랬더라면 나는 거짓말을 해야 했을 거야. 우리 종교는 마치 스스로 종교가 아닌 듯이 행해지고 있네. 이성의 작업인 양 구는 거지. 난 꼭 필요하다면 가톨릭교도가 될 수는 있었을 거야. 하지만 개신교 목사는—아니! 몇 안 되는 진짜 신자들은—난 그런 사람들을 알고 있어—말씀에 의지하네. 그런 사람들한테 내게는 그리스도가 인간이 아니라 절반은 신, 절반은 인간인 반신(半神)이며 신화라고 말할 수는 없어. 인류가 자신의 모습을 영원성이라는 벽에다 그려놓고 바라보는 거대한 그림자상이라고 말이지. 다른 사람들은 그저 영리한 말이나 들으려고, 의무를 이행하려고, 그 무엇도 소홀히 하지 않으려고, 또 그 밖의 이유로 교회에 다니는데 그들에게 대체 내가 무어라고 말해야 하겠나? 그들에게 전도를 한다고? 난 그럴 생각은 없어. 사제는 전도를 하는 게 아니고 다만 신도들 사이에서, 그러니까 자기와 같은 사람들 사이에서 살면서, 우리 인간이 신들을 만든 기원이 되는 감정을 지니고 그것을 표현하는 사람이 되어야지."

그는 말을 멈추었다가 다시 이렇게 말을 이었다. "우리가 지금 아프락사스라는 이름을 부여한 새로운 신앙은 아름다운 것이네, 친구. 이 신앙은 우리가 가진 가장 좋은 것이지. 하지만 아직 젖먹이에 지나지 않아! 아직 날개가 돋아나지 않았어. 아, 고독한 종교, 그건 아직 참이 아니야. 종교는 공동체를 이루어야지, 예배와 도취, 축제와 신비 의식(儀式)들이 있어야 해……"

그는 생각에 잠겨 자신 안으로 침잠했다.

"신비 의식은 혼자서 또는 작은 모임으로도 할 수 있는 거 아닌가요?" 내가 망설이며 물었다.

"그럴 수야 있지." 그가 고개를 끄덕거렸다. "난 이미 오래전부터 그렇게 하고 있네. 예배를 드리고 있지. 사람들이 그에 대해 안다면 나를 몇 년이고 감옥에 가두어둘걸. 하지만 난 알아, 그런 예배는 아직 올바른 게 아니야.”

갑자기 그가 내 어깨를 두들기는 바람에 나는 흠칫 놀라 움츠러들었다. “젊은이.” 그가 캐묻듯이 말했다. “자네도 신비 의식을 갖고 있지. 나한테 말하지 않는 꿈을 꾼다는 걸 알아. 그걸 꼭 알고 싶진 않네. 하지만 이 말은 해두지. 그 꿈대로 살고, 그것을 놀이하고, 그것을 위해 제단을 만들게! 그게 완벽한 것은 아니라도 하나의 길이니까. 우리가, 그러니까 자네와 나와 다른 몇 사람이 앞으로 언젠가 세계를 새롭게 혁신하게 될지 어떨지는 두고 봐야겠지. 하지만 우리는 우리 안에서 매일 세계를 새롭게 만들어야 해. 안 그랬다간 우린 아무것도 아니게 되니까. 그 점을 생각하게! 자넨 이제 열여덟 살이지, 싱클레어. 자넨 길거리 창녀에게 가질 않아. 자넨 분명 사랑의 꿈, 사랑의 소망을 갖고 있을 거야. 어쩌면 그건 자네가 두려워하는 모습이겠지. 두려워하지 말게! 그건 자네가 가진 가장 좋은 것이니까. 내 말 믿게. 나는 자네 나이에 내 사랑의 꿈을 능멸해버렸고, 그로써 많은 것을 잃었어. 그래선 안 되지. 아프락사스에 대해 안다면 그래선 안 돼. 그 무엇도 두려워해선 안 돼. 우리 안에서 영혼이 소망하는 그 무엇도 금지된 것으로 여겨선 안 되네.”

나는 깜짝 놀라서 항의했다. “하지만 생각나는 대로 모든 것을 할 수야 없지요! 어떤 인간이 역겹다는 이유로 그 사람을 죽여선 안 되잖아요.”

그가 내 쪽으로 가까이 다가왔다.

"상황에 따라선 그래도 되지. 다만 대부분의 경우에 그건 오류에 지나지 않아. 그렇다고 머릿속에 떠오르는 건 무엇이든 해야 한다는 뜻은 아니야. 자체로 분명한 의미가 있는 발상들을 쫓아버리거나 그것을 놓고 이리저리 도덕적으로 저울질해서 해치지는 말아야 한다는 말이지. 자신이나 다른 사람을 십자가에 못 박지 말고 뛰어난 생각이 담긴 잔을 마시면서 제물의 신비 의식을 생각할 수도 있다네. 그런 행동을 하지 않고도 자신의 충동들과 이른바 유혹들을 존경과 사랑으로 대할 수도 있다네. 그러면 그런 충동들과 유혹들이 그 의미를 드러내지, 그것들은 모두 의미를 갖고 있으니까. 언제든 무언가 진짜 미친 생각, 죄 많은 생각이 떠오르거든, 싱클레어, 누구를 죽이고 싶거나 아니면 어떤 엄청나게 추잡한 짓을 하고 싶어지면 한순간만 생각해보게. 자네 안에서 그런 공상을 불러일으키는 게 아프락사스라는 걸! 자네가 죽이고 싶은 인간은 아무개 씨가 아니라, 틀림없이 하나의 위장(僞裝)에 지나지 않을 거야. 우리가 어떤 인간을 미워한다면 우리는 그 모습 속에서 우리 안에 있는 무언가를 보고 미워하는 거지. 우리 자신 안에 없는 것은 우리를 자극하지 않는 법이니까."

피스토리우스가 내 가장 은밀한 속마음을 그렇게 깊이 파고드는 말을 한 적은 없었다. 나는 대답하지 못했다. 하지만 내 마음을 그토록 강하고도 이상하게 건드린 것은 이런 권고가 내가 이미 여러 해 품고 다니던 데미안의 말과 같은 울림을 지녔다는 사실이었다. 그 두 사람은 서로를 몰랐으나 내게 동일한 것을 말했던 것이다.

"우리가 보는 것들은," 피스토리우스가 나직이 말했다. "우리 안에 있는 것과 같은 것들이야. 우리 안에 있는 현실 말고 다른 현실은 없어. 그래서 대부분의 사람들은 그토록 비현실적으로 사는 거지. 자기 밖의 모습들을 현실이라 여기고, 자기 안에 있는 본래의 세계가 발언할 수 없게 하니 말이지. 그렇게 해서 행복할 수도 있어. 하지만 한번 다른 것을 알게 되면 다른 대부분의 사람들이 가는 길을 선택하지는 않게 되지. 싱클레어, 대부분의 사람들이 가는 길은 쉽지만 우리의 길은 어려워. 자, 우리 함께 가보세.”

머칠 뒤, 나는 두 번이나 그를 기다렸으나 만나지 못하다가 늦은 저녁 거리에서 그와 마주쳤다. 그는 고독하게 차가운 밤바람에 휩쓸려 모퉁이를 돌아왔는데, 술에 절어 비틀거리고 있었다. 그를 부르고 싶지가 않았다. 그는 나를 보지 못하고 내 곁을 지나쳐갔다. 이글거리는 고독한 눈으로 제 앞만 뚫어져라 바라보면서 알지 못하는 어떤 존재의 어두운 부름을 따라가는 것만 같았다. 나는 한참을 따라갔다. 그는 눈에 보이지 않는 철사에 이끌린 듯이 광적이면서도 흐느적거리는 걸음걸이로 유령처럼 움직였다. 나는 슬픔에 잠겨 집으로, 내 구원받지 못한 꿈으로 돌아왔다.

‘그는 그렇게 자기 안에 있는 세계를 혁신하는 모양이지!’ 나는 그렇게 생각하면서 동시에 그것이 저급하고 도덕적인 판단임을 느꼈다. 내가 그의 꿈에 대해 무엇을 알랴? 그는 어쩌면 그렇게 취한 상태에서, 두려움에 떠는 나보다 더욱 안전한 길을 가는지도 모르는데.

학교에서 쉬는 시간에 내가 그동안 한 번도 주목하지 않던 동급생 하나가 내 주위를 서성대는 모습이 자꾸 눈에 들어왔다. 키가 작고 허약해 보이는 가냘픈 청년으로, 숱이 적고 붉은빛이 도는 금발이었는데, 눈길과 행동에 무언가 독특한 데가 있었다. 어느 날 저녁 집으로 가는데 그가 골목에 숨어서 나를 기다렸다. 그는 내가 옆을 지나쳐가 도록 두더니 내 뒤를 따라와서는 우리 집 현관문 앞에서 멈춰 섰다.

"나한테 뭐 바라는 게 있어?" 내가 물었다.

"그냥 너하고 이야기나 하고 싶어서." 그가 수줍게 말했다. "잠시 함께 걷자."

나는 그를 따라가면서 그가 몹시 흥분했고 기대에 부풀어 있음을 느꼈다. 그의 두 손이 떨렸다.

"너 심령론자야?" 그가 느닷없이 물었다.

"아니야, 크나우어." 내가 웃음을 터뜨리며 대답했다. "전혀 그렇지 않아. 어떻게 그런 생각을 하게 되었지?"

"하지만 접신론자겠지?"

"그것도 아니야."

"아이, 그렇게 감추지 말고! 너한테 뭔가 특별한 것이 있다는 게 아주 잘 느껴지는데. 넌 눈에 그런 걸 담고 있어. 분명 정령들과 교제하고 있을 거야. 호기심에서 물어보는 게 아냐, 싱클레어, 아니고말고! 나 자신이 탐구자라고. 그리고 나도 혼자고."

"털어놔봐!" 나는 그에게 용기를 주었다. "난 정령들에 대해선 아무 것도 모르지만 내 꿈속에서 살고 있어. 네가 그걸 느낀 모양이다. 다른 사람들도 꿈속에 살지만 그들 자신의 꿈은 아니지. 그게 차이야."

"그래, 어쩌면 그런 거겠지." 그가 속삭였다. "어떤 종류의 꿈속에서 사느냐 하는 것만이 문제겠지. 그럼 넌 백색 마법에 대해 들어본 적이 있겠네?"

나는 부인하지 않을 수 없었다.

"그건 한 번 익히면 자신을 통제하게 해주는 거야. 불사의 존재가 되고 마법도 부릴 수가 있어. 넌 그런 연습 한 번도 안 해봤어?"

내가 호기심이 생겨 그 연습에 대해 물어보자 그는 처음에는 뭔가 비밀스러운 태도가 되었다가 내가 가려고 돌아서자 겨우 털어놓았다.

"예를 들어 나는 잠들고 싶거나 집중하고 싶을 때면 이런 연습을 해. 무언가를, 이를테면 어떤 낱말이나 이름 아니면 기하학 도형을 생각하지. 그걸 온 힘을 다해 생각해서 내 안으로 밀어넣는 거야. 그것이 내 안에, 내 머릿속에 있다고 생각하지. 마침내 그게 정말로 거기 있다고 느껴질 때까지. 그런 다음 그걸 목구멍으로 밀어넣어. 그렇게 계속하다보면 나는 그것으로 가득 채워지게 돼. 그럼 난 아주 확고해져서 그 무엇도 나의 평화를 깨뜨리지 못하게 되는 거야."

나는 그의 말이 무슨 뜻인지 어느 정도 이해했다. 하지만 그가 하고 싶은 말이 따로 있음을 느낄 수 있었다. 그는 이상할 정도로 흥분했고 서두르고 있었다. 나는 그가 가볍게 질문하도록 해주려고 노력했고, 머지않아 그는 본래의 관심사를 털어놓았다.

"너도 금욕을 하지?" 그가 두려운 듯 물었다.

"그게 무슨 뜻이야? 그러니까 성적인 거 말이야?"

"그래, 그거 말이야. 난 2년 전부터 금욕을 하고 있거든. 그 가르침을 알고 난 뒤부터야. 전엔 악덕을 저질렀어, 무슨 말인지 너도 알겠지. 넌 한 번도 여자랑 있어본 적 없어?"

"없어." 내가 말했다. "맞는 여자를 못 찾았거든."

"그럼 네 말대로 맞는다고 생각되는 여자를 찾아낸다면 같이 잘 거야?"

"그야 물론이지. 그녀가 반대하지만 않는다면." 나는 약간 조롱조로 말했다.

"오, 그렇다면 넌 잘못된 길로 가는 거야! 완전히 금욕을 해야만 내면의 힘을 키울 수가 있는걸. 난 그렇게 하고 있어, 2년 동안. 2년하고 한 달 조금 더 됐어! 그거 정말 힘들다! 가끔은 더는 참을 수 없을 지경이야."

"이거 봐, 크나우어, 나는 금욕이란 게 그렇게 엄청나게 중요하다고 생각하지 않는데."

"나도 알아." 그가 말을 막았다. "모두들 그렇게 말하지. 하지만 넌 그러지 않을 거라 생각했어. 더 높은 정신적인 길을 가려는 사람은 순수해야 해, 무조건!"

"그래, 그럼 그렇게 해라! 하지만 난 자신의 성을 억누르는 사람이 어째서 다른 사람들보다 '더 순수하다'는 건지를 이해 못 하겠어. 아니면 넌 모든 생각과 꿈에서 성적인 것을 쫓아버릴 수 있니?"

그는 절망해서 나를 바라보았다.

"아니, 못해! 맙소사, 그래도 그래야 해. 난 밤이면 나 자신한테도 말할 수 없는 꿈들을 꿔! 끔찍한 꿈들이다, 너!"

나는 피스토리우스가 한 말이 기억났다. 하지만 그의 말이 아무리 옳다고 해도 그 말을 여기서 해줄 수는 없었다. 나 자신의 경험에서 나오지 않은 것, 나 자신도 실천할 수 없다고 느끼는 충고를 해줄 수는 없었다. 나는 말을 하지 않았고, 그로써 나도 자존심이 상했다. 누군가 내게 충고를 구하는데 나는 충고를 해줄 수가 없었던 것이다.

"난 모든 걸 다 해봤어!" 크나우어가 내 옆에서 탄식했다. "사람이 할 수 있는 건 다 해봤어. 찬물, 눈(雪), 체조와 달리기. 하지만 모두 소용이 없어. 밤마다 생각도 해서는 안 되는 꿈에서 깨어나. 끔찍한 일은 그것 때문에 내가 정신적으로 배운 모든 것을 점차 잊어버린다는 거야. 정신을 집중하거나 잠이 드는 일을 거의 못하는 거지. 자주 밤새 깨어 있어. 더는 못 견디겠어. 내가 결국 이 싸움을 다할 수 없게 되면, 내가 굴복하고 스스로를 다시 더럽히면 나는 전혀 싸워보지도 않은 다른 사람들보다 더욱 나쁜 거야. 그걸 이해하겠니?"

나는 고개를 끄떡였지만 무어라고 말을 덧붙이지는 않았다. 차츰 그가 지루해지기 시작했고, 분명히 보이는 그의 곤궁과 절망이 내게 깊은 인상을 주지 못하는 것을 보고 나 자신에게 깜짝 놀랐다. 나는 다만 이렇게 느꼈다. 너를 도울 수 없어.

"그러니까 넌 아무것도 모르는 거지?" 마침내 그가 지쳐서 슬프게 말했다. "아무것도 모른단 말이야? 길이 있을 텐데! 넌 어떻게 하니?"

"너한테 아무 말도 해줄 수가 없어, 크나우어. 이런 일은 서로 도울 수 없어. 나도 그 누구의 도움도 받지 않았어. 너 스스로 생각해보고, 정말로 네 본질에서 나오는 것을 행해야 해. 다른 방법이 없어. 네가 너 자신을 찾아내지 못한다면 넌 어떤 정령도 찾아내지 못할 거야. 내 생각이 그래."

그 조그만 녀석은 실망해서 갑자기 말이 없어지더니 나를 바라보았다. 그러더니 느닷없는 악의로 눈빛을 이글거리며 얼굴을 찌푸리고는 분노해서 외쳤다. "야, 너 참 멋진 성자로구나! 너도 네 악덕이 있지, 나도 알아! 그냥 현자인 척하는 거야. 속으로는 나나 다른 모두와 똑같은 진창에 달라붙어 있으면서! 넌 돼지야, 나와 똑같이 돼지야. 우리 모두 돼지라고!"

나는 그를 세워둔 채 떠났다. 그는 두세 걸음 내 뒤를 따라오다가 멈춰 서더니 몸을 돌려 달려가버렸다. 동정과 혐오가 뒤섞인 감정에 욕지기가 났다. 이런 감정을 떨쳐버리지 못한 채 집으로 돌아와 내 작은 방에서 그림 몇 장을 주위에 늘어놓고는, 지극히 간절한 마음으로 나 자신의 꿈에 빠져들었다. 곧바로 내 꿈이 다시 나타났다. 집의 현관문과 문장, 어머니와 낯선 여인. 그 여인의 모습이 무척이나 똑똑히 보였기에 그날 저녁 당장 그녀의 모습을 그리기 시작했다.

꿈속의 십오 분처럼 의식도 없이 며칠이 흘러 이 그림이 완성되던 날 저녁에 나는 그것을 벽에 걸어놓고 그 앞에 탁상램프를 켜놓고는, 결판이 날 때까지 맞서 싸워야 할 정령이라도 마주한 듯이 그림과 마주했다. 그것은 이전에 그린 얼굴과 닮았고, 내 친구 데미안과 닮았고, 몇 가지 윤곽은 나 자신과도 닮은 얼굴이었다. 한쪽 눈이 다른 쪽보다 훨씬 더 위에 있고, 운명으로 가득한 눈길은 나를 넘어 어딘가를 골똘히 응시하고 있었다.

그 얼굴 앞에 서 있는데 내적인 긴장으로 가슴속까지 서늘한 느낌이 들었다. 나는 그 모습에게 질문하고, 비난하고, 그것을 애무하고, 거기에 기도를 드렸다. 그 모습을 어머니라 부르고, 애인이라 부르고, 창녀라고, 갈보라고 불렀다. 그리고 아프락사스라고 불렀다. 그사이 피스토리우스의―아니면 데미안이었던가?―말이 들려왔다. 그 말을 언제 들었는지 기억할 수는 없지만 어쨌든 처음 듣는 소리가 아니었다. 야곱이 하느님의 천사와 싸울 때 나온 말이었다. "나를 축복해주지 않으면 너를 보내주지 않겠다."

그려진 얼굴은 램프 불빛 속에서 이름을 부를 때마다 모습을 바꾸었다. 밝게 빛나기도 하고, 시커멓게 어두워지기도 하고, 죽은 눈길 위로 창백한 눈꺼풀을 떨어뜨리기도 하고, 눈꺼풀을 다시 활짝 열고 빛나는 눈길로 바라보기도 했다. 그것은 여자이고, 남자이고, 소녀이고, 작은 아이이고, 짐승이고, 줄어들어 얼룩이 되었다가 다시 크고 분명해졌다. 마지막에 나는 내면의 강력한 부름을 좇아 눈을 감고는 내 속에서 그 그림을 보았다. 진짜보다 더 강렬하고 힘찬 모습이었다. 그 앞에 무릎을 꿇으려 했지만, 그 모습이 얼마나 깊숙이 나의 내면으로 들어와버렸는지 나 자신에게서 떼어낼 수가 없었다. 마치 그것이 순수하게 내가 되어버린 것처럼.

그 순간 이른 봄의 폭풍처럼 어둡고 무거운 쏴아 소리가 들렸다. 말로 표현할 길이 없는 두려움과 체험이 뒤섞인 새로운 느낌에 몸이 떨렸다. 별들이 내 앞에서 번쩍 빛나다가 꺼지고, 저 최초의 잊어버린 어린 시절에까지 이르는 기억들이, 아니 존재 이전의 시기, 생성의 처음 단계에까지 이르는 기억들이 물밀듯이 나를 스쳐지나갔다. 가장 비밀스러운 것에 이르기까지 내 생애 전체를 되풀이하는 듯이 보이는 이 기억들은 어제와 오늘에서 멈추지 않고 더 나아가 미래를 비춰주고, 나를 오늘에서 떼어내 새로운 삶의 형식으로 이끌어갔다. 그 모습들은 끔찍하게 밝고 눈부셨는데, 그중 어느 것도 나중에 제대로 기억나지 않았다.

한밤중에 깊은 잠에서 깨어났다. 나는 옷을 입은 채로 침대 위에 비스듬히 누워 있었다. 불을 켰다. 무언가 중요한 것을 생각해야 한다고 느꼈는데, 지난 몇 시간에 대해 아는 게 없었다. 불을 켜자 기억이 천천히 돌아왔다. 그림을 찾아보았지만 그것은 벽에 걸려 있지 않았고 책상 위에도 없었다. 어렴풋이 내가 그림을 태운 기억이 났다. 아니면 그것을 내 손으로 태워서 재를 먹은 것은 꿈이었던가?

부르르 경련을 일으키는 커다란 불안감이 나를 내몰았다. 나는 모자를 쓰고 마치 무엇에 강요당한 듯 집과 골목길을 지나쳐갔다. 폭풍에 떠밀린 듯 거리와 광장들을 걷고 또 걸었고, 내 친구의 캄캄한 교회 앞에서 귀를 기울여보았고, 어두운 충동에 사로잡혀 무언가를 찾고 또 찾아 헤맸다. 다만 무얼 찾는지 알 수가 없었다. 창녀들의 집이 늘어선 교외 지역을 지났다. 그곳엔 여기저기 불이 켜져 있었다. 그 멀리 바깥쪽에는 신축건물들이 있고, 군데군데 시커먼 눈에 덮인 벽돌 더미가 있었다. 무슨 몽유병자처럼 어떤 낯선 압력에 떠밀려 이 황량한 곳을 헤매고 있을 때, 고향 도시의 신축건물이 생각났다. 한동안 나를 괴롭히던 크로머가 우리의 첫번째 계산을 위해 그리로 나를 데려갔었지. 잿빛 어둠 속에서 그 비슷한 건물 한 채가 문이 들어갈 시커먼 구멍을 내 앞에 쩍 벌리고 있었다. 그 구멍이 나를 안으로 잡아끌었다. 나는 피하려다가 모래와 쓰레기 더미에 걸려 비틀거렸다. 그러나 충동이 더 강했기에 안으로 들어가지 않을 수 없었다.

널빤지와 부서진 벽돌 들을 지나 비틀거리며 황량한 공간으로 들어섰다. 축축한 추위와 돌 냄새가 희미하게 느껴졌다. 모래 더미 하나가 허여스름한 얼룩처럼 놓여 있을 뿐, 그 밖에는 모든 것이 새카맸다.

그 순간 놀란 목소리가 나를 불렀다. "맙소사, 싱클레어, 대체 어디서 오는 거냐?"

내 옆 어둠 속에서 사람 하나가 일어섰다. 작고 야윈 유령 같은 녀석이었다. 머리가 쭈뼛 섰지만 동급생 크나우어를 알아볼 수 있었다.

"여긴 어떻게 왔어?" 그가 흥분해서 미친 듯이 물었다. "나를 대체 어떻게 찾은 거야?"

나는 무슨 소린지 알 수가 없었다.

"너를 찾으려던 게 아냐." 나는 멍해져서 말했다. 한 마디 한 마디가 몹시 힘들게, 죽은 듯이 무거운 얼어붙은 입술에서 간신히 흘러나왔다.

"찾으려던 게 아니라고?"

"응. 무언가가 나를 이리로 이끌었어. 네가 나를 불렀지? 네가 나를 부른 게 분명해. 대체 여기서 뭐하는 거냐? 이런 밤중에."

그는 가느다란 두 팔로 있는 힘껏 나를 껴안았다.

"그래, 밤이지. 곧 아침이 될 거야. 오, 싱클레어, 네가 나를 잊지 않았다니! 나를 용서해주겠어?"

"대체 뭘?"

"아, 내가 정말 끔찍하게 굴었잖아!"

이제야 우리의 대화가 기억났다. 한 네댓 새 전이었던가? 그 뒤로 한 평생이 흘러간 것만 같았다. 하지만 이제 불현듯 모든 것이 분명해졌다. 우리 사이에 있었던 일뿐만이 아니라 내가 어째서 이리로 왔는지, 그리고 크나우어가 여기서 대체 무엇을 하려고 했는지도.

"너 목숨을 끊으려고 했구나, 크나우어?"

그는 추위와 두려움으로 부르르 몸을 떨었다.

"그래, 그랬지. 내가 할 수 있었을지는 모르겠다. 아침이 오기까지 기다릴 셈이었어."

나는 그를 밖으로 데리고 나왔다. 멀리 지평선에서 최초의 일광이 잿빛 대기 속에 이루 말할 수 없이 차갑고도 힘없이 희미한 빛을 발했다.

나는 그의 팔을 잡고 한참을 걸었다. 내 안에서 무언가가 이렇게 말했다. "이제 집으로 가, 그리고 아무한테도 말하지 마라! 넌 잘못된 길을 간 거야, 잘못된 길을! 우린 네가 말한 것처럼 돼지가 아니야. 우리는 인간이다. 우리는 신들을 만들고, 신들과 싸우고, 신들이 우리를 축복해주는 거야."

우리는 말없이 더 걷다가 헤어졌다. 내가 집으로 돌아왔을 때는 이미 날이 밝은 뒤였다.

그 시절 성 ○○시에서 내게 생긴 가장 좋은 일은 오르간 연주를 들으며, 혹은 벽난롯불 앞에서 피스토리우스와 함께 보낸 시간이었다. 우리는 아프락사스에 대한 그리스어 텍스트 하나를 함께 읽었다. 그는 『베다』의 번역 몇 구절을 낭독하고 거룩한 '옴(Om)'을 말하는 법도 가르쳐주었다. 그러는 사이 이런 학술적인 태도는 나의 내면을 격려해준 것이 아니라 오히려 그 반대였다. 내게 도움이 된 것은 내가 나 자신의 내면에서 앞으로 나아갔음을 보는 것, 내 독특한 꿈과 생각과 예감 들을 점점 더 신뢰하게 된 것, 그리고 내 안에 지닌 힘에 대해 점점 더 알아가는 것이었다.

피스토리우스와 나는 온갖 방법으로 서로를 이해했다. 내가 그를 강하게 생각하기만 하면 그 자신이나 그의 인사가 내게로 오리라는 사실을 나는 확실히 알았다. 데미안에게 그랬듯이 나는 그가 없어도 그에게 무엇이든 물어볼 수 있었다. 그냥 그를 강력하게 상상하면서 내 질문이 집약적인 생각의 형태로 그를 향하게만 하면 되었다. 그러면 질문 안에 담긴 온갖 영혼의 힘이 대답이 되어 내게로 돌아왔다. 다만 그럴 때 내가 상상하는 것은 피스토리우스나 막스 데미안 개인이 아니라 내 꿈에 나타나는, 내가 그림으로 그린 모습이었다. 남자이며 여자인 내 데몬의 꿈속 모습을 부르기만 하면 되었다. 이제 그것은 내 꿈속에만 살거나 종이에 그려지기만 한 것이 아니라, 소망의 모습, 나 자신의 승화된 모습으로 내 안에서 살고 있었다.

자살에 실패한 크나우어가 나를 대하는 태도는 독특하고도 이따금 우스꽝스러웠다. 내가 그에게 보내진 그 밤 이후로 그는 충실한 종이나 개처럼 내게 매달리면서 자신의 삶을 내 삶과 연결시키려 하였고 맹목적으로 내 뒤를 쫓아다녔다. 그는 극히 이상한 질문과 소망 들을 들고 내게로 왔다. 정령들을 보고 싶다고, 또는 카발라를 배우고 싶다고 했고, 내가 이 모든 것을 전혀 모른다고 아무리 말해도 내 말을 믿으려 하지 않았다. 그는 내게 온갖 능력이 다 있다고 믿었다. 그런데 이상하게도 내 안에서 어떤 실마리를 풀어야 할 때면 꼭 그가 기묘하고도 어리석은 질문들을 가져오곤 했다. 그래서 그의 변덕스러운 발상과 관심 들은 내게 키워드가 되거나 해결의 원동력이 되곤 했다. 나는 때때로 그가 부담스러워서 주인처럼 쫓아버리곤 했지만, 그래도 그 또한 내게 보내졌음을, 내가 그에게 준 것이 그에게서 두 배가 되어 내게로 왔음을, 그도 역시 내게 길을 안내하는 사람, 또는 길 자체임을 느꼈다. 그가 내게 가져오는 정신 나간 책들과 문헌들, 거기서 그는 치유책을 찾았는데, 그런 책들은 내가 바로 이해할 수 있는 것보다 더 많은 것을 가르쳐주었다.

이 크나우어는 나중에 내가 잘 느끼지도 못하는 사이에 나의 길에서 사라져버렸다. 그와는 꼭 논쟁이 필요하지 않았다. 하지만 피스토리우스의 경우는 달랐다. 성 ○○시에서의 학창 시절 끄트머리에 이 친구와 상당히 독특한 체험을 했다.

악의 없는 사람들도 삶에서 한두 번쯤 경건함이나 고마움 같은 미덕들과 갈등에 빠지는 일을 면하기는 어렵다. 누구나 언젠가는 제 아버지와 선생님들에게서 떨어져나오는 발걸음을 옮겨야 하고, 누구나 고독의 가혹함을 조금이라도 느끼지 않을 수 없다. 물론 대부분의 사람들은 그것을 견디지 못하고 다시 숨을 곳을 찾곤 하지만. 나는 내 아름다운 어린 시절의 '밝은' 세계, 부모님과 그들의 세계와 격한 갈등을 일으키며 헤어진 것이 아니라, 눈에 잘 띄지 않게 서서히 멀어지고 낯설어졌다. 유감스러운 일이었지만 고향을 방문할 때면 종종 힘든 시간을 맞이하곤 했다. 그러나 가슴속 깊은 곳까지 힘들지는 않았고 그럭저럭 견딜 만했다.

하지만 습관이 아니라 더없이 독특한 충동에서 사랑과 존경심을 바쳤던 곳, 더없이 특별한 마음으로 제자가 되고 친구가 된 곳—그곳에서 우리 안의 주도적인 흐름이 이제 이 사랑하는 사람에게서 멀어지려 함을 불현듯 깨닫게 되면 괴롭고도 두려운 순간이 온다. 그럴 때는 친구이며 스승을 거부하는 생각이 모조리 독침이 되어 자신의 마음을 향해 날아오고, 거부의 일격이 모조리 자신의 얼굴로 되돌아온다. 그럴 때면 스스로 적절한 도덕심을 지녔다고 믿는 사람에게는 '충절 없음', '배은망덕' 따위의 낱말들이 수치스러운 외침이나 낙인처럼 떠오르고, 놀란 가슴은 두려움에 가득차서 어린 시절 미덕이 깃든 사랑의 골짜기로 도망치고, 이런 결별이 일어났음을, 이런 유대가 끊어지지 않을 수 없음을 믿지 못한다.

시간이 흐르면서 차츰 내 안에서 친구인 피스토리우스를 그렇게 무조건 안내자로 인정하는 데 반대하려는 감정이 생겨났다. 청소년기의 가장 중요한 몇 달 동안 나는 그와의 우정을 체험했고, 그의 충고와 위로, 그가 가까이 있음을 체험했다. 신이 그를 통해 내게 말을 했다. 내 꿈은 그의 입을 통해 내게로 되돌아오고, 설명되고, 해석되었다. 그는 내게 나 자신에게로 갈 용기를 선물해주었다. 아, 그런데 지금 나는 천천히 그에 대한 반감이 자라고 있음을 느꼈다. 그의 말에서 너무 많은 가르침을 들었고, 그가 오로지 나의 일부분만을 완전히 이해한다는 느낌이 밀려왔다.

우리 사이에 싸움은 없었다. 격한 논쟁이나 결별, 청산 따위는 없었다. 그냥 내가 그에게 단 한 마디, 그것도 별로 해롭지 않은 말 한 마디를 했을 뿐이지만, 그것은 우리 사이의 망상이 산산이 부서져 영롱한 유리 조각들로 변하는 순간이었다.

한동안 막연한 예감 같은 것이 나를 짓눌렀다. 그것은 어느 일요일 그의 낡은 서재에서 뚜렷한 감정이 되었다. 우리는 불 앞쪽 바닥에 엎드려 있었고, 그는 신비 의식과 종교 형태들에 대해 이야기했다. 그는 그런 것들을 연구하고 곰곰이 생각했으며, 그 가능한 미래에 열중했다. 하지만 그 모든 것이 내게는 목숨만큼 중요한 것이라기보다는 호기심을 끄는 흥미로운 것 정도였다. 내게는 지겨운 가르침으로, 옛날 세계의 폐허 더미를 힘들게 헤집는 일 정도로만 들렸던 것이다. 불현듯 이런 모든 방식, 신비주의에 대한 이런 숭배, 전해내려오는 신앙 형태들을 이용한 이런 모자이크 놀이에 반감이 들었다.

"피스토리우스." 내가 갑자기 말했다. 나 자신도 놀라 소스라칠 만큼 악의가 느껴지는 말투였다. "내게 또 한번 꿈 이야기나 해주시죠. 당신이 밤에 꾸는 진짜 꿈 이야기요. 당신이 지금 하는 이야기는 정말, 뭐랄까, 지독히 고리타분해요!"

그는 내가 그런 식으로 말하는 것을 한 번도 들은 적이 없었다. 나 자신도 그 순간 번개처럼 수치심과 전율을 느꼈다. 내가 그에게 쏘아보내 그의 심장을 맞힌 그 화살은 바로 그 자신의 병기창에서 나온 것이었으니, 그 자신이 아이러니한 말투로 이따금 털어놓곤 하던 자기비난을 내가 악의에 차서 극히 예리한 형태로 그에게 쏘아보낸 것이다.

그는 순간적으로 그것을 알아챘고 곧바로 조용해졌다. 나는 두려움을 품은 채 그를 보았고 그가 무섭게 창백해지는 꼴을 목격했다.

한참이나 무거운 침묵이 흐른 뒤 그가 새 나무토막을 불에 넣으며 조용히 말했다. "그 말이 정말 옳아, 싱클레어. 자넨 영리한 친구야. 이제 그런 고리타분한 이야기로 귀찮게 하지 않겠네."

그는 아주 조용히 말했지만 나는 그 상처의 고통을 분명히 들었다. 대체 내가 무슨 짓을 한 건가!

눈물이 흐를 지경이었다. 나는 진심으로 그에게 다가가 용서를 구하고 나의 사랑, 나의 고마움을 표현하고 싶었다. 감동적인 말들이 떠올랐다. 하지만 그 말을 할 수가 없었다. 나는 그대로 엎드린 채 불을 바라보며 침묵을 지켰다. 그도 침묵했고, 그렇게 우리는 엎드려 있었다. 불은 차츰 잦아들었고, 탁탁 소리를 내며 스러지는 불꽃과 더불어 나는 아름답고 내면적인 어떤 것이 스러져서 사라져감을 느꼈다. 다시는 돌아올 수 없는 것이었다.

"내 말을 잘못 이해하신 것 같은데요." 나는 마침내 몹시 짓눌린 메마르고 쉰 목소리로 말했다. 마치 신문소설을 낭독할 때처럼 멍청하고 무의미한 말이 기계적으로 입술에서 흘러나왔다.

"자네 말은 아주 정확히 이해했네." 피스토리우스가 나직이 말했다. "또 그 말이 옳고." 그는 잠시 기다렸다. 그러더니 천천히 말을 이었다. "한 인간이 다른 인간에 대해 옳을 수 있을 만큼은 말이지."

아니, 아닌데요. 마음속에서 무언가가 외쳤다. 내가 틀렸어요! 하지만 그 말을 털어놓을 수가 없었다. 나는 그 한마디 사소한 말로 그의 본질적인 약점, 그의 곤란한 상처를 건드렸음을 알았다. 그가 스스로를 믿지 못하는 그 지점을 내가 건드린 것이다. 그의 이상은 '고리타분'했고, 그는 과거를 탐색하는 사람이며 낭만주의자였다. 그리고 나는 불현듯 깊이 느꼈다. 피스토리우스는 자기 자신에게는 그가 내게 가졌던 의미가 될 수도, 내게 주었던 것을 줄 수도 없었음을. 그는 나를 안내했는데, 안내자인 그 자신의 능력을 뛰어넘어 그를 떠나야 할 길로 나를 데려갔던 것이다.

맙소사, 어떻게 그런 말이 나온단 말인가! 전혀 나쁜 뜻은 없었고, 파국의 예감도 없었다. 발언의 순간에 스스로도 완전히 알지 못하는 무언가를 말했던 것뿐이며, 약간은 재치 있고 약간은 악의적인 사소한 발상에 슬쩍 넘어갔던 것뿐인데, 그것이 운명이 된 것이다. 나는 별것 아닌 야만을 부주의하게 행했을 뿐인데, 그에게는 그만 판결이 되고 말았다.

아, 그가 화를 내고 자신을 변호하기를, 내게 소리를 지르기를 나는 얼마나 원했던가! 그러나 그는 그러지 않았고, 나는 그 모든 것을 내 마음속에서 스스로 해야만 했다. 그는 할 수만 있었다면 미소를 지었을 것이다. 미소를 짓지 못하는 그를 보자 내가 그의 약점을 얼마나 정확히 찔렀는지 더없이 잘 알 수 있었다.

피스토리우스는 고마움을 모르는 시건방진 제자인 나의 일격을 그렇게 소리 없이 받아들임으로써, 내가 옳다고 말하고 침묵함으로써, 내 말이 운명임을 인정함으로써 내가 스스로에게 증오스러운 존재가 되게 만들었고, 나의 무분별함을 천 배나 더 크게 만들었다. 내가 공격했을 때 나는 방어력이 있는 강한 사람을 때린다고 생각했으나 실은 조용하고 참을성 있는 사람, 침묵하면서 항복해버리는 방어력이 없는 사람을 때렸던 것이다.

우리는 꺼져가는 불꽃 앞에 오랫동안 엎드려 있었다. 그 불꽃 속에서 빛나는 모습 하나하나, 오그라드는 나뭇재 하나하나가 내 기억 속에 행복하고 아름답고 풍성한 시간들을 불러들였고, 피스토리우스에 대한 내 의무의 빚더미를 점점 더 크게 쌓아올렸다. 끝내 더는 견딜 수가 없었다. 나는 일어나서 떠났다. 그의 방문 앞에서 오래도록, 어두운 층계에서도 오래도록, 집 밖으로 나와서도 오래도록 서서 혹시 그가 내 뒤를 따라 나오지는 않는지 기다렸다. 그리고 그곳을 떠나 저녁이 될 때까지 몇 시간 동안 도시와 교외 지역, 공원과 숲을 이리저리 돌아다녔다. 그때 처음으로 내 이마에 카인의 표가 찍혀 있음을 느꼈다.

나는 아주 천천히 깊은 생각에 빠져들었다. 내 생각은 모조리 나를 고발하고 피스토리우스를 방어하려는 의도를 지닌 것이었다. 그리고 그 모든 것은 정반대로 끝나고 말았다. 천 번이라도 기꺼이 내 성급한 말을 후회하고 철회할 각오가 되어 있었다. 하지만 내 말이 맞았다. 나는 이제야 비로소 피스토리우스를 이해하고, 그의 꿈 전체를 내 앞에 지어놓을 수가 있었다. 그의 꿈은 사제가 되어 새로운 종교를 선포하고, 사랑과 숭배, 고양의 새로운 형식들을 만들어내고, 새로운 상징들을 세우는 것이었다. 그런데 그것은 그의 능력도 그의 직분도 아니었다. 그는 과거의 것에 너무 오래 머물렀고, 옛날에 있었던 것을 너무 정확하게 알았다. 이집트, 인도, 미트라스 신과 아프락사스에 대해 너무 많이 알았다. 그의 사랑은 세계가 이미 보았던 옛날 모습들에 달라붙어 있었는데, 그 자신이 새로운 것은 새롭고도 달라야 한다는 사실을, 또 그것은 신선한 바탕에서 흘러나오는 것이지 온갖 수집품과 도서관에서 만들어질 수 없는 것이라는 사실을 가장 깊은 내면에서 무척이나 잘 알았다. 그의 직분이란 어쩌면 이미 내게 그랬듯이 사람들이 자기 자신에게로 가도록 돕는 일이었을 것이다. 그들에게 그동안 들어보지 못한 것, 새로운 신을 제시하는 일은 그의 직분이 아니었던 것이다.

그리고 여기서 깨달음이 날카로운 불꽃처럼 갑자기 나를 불태웠다. 각자에게 '직분'이 주어져 있지만, 그 누구도 자신이 직접 그것을 고르거나 고쳐 쓰거나 멋대로 지배할 수는 없다는 사실이었다. 새로운 신들을 원하는 것은 잘못이다. 세계에 그 어떤 새로운 것을 부여하려는 것은 완전히 잘못이다! 깨어난 인간에게는 단 한 가지, 자기 자신을 탐색하고, 자기 안에서 더욱 확고해지고, 그것이 어디로 향하든 자신만의 길을 계속 더듬어나가는 것 말고는 달리 그 어떤, 어떤, 어떤 의무도 없다. 이 깨달음이 나를 깊이 뒤흔들었다. 그리고 이 체험에서 얻은 열매는 바로 이것이었다. 나는 자주 미래의 모습들을 가지고 장난을

쳤고, 내게 배정되어 있을 역할들, 시인이나 어쩌면 예언자, 아니면 화가 등의 역할들을 꿈꾸었다. 그 모든 것은 아무것도 아니었다. 나는 문학작품을 쓰거나 설교하거나 그림을 그리기 위해서 존재하는 것이 아니며, 나뿐만 아니라 다른 누구도 그런 이유로 존재하는 것이 아니다. 그 모든 것은 오로지 곁다리로 나타나는 것일 뿐이다. 우리 각자에게 주어진 진정한 소명이란 오직 자기 자신에게로 가는 것, 그것뿐이다. 그는 마지막에 시인이나 미친 사람, 예언자나 범죄자가 되어 있을 수도 있다 — 이것은 그 자신의 문제가 아니며, 결국은 그리 중요한 것도 아니다. 그의 과제는 멋대로의 운명이 아닌 자신의 운명을 찾아내 내면에서 완전하고도 끊임없이 그에 따라 사는 것이다. 그것 말고 다른 것은 모두 반쪽이자 벗어나려는 시도이며, 대중의 이상(理想)으로의 도주, 그냥 적응, 자신의 내면에 대한 두려움일 뿐이다. 내 앞에 새로운 모습이 두렵고도 거룩하게 떠올랐다. 이미 수없이 예감했고 어쩌면 자주 표현했던 것. 그러나 나는 이제야 비로소 진짜로 체험했다. 나는 자연의 내던짐이었다. 불확실성을 향한, 어쩌면 새로움을 향한, 어쩌면 아무것도 아닌 것을 향한 내던짐이었다. 그리고 태고의 깊이에서 나오는 이 내던짐이 완전히 이루어지도록 내 안에서 그 의지를 느끼고, 그것을 완전히 나의 의지로 삼는 것, 그것만이 내 소명이었다. 오직 그것만이!

나는 이미 많은 고독을 맛보았다. 하지만 이제 그보다 더 깊은 고독이 있음을, 그것이 피할 수 없는 것임을 예감했다.

나는 피스토리우스와 화해하려는 노력을 하지 않았다. 우리는 친구로 남았지만 관계는 변했다. 우리는 단 한 번 그에 대해 이야기를 나누었다. 아니, 오직 그 혼자서만 이야기를 했다. 그는 이렇게 말했다. "나는 사제가 되려는 소망을 품었네, 자네도 알지. 나는 기꺼이 새로운 종교의 사제가 되고 싶었어. 그에 대해 우리는 많은 것을 예감하고 있으니까. 나는 절대로 그렇게 될 수 없을 거야. 나도 알아. 전부터 이미 알고 있었고. 나 자신한테 제대로 고백하지 못했지만 이미 오래전부터 말이지. 나는 아마 다른 사제 노릇을 하게 될 거야. 어쩌면 오르간으로, 어쩌면 다른 방식으로. 하지만 나는 언제나 나 스스로 아름답고 거룩하다고 느끼는 무언가에 둘러싸여 있어야만 한다네. 오르간 음악이나 신비 의식, 상징과 신화, 나는 그런 게 필요하고 거기서 벗어나고 싶지 않아. 그게 내 약점이야. 나도 이미 알아, 싱클레어. 이따금은 그런 소망을 갖지 않아야 한다는 걸. 그게 사치며 약점이라는 걸. 내가 아무런 요구도 없이 그냥 온전히 운명에 자신을 맡긴다면 그게 훨씬 위대하고 올바른 일이겠지. 하지만 난 그렇게 못해. 이것이 내가 할 수 없는 유일한 일이야. 어쩌면 자넨 언젠가 그렇게 할 수도 있을 거야. 그건 어려운 일이지. 존재하는, 유일하게 힘든 일이라네. 때때로 그런 꿈을 꾸기도 했지만 난 못해. 그러면 난 벌벌 떨려. 나는 그렇게 완전히 벌거벗고 고독하게 서 있을 수가 없다네. 내가 비록 가련하고 허약한 개에 지나지 않는다 해도 무언가 온기와 먹이가 필요하고 이따금 자기와 같은 자들이 가까이 있음을 느끼고 싶어. 정말이지 자기 운명이외에 아무것도 바라지 않는 사람은 자기와 비슷한 자들을 옆에 두지 않아. 그는 온전히 홀로 서고, 자기 주변에 차가운 세계공간만을 두지. 이걸 알아두게. 겟세마네 동산의 예수가 그랬어. 기꺼이 십자가에 못 박힌 순교자들이 있었지만 그들도 영웅은 아니었지. 그들은 해방되지 못했어. 그들도 자기들에게 사랑스러운 것, 친숙한 것을 원했네. 그들은 모범과 이상이 있었던 거지. 오직 운명만을 원하는 사람은 모범도 이상도 없고, 사랑스러운 것도 위안이 되는 것도 없다네! 사람은 본래 이런 길을 걸어야겠지. 나나 자네 같은 사람들은 매우 고독하지. 하지만 우리에겐 서로가 있어. 다른 사람과는 다르고, 서로 기대고, 특이한 것을 바란다는 은밀한 쾌감이 있지. 하지만 누군가 자기만의 길을 온전히 가고자 한다면 그것도 없애버려야 해. 그는 혁명가나 어떤 본보기나 순교자가 되려고 해서는 안 되는 거야. 생각할 필요도 없는 일이지."

그렇다, 생각할 필요가 없는 일이었다. 하지만 꿈을 꿀 필요는 있었다. 미리 느끼고 예감해야만 했다. 완전히 고요한 시간을 찾아냈을 때 몇 번 그런 것을 느꼈다. 그러고는 나 자신을 들여다보다가 내 운명의 모습의 단호한 두 눈을 보았다. 이 눈은 지혜로 가득할 수도, 광증으로 가득할 수도 있다. 사랑을 내뿜을 수도, 깊은 악의를 내뿜을 수도 있으나 상관없다. 우리는 그중 어떤 것도 선택할 수 없으며 선택하려 들어서도 안 된다. 인간은 오로지 자기 자신만을, 오로지 자기 운명만을 원할 수 있을 뿐이다. 피스토리우스는 길 안내자로서 내게 그 길의 한 구간을 안내해주었던 것이다.

그 시기에 나는 눈이 먼 듯 이리저리 헤매고 다녔다. 내 안에서 폭풍이 일어났고, 걸음마다 위험이었다. 내 앞에는 심연의 어둠 말고는 다른 어느 것도 보이지 않았는데, 지금까지의 모든 길이 그 어둠 속으로 빨려들어가 사라지고 있었다. 내면에서는 데미안과 비슷한 안내자의 모습이 보였으며, 그의 눈길 안에 내 운명이 서 있었다.

나는 종이에 이렇게 적었다. "길 안내자가 나를 떠났어. 나는 완전히 어둠 속에 서 있어. 혼자서는 단 한 걸음도 옮길 수가 없어. 도와줘!"

그 종이를 데미안에게 보내려고 했지만 그만두었다. 그러려고 할 때마다 그 일이 어리석고 무의미해 보였다. 하지만 나는 그 작은 기도를 외워버렸기에 자주 혼자 중얼거렸다. 그 기도가 매시간 나를 따라다녔다. 나는 기도가 무엇인지 어렴풋이 느끼기 시작했다.

김나지움 시절이 끝났다. 나는 방학 동안 여행을 하기로 되어 있었다. 아버지가 세운 계획이었고, 여행이 끝나면 대학에 가야 했다. 어떤 학과를 선택할지는 나도 몰랐다. 한 학기 동안 철학 강의를 듣기로 했다. 어차피 다른 어떤 학과라도 나는 똑같이 만족했을 것이다.

에바 부인

방학 동안 옛날에 데미안과 그 어머니가 살던 집을 한 번 찾아갔다. 나이든 부인이 정원을 오가고 있기에 그녀에게 말을 걸었고, 이 집이 그녀의 소유임을 알게 되었다. 나는 데미안 가족에 대해 물었다. 그녀는 그들을 또렷이 기억했다. 하지만 지금 어디 사는지는 알지 못했다. 그녀는 나의 관심을 알아차리고는 나를 집 안으로 데려가서 가죽 장정의 앨범을 가져다가 데미안의 어머니 사진을 보여주었다. 나는 그녀에 대한 기억이 없었다. 한데 그 작은 사진을 보는 순간 심장이 멎고 말았다. 그것은 내 꿈속의 모습이었다! 그녀였다. 키가 큰, 거의 남성적인 여인의 모습, 아들과 비슷한, 모성의 모습을 지닌, 엄격함과 깊은 정열을 드러낸, 아름답고 유혹적인, 아름답고 다가갈 수 없는, 데몬이며 어머니, 운명이며 연인이었다. 바로 그녀였다!

내 꿈속의 모습이 지상에 살아 있음을 알았을 때 사나운 경이로움이 나를 꿰뚫고 지나갔다. 그런 모습의 여자, 내 운명의 생김새를 지닌 여자가 있다! 그녀는 어디 있나? 어디에? 그녀는 바로 데미안의 어머니였다.

곧이어 나는 여행을 떠났다. 이상한 여행이었다! 쉬지 않고 기분 내키는 대로 이곳저곳 옮겨다녔다. 언제나 그 여인을 찾으면서. 그녀를 떠오르게 하는, 그녀를 연상시키는, 그녀와 비슷한 모습들만 만나는 날들도 있었다. 뒤엉킨 꿈에서처럼 나는 그런 모습들에 이끌려 낯선 도시의 골목길들로, 기차역으로, 열차 칸으로 따라갔다. 또 어떤 날들은 아무리 찾아도 헛일임을 똑똑히 깨닫기도 했다. 그러면 나는 아무일도 하지 않고 어느 공원이나 호텔의 정원, 대합실 같은 데 주저앉아 내 안을 들여다보고, 내 안에 있는 그 모습을 생생히 살려내려고 애썼다. 하지만 그 모습은 이제 수줍음을 타서 재빨리 도망쳐버렸다. 나는 잠을 이루지 못했다. 기차를 타고 모르는 풍경을 지나가는 동안 한 십오 분쯤 조는 게 고작이었다. 한번은 취리히에서 어떤 여자가 나를 따라왔다. 아름다웠지만 약간 뻔뻔스러운 여자였다. 나는 그녀를 거의 쳐다보지도 않은 채, 마치 그녀가 공기이기라도 하듯 지나쳐버렸다. 단 한 시간이라도 다른 여자에게 관심을 두느니 차라리 당장 죽고 싶었다.

내 운명이 나를 이끌어가고 있음을 느꼈다. 이제 그 실현이 다가오고 있음을 느꼈다. 그런데도 아무것도 할 수 없어 초조함에 미칠 것만 같았다. 한번은 어떤 기차역에서, 아마도 인스브루크였던 것 같은데, 방금 출발한 기차의 창가에서 그녀를 연상시키는 모습을 보았다. 그 뒤로 며칠 동안이나 불행했다. 그러곤 갑자기 그 모습이 다시 밤에 꿈속에 나타났다. 나는 부끄럽고도 황폐한 마음으로 내 무의미한 추적에서 깨어나 곧바로 집으로 돌아왔다.

몇 주 뒤에 H대학교에 등록했다. 내겐 모든 것이 실망이었다. 내가 수강하는 철학사 강의는 거기서 공부하는 학생들의 태도만큼이나 실체가 없고 무슨 공장제품 같았다. 모두들 틀에 박힌 듯이 똑같이 행동했다. 소년 같은 얼굴들 위에 나타난 들뜬 즐거움은 마음 아프게도 공허하고 기성품처럼 보였다! 하지만 나는 자유로웠고, 나의 하루는 온전히 나 자신을 위한 것이었다. 교외의 낡은 집에 조용히 살며 책상 위에는 니체의 책 몇 권을 올려놓았다. 나는 니체와 함께 살면서 그의 영혼의 고독을 느꼈고, 그를 쉴새없이 몰아간 운명을 냄새 맡고, 그와 함께 고통받았으며, 또 그토록 굴하지 않고 자신의 길을 간 사람이 있었다는 사실에 행복했다.

늦은 저녁 가을바람을 맞으며 도시를 이리저리 돌아다닐 때면 술집에서 대학생 동아리의 노랫소리가 울려나오곤 했다. 열린 창으로 담배 연기가 구름처럼 피어나오고, 거대한 파도와 같은 노래가 크고도 우렁차게, 그러나 활기도 생기도 없이 획일적으로 흘러나왔다.

어느 거리 모퉁이에 서서, 술집 두 군데에서 정확히 훈련된 청춘의 명랑함이 밤으로 뿜어져나오는 소리에 귀를 기울였다. 어디에나 함께 하기, 어디에나 함께 앉기, 어디에나 운명을 내려놓고 따스한 패거리 속으로 도망치기뿐이었다!

내 뒤에서 두 사내가 천천히 다가와 나를 지나쳐갔다. 그들의 대화 일부가 들렸다.

"흑인촌에 있는 젊은이들의 집과 똑같지 않소?" 그중 한 명이 말했다. "모든 게 딱 들어맞아. 심지어 문신조차 유행이라오. 보시오, 이게 젊은 유럽이오."

그 목소리는 내게 놀라운 경고음을 보냈다—아는 목소리다. 나는 어두운 골목길로 두 사람을 따라갔다. 한 명은 키가 작고 우아한 일본인이었다. 가로등 불빛 아래 미소 짓는 그의 누런 얼굴이 빛났다.

그때 다른 이가 말을 이었다.

"그거야 당신네 일본도 사정이 더 낫진 않을 겁니다. 패거리를 짓지 않는 사람들은 어디서나 드물죠. 여기도 몇몇 있기는 해요."

그 말 한 마디 한 마디가 즐거운 놀라움으로 나를 꿰뚫고 지나갔다. 말하는 사람은 내가 아는 사람이었다. 그는 데미안이었다.

바람이 부는 밤에 어두운 골목길로 그와 일본인을 뒤쫓아가면서, 그들의 대화에 귀를 기울이고 데미안의 목소리가 내는 울림을 즐겼다. 그 목소리는 옛날의 말투 그대로, 옛날의 아름다운 확고함과 침착함을 간직한 채 나를 지배하는 힘을 지니고 있었다. 이젠 모든 게 좋다. 그를 찾아낸 것이다.

일본인은 교외의 거리 끝에서 작별인사를 하고 현관문을 열었다. 데미안은 길을 되돌아 걸어왔다. 나는 그 자리에 멈춰 선 채 거리 한가운데서 그를 기다렸다. 두근거리는 가슴으로 내게로 다가오는 그를 보았다. 밤색 비옷을 걸치고 가느다란 지팡이를 팔에 건 채 반듯하고 유연한 태도로 걸어왔다. 절도 있는 걸음걸이를 흐트러뜨리지 않으며 내 바로 앞까지 다가와서는 모자를 벗고, 단호한 입과 너른 이마에 독특한 명랑함을 지닌 옛날의 밝은 얼굴을 보여주었다.

"데미안!" 내가 외쳤다.

그는 내게 손을 내밀었다.

"그러니까 너구나, 싱클레어! 너를 기다리고 있었지."

"내가 여기 있다는 걸 알았어?"

"정확히는 몰랐지만 분명 그러길 바랐지. 오늘 저녁에야 비로소 널 보았어. 우리를 한참이나 따라왔으니까."

"그럼 나를 곧바로 알아보았단 말이야?"

"물론이지. 넌 변했지만. 그래도 표를 지니고 있으니까."

"표라고? 대체 무슨 표?"

"네가 아직 기억한다면, 옛날에 우린 그걸 카인의 표라고 불렀지. 그건 우리의 표야. 넌 그 표를 언제나 지니고 있었어. 그래서 난 너와 친구가 되었고. 지금은 그게 더욱 뚜렷해졌네."

"난 몰랐어. 아니면 알고 있었나. 언젠가 네 모습을 그린 적이 있었는데, 그게 나와도 닮아서 깜짝 놀랐거든. 그게 그 표가?"

"그게 표야. 네가 오다니 좋구나! 어머니도 기뻐하실 거야."

나는 소스라치게 놀랐다.

"어머니? 어머니도 여기 계셔? 하지만 어머닌 나를 전혀 모르실 텐데."

"오, 알고 계셔. 네가 누군지 내가 말씀드리지 않아도 알아보실걸. 넌 오랫동안 소식이 없었지."

"아, 몇 번이나 편지를 쓰고 싶었지만 잘 되지 않았어. 얼마 전부터 널 다시 만날 거라고 느끼고는 있었지만. 날마다 그러길 고대했어."

그는 내 팔짱을 끼고 나와 함께 걸었다. 그에게서 평온함이 흘러나와 내게로 스며들었다. 우리는 곧 옛날처럼 이야기를 나누었다. 학창 시절, 견진례 수업, 그리고 방학 때의 저 불행한 만남을 기억해냈다. 다만 우리 사이를 맨 처음 가장 가까이 이어준 프란츠 크로머 이야기만은 이번에도 나오지 않았다.

모르는 사이에 우리는 이상하고도 예감에 가득찬 대화에 깊이 빠져들었다. 데미안이 저 일본인과 나눈 대화와 비슷한, 대학생들의 생활에 대한 이야기였다. 거기서부터 거리가 먼 듯 보이는 다른 이야기로 넘어갔지만 데미안의 말에서 그 이야기는 내적인 맥락으로 연결되었다.

그는 유럽의 정신과 이 시대의 징표에 대해 이야기했다. 어디서나 연합과 패거리 짓기가 이루어진다고 했다. 하지만 자유와 사랑은 어디에도 없다. 대학생 연합과 합창 동아리부터 국가들에 이르기까지 이 모든 단체는 강박감에 의해 형성되고 두려움과 공포와 당혹감에서 나온 공동체로서, 그 내면은 부패하고 늙었으며 거의 붕괴에 이르렀다고 했다.

"함께한다는 건," 데미안이 말했다. "아름다운 일이지. 하지만 지금 사방에서 번성하고 있는 건 아름다운 게 아니야. 아름다운 함께하기는 개인들의 상호이해에서 새로 생겨나게 될 거야. 그리고 한동안 세계를 변화시키겠지. 지금 사람들의 함께하기란 그냥 패거리 짓기일 뿐이야. 사람들은 서로서로가 두려워서 서로에게로 도망치는 거지. 신사들은 신사들끼리, 노동자들은 노동자들끼리, 학자들은 학자들끼리 말이지! 그럼 그 사람들은 어째서 두려워하느냐? 인간은 자기 자신과 하나가 아닐 때만 두려움을 갖는 법이야. 자기 자신을 전혀 모르기 때문에 두려움을 느끼는 거지. 그러니까 자기 안에 있는 모르는 존재를 두려워하는 사람들끼리의 공동체인 거야! 그들은 모두가 제 삶의 법칙이 이 제 더는 맞지 않음을, 자기들이 낡은 규범에 따라 살고 있음을 느끼지. 그들의 종교도 도덕심도 그 무엇도 우리가 필요로 하는 것에는 어울리 지 않아. 백 년이 넘도록 유럽은 그냥 대학 공부를 하고 공장이나 세웠 을 뿐이야! 그들은 한 인간을 죽이려면 화약 몇 그램이 필요한지 정확 히 알고 있지. 하지만 신에게 기도하는 방법을 모르고, 한 시간 동안을 어떻게 만족스럽게 보낼 수 있는지도 몰라. 대학생 주점들을 한번 살 펴봐라! 아니면 부자들이 가는 유흥의 장소들을! 희망이 없어! 친애하 는 싱클레어, 이런 모든 것에서 명랑한 것이 나올 순 없다. 이렇게 두 려워서 함께 모여 있는 사람들은 두려움과 악의에 가득차 있어, 아무 도 다른 사람을 믿지 못하지. 그들 모두가 이제 더는 이상(理想)이 아 닌 이상들에 매달리면서 누군가 새로운 이상을 내놓기만 하면 그를 돌 로 쳐죽이지. 대립들이 있다는 게 느껴져. 그 대립들이 올 거야. 내 말 을 믿어, 머지않아 나타날 거다! 물론 그런 것들이 세계를 '개선'하진 못해. 노동자들이 공장주를 때려죽이거나 러시아와 독일이 서로 총을 쏜다 해도 그냥 소유주만 바뀌고 말거야. 그렇다고 그게 아주 소용없 는 일은 아니야. 그건 오늘날의 이상들이 가치가 없음을 보여줄 거다. 석기시대의 신들을 제거해주겠지. 지금 이 세계는 죽을 거야, 무너질 거라고. 그럴 거야."

"그럼 우린 어떻게 되지?" 내가 물었다.

"우리? 오, 아마 우리도 함께 무너지겠지. 우리 같은 사람도 때려죽 일 테지. 다만 우리는 그걸로 끝장나지는 않아. 우리에게서 남은 것, 또는 우리 중 살아남은 자들 주변으로 미래의 의지가 모여들겠지. 인류의 의지가 드러나겠지. 우리 유럽이 한동안 기술과 학문의 박람회에서 소리쳐 부르짖던 인류의 의지 말이야. 그다음엔 그 인류의 의지라는 게 오늘날의 공동체, 국가와 민족, 협회와 교회 들과는 절대로 같지 않다는 사실이 드러나겠지. 자연이 우리 인간에게 원하는 것은 각 개인 안에 쓰여 있어. 너와 내 안에 말이야. 그건 예수 안에, 그리고 니체 안에 쓰여 있었어. 현재의 공동체들이 무너지면 유일하게 중요한 그런 흐름들을 위한—물론 그 흐름들은 매일 다르게 보일 테지만—공간이 생겨나겠지."

우리는 늦은 시간에 강변에 있는 어떤 정원 앞에서 멈췄다.

"우린 여기 살아." 데미안이 말했다. "조만간 한번 와! 우린 너를 몹시 기다리고 있거든."

나는 서늘해진 밤에 기쁜 마음으로 먼 길을 걸어 집으로 돌아왔다. 도시 여기저기서 집으로 돌아가는 학생들이 떠들어대며 비틀거렸다. 나는 그들의 우스꽝스러운 즐거움의 방식과 나의 고독한 삶 사이에 존재하는 대립을 이미 자주 느꼈다. 때로는 결핍의 감정으로, 때로는 조소를 품은 채로. 하지만 그런 일이 나와는 얼마나 상관없는지, 이 세계가 내게는 얼마나 멀리 사라져버렸는지를 오늘처럼 평온하고도 은밀한 힘을 품은 채 느낀 적은 없었다. 고향 도시의 관리들이 생각났다. 늙고 기품 있는 신사들, 마치 지복의 낙원에 대한 추억처럼 선술집에서 보낸 대학 시절의 기억들에 매달려 사는 사람들, 사라져버린 '자유'의 향수를 지닌 채 시인들이나 낭만주의자들이 어린 시절에 바치던 것과 같은 숭배를 학창 시절의 추억에 바치는 사람들이었다. 어디서나 똑같았다! 어디서나 그들은 '자유'와 '행복'을 저 과거에서만 찾았다.

자신의 본래의 책임이 생각날까봐, 자신의 본래의 길을 가라는 경고를 받을까봐 두려워서였다. 몇 년 동안 퍼마시며 즐겁게 살다가 안전을 찾아 기어들어가서 국가기관에 근무하는 엄격한 신사가 되어버리는 것이다. 그렇다, 우리 주변은 썩어빠지고 게을렀다. 그래도 대학생들의 이런 어리석음은 수많은 다른 일들보다는 덜 어리석고 덜 나쁜 일이었다.

그러나 외떨어진 나의 집으로 돌아와 침대에 누웠을 때 이런 생각들은 몽땅 사라져버렸다. 나의 온 생각은 기대에 차서 이 하루가 내게 베풀어준 거대한 약속에 매달렸다. 원하기만 하면 내일이라도 당장 데미안의 어머니를 만나게 된다. 대학생들이야 술판을 벌이고 얼굴에 문신을 하라지. 세상이야 썩어빠져서 붕괴를 기다리라지. 그게 나하고 무슨 상관이냐! 나는 오직 내 운명이 새로운 모습으로 내게 다가오기만을 고대했다.

아침 늦게까지 푹 잤다. 새로운 날이 축제일처럼 밝아왔다. 어린 시절의 크리스마스 축제 이후로는 오랫동안 그런 것을 경험하지 못했다. 깊은 내면은 불안감으로 가득했지만 두려움은 전혀 없었다. 내게 중요한 날이 밝았음을 느꼈다. 그리고 주변의 세계가 변했음을 느꼈다. 기대에 넘치고 관련성이 풍부해지고 장엄해진 것이다. 나직이 내리는 가을비도 아름답고 고요했으며, 진지하고 즐거운 음악으로 가득찬 축제일 같았다. 바깥세계가 처음으로 나의 내면세계와 순수하게 일치하는 울림을 냈다. 이제야 영혼의 축제일이고, 이제야 살 만한 가치가 있었다. 골목의 그 어떤 집, 어떤 창문, 어떤 얼굴도 나를 방해하지 않았다. 모든 것이 마땅히 그래야 하는 모습 그대로였고, 일상적이고 습관이 된 공허한 얼굴이 아니라 기대에 찬 자연이었다. 모든 것이 경외심에 가득차서 운명을 각오하고 있었다. 어린 시절 나는 크리스마스나 부활절 같은 큰 축제일의 아침에 세상을 그렇게 보았다. 이 세상이 여전히 그토록 아름다울 수 있음을 그동안 알지 못했다. 나 자신의 내면에 집중하여 살면서, 저 바깥세상을 향한 감각을 잃어버렸음을 받아들이는 데 익숙해져 있었다. 빛나는 색채를 잃어버린 것이 어린 시절의 상실과 뗄 수 없이 연관되어 있다고, 또 이런 고운 광채를 포기해야만 영혼의 자유와 어른스러움을 얻을 수 있다고 여겼다. 이제야 나는 이 모든 것이 그냥 파묻힌 채 어두워져 있었을 뿐임을 알고 황홀해졌다. 자유롭게 되어서도, 어린 시절의 행복을 포기하고 나서도 여전히 빛나는 세상을 볼 수 있고, 어린이처럼 바라볼 때 느끼는 내면의 전율을 맛볼 수 있는 것이다.

지난밤에 막스 데미안과 헤어진 장소인 교외의 정원을 다시 찾아갈 시간이 되었다. 비에 젖어 잿빛이 된 키 큰 나무들 뒤로 밝고 아늑한 작은 집 한 채가 감추어져 있었다. 커다란 유리벽 뒤에는 꽃을 피운 키 큰 관목들이 있었고, 반짝이는 창문들 너머로 어두운 실내 벽들에 붙은 그림과 서가 들이 보였다. 현관문을 지나자 곧바로 난방이 된 작은 홀에 이르렀는데, 검은 옷에 흰 앞치마를 두른 말수 적은 늙은 하녀가 나를 그곳까지 안내하고는 외투를 받아들었다.

그녀는 나를 홀에 혼자 남겨두었다. 나는 사방을 둘러보았다. 그 순간 나는 내 꿈속 한가운데 있었다. 문 위쪽의 어두운 목재 벽에는 검은 유리 액자 안에 내가 잘 아는 그림이 걸려 있었다. 세계라는 알에서 벗어나고 있는 황금빛 새매 머리를 한 나의 새 그림이었다. 나는 깊은 감동을 받아 멈춰 섰다. 마치 이 순간 내가 여태껏 행하고 체험한 모든 것이 답이 되고 실현이 되어 내게로 돌아온 듯 마음이 기쁘고도 아팠다. 수많은 모습들이 번개처럼 내 영혼을 스쳐지나갔다. 현관문 아치 위에 낡은 돌 문장이 있는 고향의 아버지 집, 그 문장을 그리는 소년 데미안, 원수인 크로머의 못된 굴레에 매여 두려움에 가득차 있던 소년인 나, 김나지움 학생의 작은 방 조용한 책상에서 동경의 새를 그리는 청년이 된 나, 스스로의 실들로 짠 그물에 얽혀든 영혼. 그리고 이 순간에 이르기까지의 그 모든, 모든 일이 내 안에서 다시 울리고, 내 안에서 긍정되고, 답변을 받고, 좋다고 인정받았다.

축축해진 눈으로 내 그림을 보면서 나 자신을 읽었다. 그때 눈길이 아래로 떨어졌다. 새 그림 아래 열린 문에 검은 옷을 입은 키 큰 여인이 서 있었다. 그녀였다.

나는 한 마디도 할 수가 없었다. 아름답고 기품이 있는 이 여인은 아들과 비슷하게 시간도 나이도 없이 영적인 의지가 충만한 얼굴로 내게 친절한 미소를 보냈다. 그녀의 눈길은 실현이고 그녀의 인사는 귀향이었다. 나는 말없이 그녀를 향해 두 손을 내밀었다. 그녀는 힘차고도 따뜻한 손으로 내 두 손을 붙잡았다.

"당신이 싱클레어군요. 곧바로 알아보았어요. 어서 와요!"

그녀의 목소리는 깊고도 따스했고, 나는 달콤한 포도주처럼 그 목소리를 마셨다. 이제 눈을 들고 그녀의 고요한 얼굴을 바라보았다. 속을 헤아릴 수 없는 그 검은 눈을, 무르익은 싱싱한 입술을, 표가 찍힌 당당하고 탁 트인 이마를.

"얼마나 기쁜지요!" 나는 말하며 그녀의 손에 입을 맞추었다. "평생

동안 헤매기만 하다가 이제야 집에 돌아온 것 같습니다."

그녀가 어머니처럼 미소를 지었다.

"우리는 절대로 집에 돌아오진 못하죠." 그녀가 상냥하게 말했다. "하지만 친근한 길들이 서로 마주치는 곳에서는 온 세상이 잠시 고향처럼 보이는 법이에요."

그녀는 내가 그녀에게 오는 도중에 느꼈던 것을 말했다. 그 목소리와 그 말들은 아들의 그것과 매우 비슷하면서도 사뭇 달랐다. 모든 것이 더욱 성숙하고 더욱 따뜻하고 더욱 자명했다. 하지만 막스가 옛날에 그 누구에게도 소년의 인상을 주지 않았던 것만큼이나 그의 어머니도 다 자란 아들을 둔 어머니처럼 보이지는 않았다. 얼굴과 머리카락에 어린 기운은 그토록 젊고도 사랑스러웠고, 황금빛이 도는 피부는 그토록 팽팽하고 주름살이 없었으며, 입술은 그토록 피어나는 듯했다. 그녀는 내 꿈에서보다 더욱 당당한 모습으로 내 앞에 서 있었다. 그녀 곁에 있음은 사랑의 행복, 그녀의 눈길은 충족이었다.

이것이 내 앞에 펼쳐진 내 운명의 새로운 모습이었다. 더는 엄격하지 않고 더는 고독하지도 않았다, 아니, 성숙하고도 즐거움으로 가득했다! 나는 그 어떤 결정도 내리지 않고 어떤 맹세도 하지 않았다. 나는 하나의 목적지에, 길의 높은 자리에 도달한 것이다. 그곳에서부터 약속의 땅에 이르는 그다음 길이 멀고도 당당한 모습을 드러내는 곳, 가까운 행복의 나무우듬지들이 그늘을 만들고, 가까운 온갖 즐거움의 정원들이 시원한 휴식을 주는 곳. 나야 어찌되든지 이 세상에서 이 여인을 안다는 사실, 그녀의 목소리를 들이마시고 그녀 가까이에서 숨을 쉴 수 있다는 사실에 행복했다. 그녀가 내게 어머니, 연인, 여신, 그 무엇으로든 그녀만 있다면! 나의 길이 그녀의 길에 가깝기만 하다면야!

그녀는 내가 그린 새매 그림을 가리켰다.

"당신은 저 그림으로 우리 막스에게 더할 나위 없는 기쁨을 주었지요." 그녀가 생각에 잠겨 말했다. "그리고 나한테도. 우린 당신을 기다렸어요. 그림이 왔을 때 우린 당신이 우리에게 오는 길임을 알았죠. 당신이 어린 소년이던 시절에, 싱클레어, 어느 날 아들이 학교에서 돌아오더니 이렇게 말하더군요. 소년 하나가 이마에 표를 지니고 있어. 걔는 내 친구가 될 거야. 그게 당신이었죠. 당신은 쉽지 않은 시간을 보냈죠. 하지만 우리는 당신을 믿었어요. 언젠가 당신이 방학 때 집으로 돌아와서 막스를 다시 만난 적이 있지요. 열여섯 살 때쯤이었을 거예요. 막스가 내게 그 이야기를—"

내가 말을 끊었다. "오, 막스가 그런 이야기를 하다니요! 그때는 가장 비참한 시간이었는데!"

"그래요, 막스가 이렇게 말했지요. 이제 싱클레어는 가장 힘든 일을 앞두고 있다고. 한번 더 사람들과의 교제로 도피하려 하고, 심지어 술집을 돌아다니는 애가 되었다고요. 하지만 아마 안 될 거라고. 그의 표는 가려졌지만 그것이 속에서 타오를 테니까. 그렇지 않았나요?"

"오, 물론이죠. 그랬어요, 꼭 그랬어요. 그러고 나서 베아트리체를 발견했고 마침내 다시 어떤 길 안내자가 내게로 왔지요. 이름이 피스토리우스예요. 그제야 어째서 나의 소년 시절이 그토록 막스에게 얽매여 있었는지, 어째서 그에게서 벗어날 수가 없었는지 똑똑히 알게 되었죠. 친애하는 부인—사랑하는 어머니, 나는 당시 목숨을 끊어야겠다고 생각하곤 했죠. 길이란 모든 사람에게 그렇게 어려운 건가요?"

그녀는 공기처럼 가볍게 내 머리카락을 쓰다듬었다.

"태어나는 일은 언제나 어렵죠. 당신도 알죠, 새는 알에서 밖으로 나오려고 애쓴다는 걸. 돌이켜 물어보세요. 길이 그토록 어려웠던가? 오직 어렵기만 했던가? 아름답기도 하지 않았던가? 당신은 그보다 더 아름답고 더 쉬운 길을 알 수 있었을까요?"

나는 머리를 저었다.

"어려웠어요." 나는 잠결에서처럼 중얼거렸다. "꿈이 나타나기까진 어려웠죠."

그녀는 고개를 끄떡이고 나를 꿰뚫듯이 바라보았다.

"그렇죠. 누구나 자신의 꿈을 찾아내야죠. 그러면 길이 쉬워져요. 하지만 언제까지나 지속되는 꿈은 없어요. 지난 꿈을 밀어내고 새로운 꿈이 나타나죠. 그 어떤 꿈도 꼭 붙잡으려 해서는 안 돼요."

나는 마음 깊이 놀랐다. 이건 벌써 경고일까? 벌써 저항인가? 하지만 상관없었다. 나는 그녀의 안내를 받을 테고 목적지에 대해 묻지 않을 각오가 되어 있었다.

"모르겠어요." 내가 말했다. "내 꿈이 얼마나 오래 지속될지. 그게 영원하기를 바라죠. 내 운명이 새 그림 아래서 나를 어머니처럼, 연인처럼 맞아들였어요. 나는 내 운명에 속하지요, 그 누구에게도 아니고."

"그 꿈이 당신의 운명인 한 거기에 충실해야 합니다." 그녀가 진지하게 확인해주었다.

어떤 슬픔이 나를 사로잡았고, 이 마법의 순간에 죽고 싶다는 간절한 소망이 나타났다. 눈물이—끝도 없이 오랫동안 나는 울지 않았었는데!—안에서 쉴새없이 솟구쳐올라와 나를 압도함을 느꼈다. 그녀에게서 격하게 몸을 돌려 창가로 가서 멀어버린 눈으로 화분의 꽃 너머를 바라보았다.

뒤에서 그녀의 목소리가 들렸다. 가장자리로 포도주가 넘쳐흐르는 잔처럼 다정함이 가득하고도 침착한 목소리였다.

"싱클레어, 당신은 아이예요! 당신의 운명은 당신을 사랑하죠. 당신이 충실하기만 하다면 운명은 언젠가 당신이 꿈꾸는 대로 완전히 당신 것이 될 거예요."

나는 마음을 억누르고 그녀에게로 다시 얼굴을 돌렸다. 그녀가 손을 내밀었다.

"나에겐 친구들이 몇 명 있어요." 그녀가 미소를 지으며 말했다. "얼마 안 되는 가까운 친구들이죠. 그들은 나를 에바 부인이라 불러요. 당신도 좋다면 나를 그렇게 부르도록 해요."

그녀는 나를 문으로 데려가서 문을 열고는 정원을 가리켰다. "저 밖에서 막스를 만날 수 있어요."

나는 마음이 흔들려 높은 나무들 아래 멍하니 서 있었다. 여느 때보다 더 깨어 있는 상태인지, 더 꿈속 같은지 알 수가 없었다. 나뭇가지에서 가벼운 빗방울이 떨어졌다. 나는 강변을 따라 널리 펼쳐진 정원으로 천천히 걸어들어갔다. 마침내 데미안이 보였다. 그는 탁 트인 정자에서 웃통을 벗어젖힌 채 거기 매달린 샌드백 앞에서 권투 연습을 하는 중이었다.

나는 놀라서 멈춰 섰다. 데미안은 멋진 모습이었다. 넓은 가슴, 단단하고 사내다운 머리, 탄탄한 근육들이 부풀어오른 치켜든 팔뚝이 강하고도 튼실했다. 엉덩이와 어깨와 팔의 관절에서 동작들이 장난치는 샘

물처럼 솟아나왔다.

"데미안!" 내가 외쳤다. "여기서 대체 뭐하는 거야?"

그가 즐겁게 웃음을 터뜨렸다.

"연습하지. 그 작은 일본인과 권투를 하기로 약속했거든. 그 친구는 고양이처럼 잽싸고 물론 고양이만큼 음험하지. 하지만 나를 이기진 못할걸. 내가 그에게 빚진 아주 사소한 굴욕이 있어."

그는 셔츠와 재킷을 입었다.

"너 벌써 어머니를 만났구나?" 그가 물었다.

"응. 데미안, 얼마나 멋진 분인지! 에바 부인! 그 이름이 아주 잘 어울려. 그분은 모든 존재의 어머니 같아."

그가 한순간 생각에 잠겨 내 얼굴을 바라보았다.

"너 벌써 그 이름을 아는 거야? 자랑스러워해도 되겠다, 녀석! 어머니가 만나자마자 그 이름을 알려준 사람은 네가 처음이거든."

이날부터 나는 아들이며 형제처럼, 또한 애인처럼 그 집을 드나들었다. 내 뒤로 대문을 닫으면서, 그렇다, 멀리서 정원의 높은 나무들이 보이기만 해도 벌써 나는 마음이 풍요롭고 행복했다. 바깥에는 '현실'이 있었다. 거리와 집, 사람과 여러 가지 시설, 도서관과 강의실 들이 있었지만 이 안에는 사랑과 영혼이 있었다. 이곳에서는 동화와 꿈이 살았다. 그렇다고 우리가 세상과 단절하고 살았던 것은 아니다. 우리는 자주 생각과 대화를 통해 세상 한가운데서 살았는데, 다만 다른 영역에서 살았을 뿐이다. 우리는 대다수의 사람들과 어떤 경계를 통해 나뉘어 있는 것이 아니라, 그냥 보는 방법이 다름으로써만 나뉘어 있었다. 우리의 과제는 세상에 하나의 섬을 보여주는 것, 어쩌면 하나의 모범으로, 적어도 다른 가능성을 알리는 존재로 사는 것이었다. 오랫동안 고독한 사람이던 나는 완전한 고립을 맛본 사람들 사이에서만 가능한 공동체를 알게 되었다. 이제 다시는 행복한 사람들의 식탁으로, 즐거운 사람들의 축제로 돌아가기를 갈망하지 않았다. 이제 다시는 다른 사람들이 함께하는 것을 보아도 질투와 향수가 나를 덮치지 않았다. 그리고 나는 천천히 '표'를 지닌 사람들의 비밀을 전수받았다.

표를 지닌 우리는 세상의 눈에는 기묘하고 심지어 돌았으며 위험하다고 생각될 수도 있는데, 그건 어쩌면 어느 정도 타당성이 있었다. 우리는 이미 깨어난 사람들, 또는 깨어나는 도중의 사람들이었다. 우리의 열망은 점점 더 완전한 깨어 있음을 향했다. 그에 반해 다른 사람들의 열망과 행복 찾기는 자신들의 의견, 자신들의 이상과 의무, 자신들의 삶과 행복을 점점 더 패거리의 그것에 밀착시키는 일로 향했다. 그곳에도 열망이 있고, 그곳에도 힘과 위대함이 있었다. 하지만 표를 지닌 우리는 자연의 의지란 새로운 존재를, 개인과 미래의 존재를 향한다고 여기는 데 반해서, 다른 사람들은 지속의 의지 속에서 살았다. 그들에게 인류는—그들도 우리처럼 인류를 사랑했다—완성된 것, 그래서 유지하고 지켜야 하는 것이었다. 우리에게 인류는 먼 미래였다. 우리 모두 그 미래를 향해 나아가는 도중에 있으며, 그 미래의 모습을 아무도 알지 못하고, 그 법칙은 그 어디에도 쓰여 있지 않았다.

에바 부인, 막스 그리고 나 말고도 우리 모임에는 가깝거나 먼 매우 다양한 종류의 탐구자 몇 명이 더 있었다. 그들 중 일부는 특별한 오솔길을 걸으며, 특수한 목적을 지니고, 특별한 의견과 임무 들에 붙잡혀 있었다. 그들 중에는 점성술사와 카발라 추종자, 또 톨스토이 백작 추종자도 있었다. 온갖 섬세하고 수줍고 상처받기 쉬운 사람들, 새로운 종파의 추종자, 인도 요가 수행자, 채식주의자와 그 밖의 다른 사람들이 있었다. 이런 모든 사람과 우리는, 각자가 다른 사람의 비밀스러운 삶의 꿈에 주목한다는 점 말고는 그 어떤 정신적인 공통점도 없었다. 우리는 또다른 사람들과 조금 더 가까웠는데, 이들은 인류가 과거에 신들과 새로운 소망의 모습들을 탐색하던 것을 추적하는 사람들로, 그들의 연구는 때때로 내 친구 피스토리우스의 연구를 연상시키곤 했다. 그들은 책을 가져와서 우리에게 옛날 언어로 된 텍스트들을 번역해주고, 옛날의 상징들과 제의들을 그린 그림들을 보여주고, 또한 지금까지 인류가 가졌던 이상들 전체가 무의식적인 영혼의 꿈들로 이루어졌음을 가르쳐주었다. 이런 꿈에서 인류는 미래의 가능성들에 대한 온갖 예감들을 더듬더듬 좇았다. 그렇게 우리는 옛날 세계의, 천의 머리를 한 기이한 신들의 무리를 헤집으며 그리스도교의 방향 전환이 시작되는 지점까지 이르렀다. 고독한 신자들의 고백은 우리에게도 알려져 있고, 민족에서 민족으로 종교들이 이동한 일도 마찬가지였다. 우리가 수집한 모든 것에서 우리 시대와 현재의 유럽에 대한 비판이 나타났다. 현재의 유럽은 엄청난 수고를 들여 인류에게 새롭고 강력한 무기들을 만들어냈지만, 결국은 울부짖으며 정신의 황폐상태에 깊이 빠져들고 말았다. 유럽은 전 세계를 얻었지만, 거기 정신이 팔려 자신의 영혼을 잃어버렸기 때문이다.

여기에도 특정한 희망과 치유이론들을 믿고 고백하는 사람들이 있었다. 유럽을 개종시키려는 불교도들, 톨스토이 추종자들, 그리고 또다른 믿음을 가진 사람들이었다. 작은 그룹을 이룬 우리는 귀를 기울여 들었지만 이런 이론들을 상징적인 모습이라고만 받아들였다. 이마에 표를 지닌 우리에게는 미래의 형성을 걱정하는 일이 의무가 아니었다. 우리에게는 그 모든 신앙, 그 모든 치유이론이 처음부터 쓸모가 없고 죽은 것이었다. 우리 각자가 온전히 자기 자신이 되는 일, 자신 안에서 작동하는 자연의 소질에 완전히 어울리게 되어 자연의 의지에 맞게 사는 일, 불확실한 미래가 가져오는 것이 무엇이든 그에 대한 각오를 다지는 일만이 우리의 의무이며 운명이라고 느꼈다.

왜냐하면 새로운 탄생과 현존하는 것의 붕괴가 눈앞에 다가와 이미 느낄 수 있다는 사실은, 말을 하거나 하지 않거나 상관없이 우리 모두의 감정에 뚜렷이 나타났기 때문이다. 데미안은 이따금 이렇게 말하곤 했다. "무엇이 다가올지 미리 생각할 수는 없어. 유럽의 영혼은 끝없이 오래 사슬에 묶여 있던 짐승이야. 그게 풀려나면 그 최초의 움직임이 가장 아름다운 것이 될 순 없어. 사람들이 그토록 오래 두고두고 없다고 거짓말하고 마비시켜온 이 영혼의 진짜 곤궁이 드러나는 날이면 온갖 길과 우회로도 아무 소용이 없지. 그럼 우리의 날이 오는 거지. 사람들에겐 우리가 필요할 거야, 안내자나 새로운 입법자로서가 아니라―우린 이제 새로운 법을 경험하지는 못해―함께 가다가 운명이 부르는 곳에서 멈춰 설 각오가 된 사람으로서 말이지. 봐, 모든 사람은 자기의 이상이 위협을 받으면 믿을 수 없는 일도 해낼 각오가 되어 있어. 하지만 새로운 이상이, 새롭고도 어쩌면 위험한, 엄청난 성장의 움직임이 문을 두드리면 거기엔 아무도 없지. 우리는 그럴 때 거기 있다가 함께 가는 극소수의 사람이 될 거야. 그러라고 우린 표를 지닌 거니까. 두려움과 증오를 불러일으키면서 당시 사람들을 좁은 목가적 생활에서 위험한 너른 세상으로 몰아내도록 카인이 표를 지녔던 것처럼 말이지. 인류의 걸음에 영향을 남긴 사람들은 모두 예외 없이 운명을 받아들일 각오가 되어 있었기에 그렇게 능력을 발휘하고 영향을 미칠 수 있었던 거지. 그건 모세나 붓다에게, 나폴레옹이나 비스마르크에게 모두 해당되는 말이야. 그가 어떤 파도를 위해 봉사할지, 어떤 극단의 지배를 받을지는 그 자신의 선택이 아니야. 비스마르크가 사회민주주의자들을 이해하고 그들 편을 들었다면 그는 영리한 사람이었을 테지만 운명의 사람은 아니었을 거야. 나폴레옹도 그렇고, 카이사르도, 로욜라도, 모두가 그래! 그걸 언제나 생물학적으로 발전사적으로 생각해야만 해! 지구 표면의 격변이 물속에 사는 동물을 육지로, 육지에 사는 동물을 물속으로 몰아붙였을 때, 운명을 받아들일 각오가 되었던 표본들은 전에 들어보지 못한 새로운 일을 완수하고 새롭게 적응하여 자기들의 종(種)을 구원할 수 있었지. 이런 표본들이 전에 자기들의 종에서 기존의 것을 지키는 보수주의자로 뛰어난 존재였는지, 아니면 괴짜이며 혁명가로 뛰어났는지 우리는 알지 못해. 그들은 각오가 되어 있었고, 그래서 자기들의 종을 새로운 발전으로 이끌어 구원한 거야. 우린 그걸 알지. 그러니 우리도 각오를 하려는 거다."

이런 대화에는 에바 부인도 종종 동참했지만, 직접 이런 식의 이야기에 끼어들지는 않았다. 그녀는 우리 가운데 누구든 자신의 생각을 표현하는 사람을 위해 그 자리에 있었다. 신뢰와 이해로 가득한 경청자이자 메아리였다. 모든 생각이 그녀에게서 나와 그녀에게로 되돌아가는 듯했다. 그녀의 곁에 앉아 이따금 그녀의 목소리를 듣고 그녀를 둘러싼 성숙함과 영혼의 분위기를 함께 누리는 일이 내게는 행복이었다.

내게 그 어떤 변화가 나타나면, 우울해지거나 새로운 일이 있기만 하면 그녀는 곧바로 알아챘다. 마치 내가 잘 때 꾸었던 꿈들이 그녀의 계시이기라도 한 것 같았다. 그녀에게 자주 꿈 이야기를 했고, 그녀는 모든 꿈을 이해하고 자연스럽게 받아들였으며, 그녀가 명료한 느낌으로 따라가지 못하는 이상스러움이란 존재하지 않았다. 한동안 나는 우리가 낮에 나눈 대화를 다시 보여주는 꿈들을 꾸었다. 온 세상이 소용돌이 속에 있는데, 나는 혼자서 또는 데미안과 함께 긴장한 채 위대한 운명을 기다리는 꿈도 꾸었다. 운명은 감추어져 있었지만 어딘지 에바 부인의 모습을 띠었다. 그녀의 선택을 받느냐, 아니면 버림을 받느냐, 그것이 운명이었다.

이따금 그녀는 미소를 띠며 말했다. "당신의 꿈은 그게 전부가 아니에요, 싱클레어. 당신은 가장 좋은 부분을 잊어버렸네요." 그러면 그것이 다시 생각나고, 대체 내가 그걸 어떻게 잊을 수가 있었는지 도무지 이해할 수 없는 경우도 있었다.

나는 때때로 불만스러워져서 욕망으로 고통받곤 했다. 그러니까 그녀를 바로 옆에 두고 바라보면서 팔에 안을 수가 없다는 사실이 견딜 수 없었다. 그녀는 그 역시 곧바로 알아차렸다. 한번은 여러 날이나 그곳을 찾아가지 않다가 혼란스러운 모습으로 다시 나타났을 때 그녀는 나를 따로 불러서 이렇게 말했다. "당신 스스로도 믿지 않는 소망에 매달려선 안 되죠. 당신이 무엇을 바라는지 알아요. 그 소망을 포기하거나 아니면 제대로, 올바르게 소망해야 해요. 당신 스스로 그 실현을 온전히 확신할 수 있는 방식으로 원할 수 있다면 실현도 가능할 거예요. 하지만 당신은 소망한 다음엔 다시 후회하면서 두려워하죠. 그 모든 것이 극복해야 할 일이에요. 동화 하나를 들려줄게요."

그녀는 별을 사랑하게 된 청년의 이야기를 들려주었다. 그는 바닷가에 서서 두 손을 뻗치고서 별을 향해 기도하고, 별을 꿈꾸고, 별에게로 자신의 생각을 보냈다. 하지만 그는 인간이 별을 포옹할 수는 없음을 잘 알았다, 아니 안다고 믿었다. 그는 실현의 희망 없이 별을 사랑하는 일이 자신의 운명이라 여겼고, 이런 생각에서 체념하고 말없이 정절을 지키며 고통받는 삶의 문학을 만들어냈다. 그것이 자신을 더 훌륭하게 정화해주기를 바라면서. 하지만 그의 꿈은 모조리 별을 향하고 있었다. 한번은 다시 밤에 바닷가 높은 낭떠러지 위에 서서 별을 바라보며 별을 향한 사랑으로 불타올랐다. 더없이 거대해진 그리움의 순간에 그는 별을 향해 허공으로 뛰어올랐다. 뛰어오르는 순간에도 번개처럼 이런 생각이 스쳐지나갔다. 하지만 불가능해! 그는 해변에 떨어져 부서졌다. 그는 사랑할 줄을 몰랐던 것이다. 뛰어오르는 순간에 영혼의 힘을 다해 사랑의 실현을 믿었더라면, 그는 하늘로 날아올라 별과 하나가 되었으리라.

"사랑은 간청해서는 안 돼요." 그녀가 말했다. "요구해서도 안 되고. 사랑은 자기 자신 속에서 확신에 도달할 힘을 가져야 해요. 그러면 사랑은 상대에게 이끌리지 않고 상대를 이끌어와요. 싱클레어, 당신의 사랑은 내게 이끌리고 있어요. 그 사랑이 나를 이끌게 된다면 내가 갈 거예요. 나는 선물하지 않죠. 나를 획득해야 해요."

다음번에 그녀는 또다른 동화를 들려주었다. 사랑에 빠진 젊은이가 희망 없는 사랑을 했다. 그는 온전히 자기 영혼 속으로 물러나서 사랑으로 인해 자기가 타버린다고 믿었다. 그에게 세상은 사라졌고, 푸른 하늘과 초록 숲도 보이지 않았고, 시냇물도 졸졸 흐르지 않았으며, 하프 소리도 들리지 않았다. 모든 게 사라져버렸고, 그는 가난하고 비참해졌다. 하지만 그의 사랑은 자라났다. 그는 사랑하는 그 아름다운 여인을 포기하느니 차라리 죽어서 썩어버리기를 원했다. 그러자 그는 자신의 사랑이 내면에서 다른 모든 것을 태워버렸음을 알았다. 사랑은 더욱 자라 끌어당기고 또 끌어당겼으며 아름다운 여인은 따라가지 않을 수 없었다. 그녀가 오자 그는 두 팔을 활짝 벌려 그녀를 자기에게로 끌어당겼다. 하지만 그녀가 그의 앞에 섰을 때 그녀는 완전히 변해버렸다. 그는 전율하며 자기가 잃어버린 세계 전체를 끌어당기고 있었음을 느끼고 또 보았다. 그녀가 앞에 서서 그에게 자신을 맡겼다. 하늘과 숲과 시내, 모든 것이 새로운 색깔을 입고 신선하고도 장엄하게 그에게로 와서 그의 것이 되고 그의 언어를 말했다. 그는 단순히 한 여인을 얻은 것만이 아니라 전 세계를 가슴에 얻었다. 하늘의 모든 별이 그의 안에서 빛나며 그의 영혼을 통해 쾌감을 반짝였다. 그는 사랑했고, 그로써 자기 자신을 발견한 것이다. 하지만 대부분의 사람들은 사랑하면서 자신을 잃어버린다.

에바 부인을 향한 나의 사랑은 내 삶의 유일한 내용처럼 보였다. 하지만 그것은 매일 다르게 보였다. 어떨 때는 내 존재가 이끌리는 상대는 그녀 자체가 아니라 오히려 그녀는 단지 내 내면의 상징일 뿐이며, 나를 나 자신 안으로 더욱 깊이 이끌어줄 뿐이라고 확고히 느꼈다. 그녀의 말을 듣다보면 그것이 내 마음을 움직이는 타오르는 질문들에 대한 내 잠재의식의 답변처럼 들리곤 했다. 그러고 나면 다시 그녀 곁에서 육체적인 욕망으로 타올라 그녀가 건드린 물건들에 키스를 퍼붓는 순간들도 있었다. 그러면서 차츰 감각적 사랑과 감각적이지 않은 사랑, 현실과 상징이 서로 겹쳐졌다. 그럴 때 내 방에서 조용히 진심을 다해 그녀 생각을 하면, 그녀의 손이 내 손에, 그녀의 입술이 내 입술에 포개져 있는 듯 느껴졌다. 아니면 그녀 옆에 앉아서 그녀의 얼굴을 바라보고 그녀와 대화를 하고 그녀의 목소리를 들으면서도, 그녀가 현실인지 꿈인지 모르게 되었다. 사람이 어떻게 죽지 않는 사랑을 지속적으로 간직할 수 있는지 짐작하기 시작했다. 책을 읽으면서 새로운 깨달음을 얻곤 했는데, 그것은 에바 부인의 키스와 동일한 느낌이었다. 그녀가 내 머리를 쓰다듬고 나를 향해 성숙하고 향기로운 따사로움이 담긴 미소를 보내면, 나는 나 자신 안에서 발전을 이루었을 때와 똑같은 느낌을 얻었다. 내게 중요하고 운명인 모든 것이 그녀의 모습을 띨 수 있었다. 그녀는 내 생각 하나하나로 변할 수 있었고, 내 생각 하나하나는 그녀로 변할 수 있었다.

부모님 곁에서 보내는 크리스마스 휴가가 두려웠다. 2주 동안이나 에바 부인과 멀리 떨어져서 지내는 게 고통스러우리라 생각했기 때문이다. 하지만 부모님 집으로 돌아가서 그녀를 생각하는 일은 고통이 아니라 멋진 일이었다. H시로 다시 돌아왔을 때 나는 이틀 동안이나 그녀의 집을 멀리했다. 그녀가 감각적으로 내 앞에 있다는 사실로부터 자유롭다는 이 확실성을 즐기기 위해서였다. 또한 꿈에서도 그녀와의 합일이 새롭고도 비유적인 방식으로 실현되었다. 그녀는 바다이고, 나는 물처럼 흘러 그 안으로 합류했다. 그녀는 별이고, 나도 별이 되어 그녀에게로 향했다. 마침내 우리는 만나서 서로에게 이끌림을 느꼈고, 서로의 곁에 머물러 가까이서 울리는 원을 이루어 영원토록 행복하게 서로 빙글빙글 돌았다.

그녀를 다시 방문했을 때 그녀에게 그 꿈 이야기를 했다.

"꿈이 아름답네요." 그녀가 조용히 말했다. "그 꿈을 현실로 만들어요!"

이른 봄 어느 날을 나는 절대로 잊지 못한다. 나는 홀 안으로 들어갔다. 창문이 활짝 열려 있고, 포근한 대기가 짙은 히아신스 향기를 방 안에 온통 흩뿌려놓았다. 아무도 보이지 않기에 계단을 올라가 막스 데미안의 서재로 향했다. 가볍게 노크하고는 늘 그러듯이 대답을 기다리지도 않고 안으로 들어섰다.

방은 어두웠고 커튼이 모두 드리워 있었다. 작은 옆방으로 통하는 문이 열려 있었다. 막스가 화학실험실로 꾸며놓은 방이었다. 그곳에서 비구름 사이로 비치는 봄날의 밝고 하얀 태양빛이 흘러나왔다. 나는 아무도 없다고 생각하고 커튼 하나를 열어젖혔다.

그 순간 커튼이 드리운 창가에 놓인 좌대에 가부좌를 틀고 앉아 있는 막스 데미안이 보였다. 그는 이상하게 변한 모습이었다. 그 순간 번개처럼 어떤 느낌이 나를 꿰뚫고 지나갔다. 전에도 한 번 본 적이 있는 모습이다! 그는 두 팔을 미동도 없이 축 늘어뜨리고 두 손은 무릎에 두었다. 눈을 뜬 채 살짝 앞으로 숙인 얼굴은 빛이 없이 감각을 잃었다. 동공은 죽어서 마치 유리 조각처럼 작고 날카롭게 빛을 반사해내기만 했다. 창백한 얼굴은 자신 안에 침잠한 채 두려울 정도의 경직 말고는 아무런 표정도 없었다. 사원의 문에 걸린 고대의 동물 마스크 같았다. 그는 숨도 쉬지 않는 듯했다.

나는 기억에 소스라쳤다. 그래, 옛날에도 꼭 저런 모습을 본 적이 있다. 여러 해 전 내가 아직 어린 소년이던 시절이었다. 두 눈은 저렇듯 내면을 향해 응고되어 있었고, 두 손은 저렇듯 생명 없이 나란히 놓여 있었다. 파리 한 마리가 그의 얼굴을 기어갔었다. 한 6년쯤 전일까, 당시에도 그는 지금과 똑같이 늙고 시간을 초월한 듯한 모습이었고, 오늘도 얼굴의 주름살 하나 달라지지 않았다.

두려움에 사로잡혀 조용히 방을 나와 계단을 내려갔다. 홀에서 에바 부인을 만났다. 그녀는 전에 없이 파리하고 지친 모습이었다. 그림자 하나가 창문 너머로 지나가면서 눈부신 하얀 햇살이 별안간 사라졌다.

"막스한테 갔었어요." 내가 재빨리 속삭였다. "무슨 일이 있나요? 막스는 자고 있거나 아니면 가라앉아 있는 것 같은데, 잘 모르겠어요, 전에도 저런 모습을 한 번 본 적이 있어요."

"설마 그애를 깨우진 않았겠죠?" 그녀가 다급히 물었다.

"네. 막스는 내 소리를 듣지 못했어요. 나는 얼른 도로 나왔고. 에바 부인, 막스가 어떻게 된 건지 말해주시겠죠?"

그녀가 손등으로 이마를 훔쳤다.

"안심해요, 싱클레어. 그애한테는 아무 일도 없어요. 속으로 침잠한 거랍니다. 그리 오래 걸리진 않을 거예요."

그녀는 일어서더니 방금 비가 내리기 시작했는데도 정원으로 나갔다. 나는 따라가서는 안 된다고 느꼈다. 그래서 홀을 이리저리 서성거렸다. 마비시킬 듯이 강렬한 히아신스 향기를 맡으며 문 위에 걸린 나의 새 그림을 바라보았고, 숨이 막힐 듯한 압박감으로 오늘 아침 이 집을 가득 채운 이상한 그림자를 들이마셨다. 이게 대체 뭐지? 무슨 일이 일어난 거지?

곧 에바 부인이 돌아왔다. 빗방울이 그녀의 검은 머리카락에 방울져 있었다. 그녀는 안락의자에 앉았다. 피로가 그녀를 뒤덮었다. 나는 그녀에게 다가가서 몸을 굽히고 그녀의 머리카락에 맺힌 물방울에 키스했다. 그녀의 눈은 맑고도 고요했지만 빗방울에선 눈물 맛이 났다.

"그에게 올라가볼까요?" 나는 속삭이듯 물었다.

그녀는 희미한 미소를 지었다.

"어린애같이 굴지 마요, 싱클레어!" 그녀는 자신 안에서 자신을 얽어매는 어떤 마법을 깨뜨리려는 듯 큰 소리로 경고했다. "이제 그만 갔다가 이따가 다시 오세요. 지금은 당신과 이야기할 수 없어요."

나는 밖으로 나가 집과 시내를 지나쳐 산을 향해 걸었다. 가는 빗방울이 비스듬히 나를 때리고, 구름은 두려움에 잠긴 듯 무겁게 짓눌려 낮게 흘러갔다. 아래쪽은 거의 바람이 없었지만 위쪽은 폭풍이라도 치는 듯했다. 때때로 강철과도 같은 잿빛 구름들을 뚫고 한순간 창백하고 눈부신 태양빛이 비치곤 했다.

그 순간 하늘 저편에 성긴 누런 구름이 나타났다. 그 구름이 잿빛 구름의 벽에 막혀 뭉치자 바람은 겨우 몇 초 만에 누런색과 푸른 하늘색으로 거대한 새의 형상을 만들어냈다. 새는 푸르른 혼돈을 찢어내고 커다란 날갯짓을 하며 하늘 멀리 날아 사라져버렸다. 그러자 폭풍우 소리가 들리고 후드득후드득 우박이 섞인 비가 쏟아졌다. 거짓말처럼 끔찍한 찰나의 천둥소리가 우박비가 몰아치는 풍경 위로 쾅쾅 울려퍼지고, 곧이어 한 줄기 햇빛이 나타났다. 가까운 산의 갈색 숲 위에서는 창백한 눈(雪)이 아슴푸레 비현실적인 모습을 드러냈다.

여러 시간이 지나 내가 바람을 맞고 흠뻑 젖은 꼴로 돌아왔을 때는 데미안이 손수 현관문을 열어주었다.

그는 나를 데리고 자기 방으로 올라갔다. 실험실에는 가스 불꽃이 타오르고 종이들은 이리저리 흩어져 있었다. 그는 작업중이었던 모양이다.

"앉아." 그가 권했다. "피곤할 거야. 끔찍한 날씨다. 제대로 바깥을 돌아다닌 꼴이로구나. 금방 차를 내올 거야."

"오늘 무슨 일이 일어나고 있어." 나는 망설이며 말을 시작했다. "그냥 단순한 뇌우가 아니야."

그가 탐색하듯 나를 바라보았다.

"무언가를 보았니?"

"응. 구름에서 한순간 뚜렷이 어떤 모습을 보았어."

"무슨 모습인데?"

"새였어."

"새매? 그거였어? 네 꿈에 나타난 새?"

"응. 그건 내 새매였어. 노랗고 거대한 그 새가 검푸른 하늘 속으로 날아갔어."

데미안이 깊은 숨을 내쉬었다.

노크 소리가 났다. 늙은 하녀가 차를 가져왔다.

"어서 마셔, 싱클레어. 내 생각엔 네가 그 새를 본 게 우연은 아닌 것 같다."

"우연이라고? 그런 걸 우연히 보기도 하나?"

"물론 아니지. 그건 무언가를 뜻해. 그게 뭔지 알겠니?"

"아니. 다만 그게 어떤 격동을 뜻한다는 것, 운명의 한 걸음이라는 것만 느껴. 그건 우리 모두에게 해당되는 일 같아."

그가 성급하게 이리저리 서성거렸다.

"운명의 한 걸음이라고!" 그가 큰 소리로 외쳤다. "나도 지난밤에 똑같은 꿈을 꾸었어. 어머니도 어제 어떤 예감을 느꼈고, 그것도 같은 걸 말하고 있어. 꿈에서 나는 나무줄기인지 탑인지에 걸쳐진 사다리를 올라갔어. 위에 올라가자 땅 전체가 보였지. 도시들과 마을들이 들어선 광활한 평지가 불타고 있었어. 다 이야기해줄 수는 없어, 많은 게 분명치가 않아서."

"그 꿈이 너를 가리킨다고 생각해?" 내가 물었다.

"나를? 물론이지. 아무도 자신과 무관한 꿈을 꾸지는 않으니까. 하지만 그건 나한테만 해당되는 꿈이 아니야. 네 말이 맞아. 나는 꿈들을 상당히 정확하게 구분하거든. 나 자신의 영혼에 일어나는 움직임을 가리키는 꿈들과, 매우 드물지만 전체 인간의 운명을 암시하는 다른 꿈들을 말이지. 그런 꿈들은 아주 드물어. 지금까지 그게 예언이었고 실현이 되었구나 하고 말할 수 있을 만한 꿈을 꾼 적은 한 번도 없었어. 해석이 너무 불확실하니까. 하지만 이것만은 똑똑히 알아. 나 혼자한테만 해당되는 꿈이 아닌 꿈을 꾸었다는 사실 말이야. 이 꿈은 내가 전에 꾸었던 다른 꿈들에 속하고, 그 꿈들을 계속 이어가고 있어. 이런 꿈들에서 나는 이미 너한테 말한 적이 있는 그런 예감들을 얻지. 우린 세계가 완전히 썩었다는 걸 알아. 그렇다고 그게 종말이나 뭐 그런 걸 예언할 근거가 되지는 못해. 하지만 몇 년 전부터 낡은 세계의 붕괴가 가까이 다가왔다는 결론을 내리게 해주는, 또는 느끼게 해주는, 그걸 뭐라 말하든 아무튼 그런 꿈을 꾸었어. 처음에는 멀리 있는 아주 약한 예감이더니 점점 뚜렷해지고 강해졌어. 아직도 나는 나와도 연관된 무언가 거대하고 끔찍한 일이 시작되었다는 것밖엔 몰라. 싱클레어, 우리는 이미 여러 번이나 이야기한 그 일을 체험하게 될 거야! 세계는 스스로를 갱신하려고 한다. 죽음의 냄새가 난다. 새로운 것은 그 무엇도 죽음이 없이는 오지 못하니까. 내가 생각했던 것보다 더욱 끔찍하구나." 나는 깜짝 놀라 그를 바라보았다.

"나한테 그 꿈의 나머지를 들려줄 수 있어?" 내가 수줍게 부탁했다.

그가 머리를 저었다.

"아니."

문이 열리고 에바 부인이 들어왔다.

"거기들 함께 앉아 있구나! 얘들아, 설마 슬퍼하는 건 아니지?"

그녀는 발랄했고 전혀 피곤해 보이지 않았다. 데미안이 그녀에게 미소를 지었다. 그녀는 두려움에 떠는 아이들을 찾아온 어머니처럼 우리에게 다가왔다.

"슬프진 않아요, 어머니. 우린 그냥 이 새로운 징조의 수수께끼를 조금 풀어보았죠. 하지만 그건 전혀 중요하지 않아요. 지금 다가오는 것이 갑자기 나타나면 우리가 알 필요가 있는 걸 경험하게 될 테니까."

하지만 나는 기분이 나빠졌다. 작별을 고하고 혼자서 홀을 지나갈 때 히아신스 향기가 시들고 맥이 빠져 시체처럼 느껴졌다. 그림자 하나가 우리 위로 드리워진 것이다.

종말의 시작

나는 내 뜻에 따라 여름학기에도 H시에 머물 수 있었다. 우리는 집 안에 머물지 않고 거의 언제나 강변의 정원에서 시간을 보냈다. 일본인은 권투경기에서 제대로 패배를 맛본 뒤 떠났고, 톨스토이 추종자도 사라졌다. 데미안은 말 한 마리를 구해서 매일같이 끈질기게 말을 탔다. 나는 자주 그의 어머니와 단둘이 있곤 했다.

이따금 내 삶의 평온함에 스스로도 놀랐다. 혼자 있고, 체념을 연습하고, 힘들게 몸부림치며 고통과 싸우는 일에 그토록 오래 익숙해져 있었기에 H시에서의 이 몇 달은 마치 꿈속의 섬처럼 여겨졌다. 아름답고 편안한 일들과 감정들에만 홀린 채 느긋하게 살아도 되는 섬. 이것이 우리가 생각하던 새롭고도 더욱 높은 공동체의 전조임을 예감했다. 그럴수록 이런 행복을 넘어선 깊은 슬픔이 나를 사로잡았다. 이것이 계속될 수 없음을 잘 알았기 때문이다. 풍요로움과 안락함 속에서 숨 쉬는 일은 내게 주어진 몫이 아니었다. 나는 고통과 서두름이 필요했다. 어느 날인가 나는 이 아름다운 사랑의 모습들에서 깨어나 다른 사람들의 차가운 세계에서 다시 홀로, 완전히 홀로 서게 되리라는 사실을 짐작했다. 오로지 고독이나 싸움만 있고, 누군가와 함께 사는 일도 평화도 없는 그런 세계에서 말이다.

그러면 나는 두 배나 더 다정하게 에바 부인 곁으로 다가가 바짝 몸을 기대면서 내 운명이 아직 이 아름답고도 고요한 모습들을 지니고 있음을 기뻐했다.

여름의 몇 주간은 빠르고도 경쾌하게 지나갔고, 학기도 벌써 끝나갈 무렵이었다. 이별이 눈앞에 다가왔지만 나는 그 생각을 할 수 없었고, 하지도 않았다. 나비가 꿀을 간직한 꽃에 달라붙듯이 아름다운 날들에 꼭 달라붙었다. 그것은 나의 행복의 시대였다. 내 생애 최초의 실현이며 동맹에 받아들여진 일이었다. 이제 무엇이 올까? 나는 다시 싸움을 계속하고, 그리움을 견디고, 꿈을 꾸고, 혼자일 것이다.

그러던 어느 하루, 이런 예감이 너무 강하게 나를 덮쳐오는 바람에 에바 부인을 향한 나의 사랑이 불현듯 고통스럽게 타올랐다. 맙소사, 이제 머지않아 그녀를 보지 못하고, 집 안에서 울리는 그녀의 확고하고도 선량한 발소리를 듣지 못하고, 내 테이블 위에서 그녀의 꽃을 보지도 못하겠지! 나는 무엇을 이루었나? 꿈을 꾸고, 아늑한 요람에서 흔들렸다. 그녀를 얻지 못하고, 그녀를 얻기 위해 싸우지도 못하고, 그녀를 영원히 내게로 끌어당기지도 못했다! 그녀가 진짜 사랑에 대해 해준 모든 이야기가 떠올랐다. 수많은 섬세한 경고의 말들, 수많은 나직한 유혹들, 어쩌면 약속들이. 나는 거기서 무엇을 얻었나? 아무것도 없다! 아무것도!

나는 내 방 한가운데 서서 내 모든 의식을 집중해서 에바를 생각했다. 그녀가 내 사랑을 느끼도록 그녀를 내게 끌어당기려고 영혼의 온 힘을 모으려 했다. 그녀가 와야 해. 내 포옹을 그리워해야 하고, 내 키스가 그녀의 성숙한 사랑의 입술을 물릴 줄 모르고 파고들어야 해.

일어서서 정신을 집중하자 손가락과 발부터 차가워지기 시작했다. 내게서 힘이 빠져나가는 것이 느껴졌다. 잠시 동안 내 안에서 무언가가 점점 더 단단하게 뭉쳤다. 무언가 밝고도 차가운 것이었다. 한순간 마음속에 크리스털을 지닌 느낌이었는데, 그것이 나의 자아임을 알았다. 차가움이 가슴까지 올라왔다.

이 끔찍한 긴장에서 깨어났을 때 무언가가 다가오는 것을 느꼈다. 나는 죽도록 지쳐 있었지만 불타오르는 환희에 젖어 방으로 들어오는 에바를 보려고 기다렸다.

그 순간 말발굽 소리가 무슨 망치질 소리처럼 긴 거리를 따라 들려왔다. 점점 가까이 세차게 울리더니 별안간 멈추었다. 나는 창가로 뛰어갔다. 아래서 데미안이 말에서 내리고 있었다. 나는 달려내려갔다.

"무슨 일이야, 데미안? 어머니한테 무슨 일이 있는 건 아니지?"

데미안은 내 말을 듣지 않았다. 그는 매우 창백했고, 땀이 이마에서 양쪽 뺨을 타고 흘러내렸다. 달아오른 말의 고삐를 정원 울타리에 묶고는 내 팔을 잡고 함께 거리를 따라 걸어갔다.

"벌써 무슨 소식 들었니?"

나는 아무것도 몰랐다.

데미안이 내 팔을 꼭 잡더니 내게로 얼굴을 돌렸다. 연민이 묻어나는 어둡고도 이상한 눈길이었다.

"그래, 꼬마야. 이제 시작이야. 러시아와의 갈등이 심각하다는 건 알고 있었겠지."

"뭐라고? 전쟁이야? 설마 그러리라곤 믿지 않았는데."

주변에 아무도 없건만 그는 나직이 말했다.

"아직 선전포고를 하지는 않았어. 하지만 전쟁이야. 믿어. 난 이 문제로 널 부담스럽게 하진 않았지만 그날 이후로 세 번이나 새로운 징조들을 보았어. 그러니까 세계의 종말도 아니고 지진도 아니고 혁명도 아니야. 전쟁이야. 넌 그게 닥치는 걸 보게 될 거야! 사람들에겐 기쁨이 되겠지, 벌써 모두가 공격개시를 고대하며 기뻐하고 있어. 그들에게 삶이 그토록 무미건조해진 거지. 넌 보게 될 거야, 싱클레어, 이건 시작일 뿐이야. 어쩌면 큰 전쟁이 될 거야, 아주 큰 전쟁이. 하지만 그것도 그냥 시작일 뿐이야. 새로운 것이 시작될 거야. 그리고 옛것에 매달린 사람들에게 새로운 것은 끔찍할 거다. 넌 뭘 할 거니?"

나는 당황했다. 이 모든 것이 내게는 낯설고도 비현실적으로만 여겨졌다.

"몰라. 넌?"

그가 어깨를 으쓱했다.

"곧 동원령이 내릴 거야, 군대로 가야지. 난 소위야."

"네가? 난 전혀 몰랐는데."

"그래, 그건 내 적응의 한 방식이었어. 너도 알겠지만 난 밖으로 드러나는 걸 좋아하지 않았고, 오히려 언제나 지나칠 정도로 올바르게 행동했지. 아마 일주일 뒤면 난 전쟁터에 있을 것 같아."

"맙소사."

"이거 봐, 꼬마야. 감상적으로 받아들여선 안 돼. 살아 있는 사람들을 향해 발사 명령을 내리는 일이 내게 근본적으로 즐거울 리는 없지. 하지만 그건 중요한 게 아니다. 이제 우리는 모두 제각기 거대한 수레바퀴 속으로 들어가게 될 거야. 너도 마찬가지야. 넌 분명 징집될 거다."

"그럼 어머니는, 데미안?"

이제야 비로소 십오 분 전의 일이 기억났다. 세상은 얼마나 변했는가! 나는 가장 달콤한 모습을 불러내려고 온 힘을 다 모았었다. 그런데 지금은 운명이 돌연 위협하는 듯한 오싹한 마스크를 쓰고 나를 바라보고 있었다.

"우리 어머니? 아, 어머니 걱정은 할 필요가 없어. 어머니는 안전해. 오늘날 세상 그 누구보다도 안전해. 넌 어머니를 무척 사랑하는구나?"

"알고 있었어, 데미안?" 그가 큰 소리로 시원스레 웃음을 터뜨렸다.

"꼬마야! 물론 알고 있었지. 어머니를 에바 부인이라고 부르면서 사랑하지 않은 사람이 없거든. 그건 그렇고, 어떻게 된 거야? 네가 오늘 어머니나 나를 불렀지, 안 그래?"

"그래 내가 불렀어. 에바 부인을 불렀어."

"어머니가 그걸 느꼈어. 갑자기 너한테 가보라고 나를 보내시더라. 내가 막 러시아 소식을 전했을 때야."

우리는 돌아서 걸으며 몇 마디를 더 나누었고, 그는 묶어놓은 말을 풀더니 올라탔다.

위층 내 방에서 그제야 내가 얼마나 녹초가 되었는지 느꼈다. 데미안의 소식도 그랬지만 그전의 긴장감 탓이 훨씬 더 컸다. 그래도 에바 부인이 내가 부르는 소리를 들었다! 나는 마음속 생각으로 그녀에게 도달한 것이다. 그녀가—사정이 이렇지만 않았다면—몸소 왔을 것이다. 이 모든 게 얼마나 이상한가, 그리고 근본적으로 얼마나 아름다운가! 이제 전쟁이 일어날 것이다. 우리가 그토록 자주 이야기하던 일이 곧 시작될 것이다. 데미안은 그에 대해 그토록 많은 것을 미리 알고 있었다. 얼마나 이상한가, 이제 세계의 물살이 우리 곁을 스쳐지나가지 않고, 돌연 우리의 가슴 한복판을 뚫고 지나간다. 모험과 사나운 운명들이 우리를 불렀고, 이제 혹은 머지않아 세계가 우리를 필요로 하며 스스로 변하기를 원하는 순간이 온다. 데미안이 옳았다. 그것은 감상적으로 받아들일 일이 아니었다. 다만 특이한 점은 내가 이토록 고독한 사건인 '운명'을 그토록 많은 사람들과, 전 세계와 함께 겪게 되었다는 점이다. 그렇다면 좋다!

나는 각오가 되었다. 저녁 무렵 시내를 걸어가는데 거리 모퉁이마다 엄청난 흥분에 휩싸여 있었다. 사방에서 '전쟁'이라는 낱말이 울렸다!

나는 에바 부인의 집으로 갔다. 우리는 정원의 정자에서 저녁을 먹었다. 내가 유일한 손님이었다. 아무도 전쟁이라는 말을 입에 올리지 않았다. 다만 늦은 시각 내가 떠나기 직전에 에바 부인이 말했다. "친애하는 싱클레어, 당신이 오늘 나를 불렀지요. 내가 어째서 직접 가지 않았는지 알겠죠. 하지만 잊지 마요. 당신은 이제 부르는 법을 알죠. 표를 지닌 누군가가 필요해지면 언제라도 다시 불러요!"

그녀는 일어나서 정원의 어스름 속으로 앞장서 갔다. 신비로 가득한 여인이 대담하고도 당당하게 말없는 나무들 사이로 걸어갔다. 그녀의 머리 위에서 수많은 별들이 작고도 사랑스레 빛났다.

나는 이제 끝에 이르렀다. 일은 빠르게 진행되었다. 곧 전쟁이 시작되었고, 데미안은 군복에 은회색 외투를 걸치고 묘하게 낯선 모습으로 떠났다. 나는 그의 어머니를 집까지 데려다주었다. 머지않아 나도 그녀와 작별했다. 그녀는 내 입술에 키스하고 한동안 나를 품에 안아주었다. 그녀의 커다란 눈이 내 눈 가까이에서 단호하게 불타올랐다.

모든 사람이 형제가 된 듯했다. 그들은 조국과 명예를 말했다. 하지만 한순간 그들 모두가 들여다본 것은 운명의 감추어지지 않은 얼굴이었다. 젊은 남자들은 막사에서 나와 기차에 올라탔다. 나는 수많은 얼굴에서 표를 보았다. 우리의 것과 같은 표는 아니지만 사랑과 죽음을 뜻하는 아름답고 기품 있는 표였다. 나 역시 전에 한 번도 본 적이 없는 사람들의 포옹을 받았다. 나는 그것을 이해하고 기꺼이 응답했다. 그들은 도취상태에서 그렇게 했다. 그것이 운명의 의지는 아니어도 도취는 거룩했다. 그들 모두가 흔들어 깨우는 듯한 이 짧은 눈길을 운명의 눈 안으로 보냈기에 그것은 감동적이었다.

나는 겨울이 다 되어서야 전쟁터로 나갔다.

총질의 흥분에도 불구하고 처음에는 모든 것에 실망했다. 나는 전에 인간이 이상을 위해 사는 경우가 어째서 그렇게 극히 드문지에 대해 많은 생각을 했다. 하지만 이제는 많은 사람, 아니 모든 사람이 이상을 위해 죽을 수 있음을 알았다. 다만 그것은 자유롭게 선택한 개인적인 이상이 아니라 남들에게서 떠맡은 공통의 이상이어야 했지만.

시간이 흐르면서 내가 인간을 얕잡아보았음을 알았다. 임무와 공통의 위험이 그들을 그토록 획일화해놓았어도, 살아 있는 그리고 죽어가는 수많은 사람이 운명의 의지에 훌륭하게 다가가는 모습을 보았다. 많은, 아주 많은 사람이 공격의 순간뿐만 아니라 언제라도 단호하고도 먼, 약간의 광기 어린 눈길을 보였다. 목적에 대해서는 아무것도 모르면서 무시무시하고 거대한 것을 위한 완전한 헌신을 뜻하는 눈길이었다. 그들이 무엇을 믿고 생각하든 그들은 각오가 되어 있었다. 그들은 쓸모가 있었고 그들에게서 미래가 형성될 것이다. 그리고 세계가 전쟁과 영웅, 명예와 다른 낡은 이상들을 고집스레 지향하면 할수록, 언뜻 인간성으로 보이는 것의 목소리 하나하나가 더욱 멀고도 비현실적으로 들리면 들릴수록, 이 모든 것은 그냥 표면에 지나지 않았다. 전쟁의 외적이고 정치적인 목적들에 대한 질문이 표면에 지나지 않는 것과 마찬가지였다. 깊은 곳에서 무언가가 생성되고 있었다. 새로운 인간성이나 뭐 그런 것이. 나는 많은 사람을 볼 수 있었다. 그들 가운데 어떤 이들은 바로 내 옆에서 죽었는데, 그런 사람들은 증오와 분노, 때려죽이기와 없애버리기가 대상과 관련이 없다는 사실을 느낌으로 깨달았다. 아니, 대상이란 목적만큼이나 완전히 우연한 것이었다. 근원적 감정은 가장 사나운 것일지라도 적을 향한 것이 아니었다. 근원적 감정의 피비린내 나는 행위는 내면의 표출, 속으로 찢긴 영혼이 겉으로 터져나온 데 지나지 않았다. 그렇게 찢긴 영혼은 미쳐 날뛰며 죽이고, 파괴하고, 스스로 죽기를 원했다. 새로 태어나기 위하여. 거대한 새가 힘겹게 투쟁하여 알에서 나오고 있었다. 알은 세계이고 세계는 부서져야 했다.

이른 봄 어느 밤에 나는 우리가 점령한 농가 앞에서 보초를 섰다. 미적지근한 바람이 변덕을 부리며 이리저리 불고, 플랑드르 지방의 높은 하늘 위로 구름의 군대가 말 달리듯 지나갔다. 그 뒤 어딘가에 달이 숨어 있는 듯했다. 나는 이미 하루종일 불안한 상태였다. 어떤 근심이 내 마음을 뒤흔들었다. 지금, 어두운 초소에서, 지금까지 살아온 내 삶의 그림들과 에바 부인과 데미안을 온 마음으로 생각했다. 포플러나무에 기댄 채 움직이는 하늘을 뚫어져라 바라보았다. 은밀히 경련하던 하늘의 밝은 부분이 불현듯 솟구치는 커다란 그림들의 연속이 되었다. 맥박이 이상하게 약해지고, 피부가 바람과 비에 무감각해지고, 내면이 번뜩이는 각성상태에 이르자 내 주변에 길 안내자가 있음을 알아차렸다.

구름은 거대한 도시 모양을 만들었다. 그 도시에서 수백만 명의 사람들이 뛰쳐나와 떼를 이루어 너른 풍경 속으로 퍼져나갔다. 그들 아래 한가운데로 강력한 신의 형상이 나타났다. 머리카락에 반짝이는 별들이 달린, 산맥처럼 거대한 이 형상은 에바 부인의 윤곽을 지니고 있었다. 사람들의 행렬은 마치 커다란 동굴 속으로 들어가듯 이 신 안으로 들어가며 그대로 없어져버렸다. 여신은 바닥에 웅크리고 앉았는데, 그녀의 이마에서 반점이 밝게 빛났다. 꿈 하나가 여신을 지배하는 듯했고, 여신은 눈을 감았다. 그녀의 거대한 얼굴은 통증으로 일그러졌다. 그녀가 돌연 낭랑하게 소리를 지르자 그녀의 이마에서 별들이 튀어나왔다. 수천 개의 빛나는 별들이 장엄한 아치와 반원을 이루며 검은 하늘 위로 날아올랐다.

그 별들 중 하나가 밝은 울림을 내며 곧장 나를 향해 달려왔다. 나를 찾는 듯했다. 그러더니 포효하면서 수천 개의 불꽃이 되어 흩어졌고, 그 바람에 나는 번쩍 들렸다가 다시 바닥으로 나뒹굴었다. 세계가 내 위에서 천둥소리를 내며 부서졌다.

사람들은 나를 포플러나무 근처에서 찾아냈다. 온통 진흙투성이에 상처투성이였다.

나는 지하실에 누워 있었고, 위에서는 대포가 쾅쾅 터졌다. 나는 수레에 누운 채 텅 빈 들판으로 덜커덩덜커덩 실려갔다. 나는 대부분 잠이 들어 있었거나 의식이 없었다. 하지만 잠에 깊이 빠져들수록 무언가가 나를 이끌고 있음을, 나를 지배하는 어떤 힘을 따라가고 있음을 차츰 더 강렬하게 느꼈다.

마구간에서 짚더미 위에 누웠다. 사방은 어두웠고, 누군가 내 손을 밟았다. 하지만 나의 내면은 더 나아가려 했고, 무언가가 나를 더욱 강하게 끌어당겼다. 나는 다시 수레에 실렸다가 나중에는 들것인지 사다리인지에 실렸다. 어딘가로 가라는 명령을 받았다는 느낌이 점점 더 강해졌고, 마침내 그곳으로 가겠다는 열망 말고는 아무것도 느끼지 못했다.

목적지에 도착했다. 밤이었고 의식이 완전히 깨어났다. 방금 전까지도 내 안에서 이끌림과 열망을 아주 강렬하게 느꼈었다. 이제 나는 어떤 홀의 바닥에 깔린 자리에 누워 있었다. 그리고 부름을 받은 그곳에 이르렀음을 느꼈다. 사방을 둘러보았다. 내 매트리스 바로 옆에 또다른 매트리스가 있었다. 그 위에 누군가가 누워서 내 쪽으로 몸을 돌리고 나를 바라보았다. 그는 이마에 표를 지니고 있었다. 막스 데미안이었다.

나는 말을 할 수 없는 상태였다. 그도 말을 못했거나 아니면 할 생각이 없는 듯했다. 그는 나를 바라만 보았다. 그의 머리 위쪽 벽에 매달린 현등 불빛이 그의 얼굴을 비추었다. 그는 나를 향해 미소지었다.

끝없이 긴 시간 동안 그는 줄곧 내 눈을 들여다보았다. 그의 얼굴이 천천히 내 쪽으로 다가와서 우리는 거의 닿을 정도가 되었다.

"싱클레어!" 그가 속삭이듯 말했다.

나는 눈으로 그의 말을 이해하고 있다는 표시를 했다.

그가 다시 미소를 지었다. 동정 어린 미소였다.

"꼬마야!" 그가 미소를 지으며 말했다.

그의 입술이 이제 거의 내 입술에 닿았다. 그가 나직이 말을 이었다.

"프란츠 크로머를 아직 기억하니?" 그가 물었다.

나는 그렇다는 뜻으로 눈을 깜박이고는 역시 미소를 지었다.

"꼬마 싱클레어, 잘 들어! 나는 가야만 해. 너는 어쩌면 다시 내가 필요할지도 몰라. 크로머나 다른 어떤 것에 맞서기 위해서 말이지. 그럴 때 네가 나를 부르면 나는 이젠 그냥 말이나 기차를 타고 오진 않을 거야. 너는 네 안에 귀를 기울여야 해. 그럼 내가 네 안에 있음을 알게 될 거야. 알겠니? 그리고 또 한 가지! 에바 부인이 말했어. 너한테 어떤 나쁜 일이 생기면 나더러 당신이 내게 준 키스를 전해주라고…… 눈을 감아, 싱클레어!"

나는 얌전히 눈을 감았다. 여전히 피가 줄어들 기미 없이 조금씩 흘러나오는 내 입술에 가벼운 키스를 느꼈다. 그리고 나는 잠이 들었다.

아침에 사람들이 나를 깨웠다. 내게 붕대를 감기 위해서였다. 마침내 완전히 깨어나서 옆쪽 매트리스로 얼른 머리를 돌렸다. 그 위에는 내가 전에 한 번도 본 적이 없는 낯선 사람이 누워 있었다.

붕대를 감는 과정은 아팠다. 그후로 내게 일어난 모든 일이 아팠다.

하지만 내가 이따금 열쇠를 찾아내 나 자신 안으로 완전히 내려가면 그곳 어두운 거울에서 운명의 모습들이 잠들어 있었다. 그럼 나는 검은 거울 위로 그냥 몸을 숙여 나 자신의 모습을 바라보기만 하면 되었다. 그 모습은 이제 완전히 그와 같았다. 내 친구이며 길 안내자인 그 사람과.

영문판 서문

내가 마지막으로 헤르만 헤세와 악수한 지도 벌써 10년이 흘러갔다. 하지만 느낌으로는 그보다 더 오랜 시간이 흐른 것만 같다. 그사이에 그토록 많은 일이 일어났으니 말이다. 역사의 세계에서 일어난 일들도 많았고, 이런 격동하는 시대의 압력과 소음 속에서도 방해받지 않는 우리의 부지런한 손길이 만들어낸 것들도 그토록 많았다. 우리는 이런 외적인 과정들, 그중에서도 특히 불행한 독일의 피할 길 없는 망가짐을 함께 예견했고 또한 함께 겪었다. 이따금 편지 교환마저 가능하지 않을 만큼 공간적으로 멀리 떨어진 곳에서, 그러면서도 언제나 함께, 언제나 서로를 생각하면서. 우리의 길은 분명히 서로 떨어져 있는데다가 어느 정도 거리를 두고 정신의 나라를 통과하는 것인데도 어딘지 모르게 서로 같고, 덕분에 우리는 길동무이며 형제다. 또는 덜 친밀한 뉘앙스의 표현을 사용하자면 동업자다. 내가 우리의 관계를 그의 작품 『유리알 유희』의 주인공 요제프 크네히트와 저 베네딕트 수도사 야코부스의 만남에 비추어 바라보기 때문이다. 이 작품에서 두 사람의 만남은 "성인(聖人), 또는 고위 성직자 두 사람이 만날 때 흔히 그러듯이 끝도 없이 절을 계속하는 예법 및 참을성 놀이"가 없이는 이루어지지 않는다. 이것은 중국식 취향에 따른 절반쯤 아이러니가 깃든 의식(儀式)인데, 크네히트는 이런 의식을 퍽 좋아하며, 또 크네히트에 따르면 게임 스승 토마스 폰 데어 트라베*도 옛날에 그런 의식에 도통해 있었다.

그러므로 우리 이름이 이따금 함께 불리는 것도 지극히 올바른 일이고, 그것이 설사 극히 진기한 방식으로 일어난다 해도 우리한테는 상관이 없다. 뮌헨의 유명한 나이든 작곡가 한 사람은 성실한 독일 정신으로 충만해 잔뜩 화가 나서, 최근에 미국으로 보낸 편지에서 헤세와 나 우리 두 사람을 '불쌍한 자들'이라 불렀다. 우리가 독일 사람들이 모든 민족 중 최고이며 가장 고귀한 민족이고, '참새떼 사이에 섞인 카나리아' 같은 존재임을 인정하지 않는 자들이라는 것이다. 그런 이미지 자체가 원래 매우 빈약하고도 진부한 것이다. 그 안에 들어 있는, 또 실제로도 이 불운한 민족에게 충분한 괴로움을 불러온 배울 줄 모르는 태도와 개선되지 않는 오만함을 빼놓고도 그렇다. 나 개인으로서는 '독일의 영혼'이라는 이런 판결을 겸허히 받아들이겠다. 실제로 고향에서 나는 지적인 면으로 보아 하르츠산맥의 카나리아들 사이에 낀

---

*『유리알 유희』에서 많은 등장인물의 이름이 암시적인 말장난을 포함한다. 크네히트가 카스탈리아의 학교에 들어갔을 때 게임 선생님의 이름이 토마스 폰 데어 트라베인데, 이는 토마스 만을 가리킨다.

잿빛 참새에 지나지 않았고, 1933년에 그들은 나를 쫓아내고는 정말로 기뻐했지만 말이다. 오늘날에는 내가 고향으로 돌아가지 않는다고 깊이 모욕당한 태도를 취하고 있긴 하지만. 그러나 헤세는 어떤가? 이 나이팅게일을(그를 부르주아적인 카나리아라고 부를 수는 없으므로) 독일의 숲에서 쫓아내는 일을 독일 정신이라 칭하려면 대체 어떤 무지와 문맹이 필요한가? 뫼리케*라도 감동하여 포옹했을 이 서정시인에게, 우리의 언어로 가장 부드럽고도 순수한 윤곽을 지닌 건축물을 세우고 가장 내적인 예술 취향의 노래와 격언 들을 만들어낸 이 사람에게 독일 민족을 배신한 '불쌍한 자'라고 욕하다니 말이다. 단지 추악해진 현상에서 이념을 분리했다는 이유로, 가장 끔찍한 체험들조차 민족에게 말해주지 못한 진실을 자기 민족에게 말했다는 이유로, 그리고 이런 민족주의가 잘못된 자기실현의 망상 속에서 스스로의 위에 쌓아올린 악행들에 대해 그가 양심을 지녔다는 이유로!

　개별적 민족주의가 죽어가는 오늘날, 단순한 민족적 관점만으로는 단 한 가지 문제도 해결할 수 없고, 그 모든 조국애라는 것이 숨 막히는 촌스러움으로 변해서 유럽 전통 전체를 대변하지 않는 정신은 관찰 대상도 되지 못하는 오늘날, 민족적 '진정성'이나 민족적 특성이 여전히 그 어떤 가치라도 있다면—설사 심심풀이 정도의 가치에 지나지 않는다 해도—그 가치는 옛날에도 그랬듯이 어떤 의견이나 외침에 있지 않고 실질적인 행동에 있다. 특히 독일에서는 언제나 독일 민족주의에 가장 불만인 사람들이야말로 더할 수 없이 독일 정신을 지닌 사람들이

---

* 에두아르트 뫼리케. 독일의 서정시인이자 목사.

었다. 그리고 문필가 헤세의―여기서는 창조적 작가로서의 그를 완전히 제쳐두고―교육적 작업들, 또 그의 발행인 겸 편집인 경력에 나타나는 사랑에 넘친 보편주의가 무엇보다도 독일의 특성임을 알아채지 못할 사람이 어디 있단 말인가? 괴테가 내세운 '세계문학'이라는 개념이 헤세에게는 가장 자연스럽고도 친숙한 것이다. 심지어 미국에서 출판된 그의 글―'공공의 이익을 위해 미국에 거주하는 적국 출신자의 재산보관소, 1945년 발행'―제목은 『세계문학 도서관』이었다. 이 글은 어마어마한 양의 헌신적인 독서를 보여주는 한 예이자, 특히 동양의 지혜의 사원들을 고향으로 삼아 매우 인문주의적인 방식으로 '인간 정신의 가장 오래되고 가장 거룩한 증언들'에 친숙함을 보여주는 한 예이다. 1904년에 쓴 아시시의 프란체스코와 보카치오에 대한 에세이들, 그리고 그가 『혼돈을 들여다봄』이라는 제목을 붙인 도스토옙스키에 대한 세 편의 논문은 특별 연구에 해당한다. 중세 역사에서 나온 판본들, 옛날 이탈리아 이야기꾼들의 단편소설들과 익살스러운 이야기들, 동양의 동화들, 『독일 시인들의 노래』, 장 파울과 노발리스와 다른 독일 낭만주의 작가들의 작품의 새로운 판본 등이 모두 그의 이름을 달고 있다. 이것은 봉사이며 숭배, 선별이며 교열, 새로운 발간, 정보가 풍부한 서문 쓰기 등의 작업으로서 학식 있는 수많은 문필가의 생애를 가득 채울 만한 업적이다. 그 자신의 작품―자아와 세계의 문제들로 가득 채워진, 그리고 다양성이라는 측면에서도 동시대 사람들 사이에서 비슷한 사람을 찾기 어려운 특출한 개인의 작품에 더해진 그의 이런 활동은 그냥 사랑의 과잉이자(또 노동 에너지의 과잉도!) 수집가 취향의 활동인 것이다.

나아가 시인으로서의 작업에서도 그는 발행인 겸 문서관리인 노릇을 하기 좋아해서, 다른 사람의 서류를 '세상에 드러내 보여주는' 사람이라는 가면 뒤에 숨는다. 동서양 인류 문화의 온갖 출전에서 자양분을 얻은 섬세한 말년의 작품『유리알 유희』가 그 가장 큰 예이다. 이 작품의 부제는 다음과 같다. '게임 스승 요제프 크네히트의 생애 서술의 시도, 크네히트의 유작 포함, 헤르만 헤세 발행'. 이 책을 읽으면서 나는 패러디의 요소, 박식한 추정을 토대로 이루어지는 전기(傳記)라는 허구와 조롱, 즉 언어의 유머들이 이렇게 위험할 정도로 진화된 정신화를 보여주는 후기 작품을 얼마나 많이 가능하게 해주고 또한 거기서 얼마나 많은 극적 효과를 보존해주는지를 매우 강하게 느꼈다(그리고 당시 그에게도 그렇게 써보냈다).

독일 정신이라고? 그게 그렇게 중요하다면 이렇게 말해야겠다. 이 말년의 작품과 이전의 작품들이 모조리 불가능한 정도까지, 세상의 온갖 호의를 사납게 거부하는 정도까지 독일 방식이라고 말이다. 물론 그런 거부는 이제 나이든 헤세가 스스로를 무어라 부르든, 결국은 세계적 명성을 통해 다시 상쇄되긴 하지만. 독일이라는 이름에 최고의 명망과 아울러 인류의 공감을 얻도록 해준 저 즐겁고도 자유롭고 정신적인, 옛날의 독일 특성만이 중요하다는 단순한 이유에서 그렇다. 순결하고 대담하고 몽상적이면서도 극히 지적인 이 작품은, 아류의 요소가 조금도 없으면서도 온갖 전승과 결속, 추억, 은밀함으로 가득 넘친다. 이 작품은 친숙한 것을 새롭고 정신적인, 거의 혁명적인 단계로 드높인다. 혁명적이란 물론 실제로 정치적인 또는 사회적인 의미가 아니라, 영적이고 시적인 의미에서 하는 말이다. 이것은 진짜 충정을 담아 미래를 바라보는, 미래와 연결된 작품이다. 나는 이 작품이 내게 보여준 특별하고 이중적이며 절대로 혼동되지 않는 매력을 달리 어떻게 묘사해야 할지 모르겠다. 이것은 낭만파의 음색, 기발함, 독일의 영혼에 나타나는 복잡하고도 우울증이 뒤섞인 유머를 지니며, 게다가 또다른 훨씬 덜 정서적인 본성의 요소들, 즉 유럽 비판적이고 정신분석적인 요소들과 유기적·개인적으로 결부되어 있다. 순수함과 흥미로움이라는 점에서 단연 유일무이한 소설시(小說詩)인 『나르치스와 골드문트』 같은 작품에 나타나는바, 슈바벤 출신의 이 서정시인 겸 전원주의자가 빈의 에로틱한 '심층심리학' 영역에 대해 갖는 관계는 가장 매혹적인 종류의 정신적 모순이다.* 이 작가가 프라하의 유대인 천재 프란츠 카프카에게 이끌린 것도 그에 못지않게 특이하고도 특징적인 일이다. 그는 일찌감치 카프카를 '독일 산문의 감추어진 왕'이라 부르고는 비평의 기회가 있을 때마다 경탄을 바쳤다. 카프카의 이름이 파리나 뉴욕에서 우아한 명성을 얻기 오래전의 일이었다.

그가 '독일' 작가라면—어쨌든 그냥 평범하거나 단순하다고 할 수는 없다. 제1차세계대전 직후 상당히 신비에 싸인 싱클레어라는 사람이 쓴 작품 『데미안』이 불러일으킨 감전시키는 충격은 잊을 수 없다. 그것은 이루 말할 수 없는 정교함으로 시대의 신경을 건드렸고, 젊은 세대는 모두 자기들 가운데 누군가가 자기들의 가장 깊은 삶을 알리기 위해 일어선 것이라 믿고(실은 젊은 세대에게 그들이 갈망하던 것을 준

---

* 헤세는 실제로는 빈의 프로이트보다는 스위스의 카를 구스타프 융에게서 매우 큰 영향을 받았다. 융 심리학에 대한 전반적인 지식 없이는 『데미안』부터 이후 그의 많은 작품에 깊이 접근하기가 쉽지 않다.

사람은 이미 마흔두 살이나 되었는데) 고마움의 열광에 휩싸였다. 또 『황야의 이리』가 저 『율리시스』나 『위폐범들』에 뒤지지 않는 실험적 대담성을 지닌 소설작품이라는 사실을 꼭 말로 해야 할까?

온통 괴상한 혼자만의 길을 보여주는, 또 일부는 유머와 짜증이 뒤섞인 채로, 또 일부는 신비주의적인 그리움으로 가득차서 때로 시대와 세상에 등을 돌린 모습도 보여주는 그의 작품, 고향인 독일의 낭만주의에 뿌리를 둔 필생의 작품인 『황야의 이리』를 나는 우리 시대 최고의 가장 순수한 정신적 시도이며 노력이라고 생각한다. 나와 함께 등단한 문인 세대에서 나는 이제 이미 성서의 나이라 할 수 있는 일흔 살이 된 그를 일찍이 나와 가장 가깝고도 가장 사랑스러운 작가로 꼽았거니와, 나와는 다른 요소들, 또 비슷한 요소들에서 생겨나는 깊은 공감을 지닌 채 그의 성장을 지켜보았다. 이따금 비슷한 점들이 나를 깜짝 놀라게 했다. 그가 쓴 작품들 중에서—내가 그걸 말하지 않을 이유가 어디 있겠는가?—『요양객』과 심지어 『유리알 유희』의 일부, 특히 그 거대한 도입부를 읽으면서 나는 그것이 '마치 나의 일부인 것처럼' 느꼈다.

나는 이 남자, 이 사람도 좋아한다. 그의 명랑하고 사려 깊은, 선량하면서도 악동 같은 특성을, 유감스럽게도 병든 눈의 깊고도 아름다운 눈길을 사랑한다. 푸른 두 눈은 슈바벤 지방 늙은 농부의 마르고 날카로운 얼굴을 밝게 만들어준다. 14년 전에* 고향과 집과 재산을 모조리 잃어버린 첫 충격에 사로잡혀 스위스 테신에 있는 아름다운 그의 집과

---

* 히틀러가 권력을 잡은 1933년.

정원에 머물고 있을 때 비로소 나는 그와 개인적으로 가까워졌다. 당시 나는 그가 얼마나 부러웠던가! 자유로운 나라에서 누리는 안전함 때문만이 아니라, 무엇보다 그가 나보다 훨씬 앞서서 제때에 영혼의 자유를 쟁취하고 독일의 모든 정치에서 철학적으로 거리를 둔 것 때문이었다. 그 혼란스럽던 시기에 그와의 대화보다 더 치유력이 있고 도움이 된 것은 없었다.

나는 10년도 더 전부터 그의 작품에 문학상을 수여하라고 스웨덴 한림원에 제안했다. 그가 예순 살에 상을 받았어도 너무 일찍 받은 것은 아니었을 것이다. 게다가 스위스로 귀화한 이 사람이 선택받았더라면, 마침 히틀러가 (오시에츠키의 수상* 때문에) 모든 독일 사람에게 항구적으로 수상을 금지한 그 시점에 재치 넘치는 소식이 되었을 것이다. 하지만 일흔 살이 된 그가 이미 풍부한 작품에다가 최고의 작품인 위대한 교육소설**을 덧붙인 지금도 물론 이 수상은 시기적으로 매우 적절하다. 이런 수상은 지금까지 모든 곳에서 제대로 주목하지는 않았던 이름 하나를 지구 구석구석으로 전파하는 일이니, 미국에서도 이 이름이 힘차게 울려퍼지게 만들고, 출판업자와 독자가 귀를 기울이게 만드는 일이 잘못은 아닐 것이다. 성숙한 중년에 쓰인, 마음을 격하게 움직이는 산문작품 『데미안』의 첫 미국 판본에 공감과 따뜻한 추천의 서문을 붙이는 일은 내게 즐거움이다. 이것은 작은 책이다. 하지만 크기가 작은 책들이 때로 가장 강력한 역동성을 만들어낸다. 『젊은 베르테르

---

* 1935년 노벨평화상은 반(反)나치 운동으로 히틀러에 의해 감금되어 있던 오시에츠키가 받았다.

** 『유리알 유희』를 가리킨다.

의 슬픔』을 생각해보라. 그 책이 독일에서 불러일으킨 영향을 보면『데미안』은 멀리 떨어진 곳에서『베르테르』를 연상시킨다. 자신의 작품이 개인을 넘어선 타당성을 지닌다는 느낌이 작가에게 매우 생생했던 게 틀림없다. 의도적으로 이중적인 의미를 담은 '청춘 이야기'라는 부제가 그것을 증언한다. '청춘 이야기'는 한 개인의 청춘 이야기이자 동시에 젊은 세대 전체의 이야기를 뜻할 수 있다. 그리고 헤세가 이미 어느 정도 퍼져서 여기저기 알려진 자신의 이름이 아니라 '싱클레어'—횔덜린의 친구들 가운데서 나온 이름*—라는 익명으로 이 작품을 내놓고 자신이 작가임을 오랫동안 조심스레 감춘 일 역시 이를 증언한다. 나는 당시 내 책도 출판하던 베를린의 S. 피셔에게 편지를 써서, 이 기발한 책에 대체 어떤 특별한 사정이 있으며 '싱클레어'가 누구냐고 집요하게 물었다. 나이든 피셔 씨는 충실하게도 스위스에서 어떤 중개인한테 원고를 받았다고 거짓말했다. 그런데도 천천히 진실이 새어나왔는데, 한편으로는 문체 비판의 방식을 통해서, 또 한편으로는 비밀이 누설된 탓이었다. 어쨌든 책은 제10판에 이르러서야 비로소 헤세의 이름을 달고 나왔다.**

작품이 끝나갈 무렵 1914년에 데미안은 친구 싱클레어에게 이렇게 말한다. "전쟁이야. (…) 넌 보게 될 거야, 싱클레어, 이건 시작일 뿐이

---

* 독일의 시인이자 작가 프리드리히 횔덜린의 친구 중에 이삭 폰 싱클레어라는 사람이 있었다. 그는 전투적인 공화주의자로서 뷔르템베르크 선제후 국가에 맞서 혁명적 전복을 기도했다가 대역죄로 몰려 재판을 받았다. 그렇다면 에밀 싱클레어는 바로 이 열렬한 공화주의자의 후손이라는 뜻이 된다.

** 토마스 만의 착각으로 보인다. 최근의 연구서에 따르면 4쇄부터 헤르만 헤세의 이름을 달고 나왔다.

야. 어쩌면 큰 전쟁이 될 거야, 아주 큰 전쟁이. 하지만 그것도 그냥 시작일 뿐이야. 새로운 것이 시작될 거야. 그리고 옛것에 매달린 사람들에게 새로운 것은 끔찍할 거다. 넌 뭘 할 거니?"

아마도 '옛것을 포기하지 않은 채 새로운 것을 견디기'가 올바른 대답이리라. 새로운 것을 위한 가장 좋은 하인은—헤세가 하나의 본보기인데—옛것을 알고 사랑하면서 그것을 새로운 것 안으로 가져오는 사람들일 것이다.

1947년 4월

토마스 만

『데미안』 다시 읽기—너 자신만의 길을 가라

『데미안』은 은유가 뛰어난 작품이다. 고독하고 힘든 내면의 성장 과정이 여기서 쉽고도 보편적인 이미지로 바뀌어 단단한 보석처럼 빛을 낸다. 소설을 깊이 읽은 사람은 그 영롱하고 치명적인 아름다움을 느끼고 평생 그 보석을 가슴에 품고 다닌다.

작품은 처음에 별 어려움 없이 읽힌다. 시간을 정밀하게 추적해보면 주인공 싱클레어가 열 살에서 스무 살까지 겪은 내면 체험을 다루고 있음을 알 수 있다. 심지어 작품 마지막에서 그가 중상을 입은 시점이 1915년이라는 구체적 연도까지 어렵지 않게 알아낼 수 있다. 이야기는 시간의 순서에 따라 서술되며, 상당히 사실적인 바탕을 깔고 제1차세계대전이라는 대사건에 이르는 시대를 충실히 따라간다. 전체 이야기는 20대 중반에 이른 싱클레어가 자신의 성장 과정을 돌아보며 정리한 내용이다. 하지만 처음에 쉬운 이 작품을 마지막에 내려놓을 때는 무언가 풀리지 않는 수수께끼가 잔뜩 남은 느낌이 든다. 그것을 어떻게 추적해야 할까? 책장을 덮은 다음의 『데미안』은 쉬워서 매력적인 것이 아니라 풀리지 않는 수수께끼와 그 신비함으로 인해 다시 깨뜨릴 수 없는 돌처럼 마음에 남는다. 풀리지 않은 그 수수께끼. 그대로 덮어두기엔 너무나 매혹적인 힘으로 우리를 잡아끄는 그 무엇.

이것은 치밀하게 직조된 놀라운 이중구조의 작품이다. 위에 서술한 것은 표면에 노출된 이야기다. 그리고 이 표면 이야기 아래에 상당히 난해한 심층구조가 깔려 있다. 이 심층구조는 20세기에 빠른 속도로 발전한 심층심리학의 영역에서 건져올린 것이다. 단순하면서도 복잡한 이런 구조 덕분에 한 젊은이의 자기고백으로 읽히는 이 소설은 청소년소설을 넘어 심오한 깊이를 지닌 고전작품이 된다. 매우 뛰어난 예술가였던 헤세는 이 이중구조를 어찌나 매끄럽게 만들어놓았던지 표면 이야기만 읽는 사람도 작품을 문제없이 받아들일 수 있다.

헤세 개인의 삶과 관련하여 이 작품은 특별히 흥미로운 발생 과정을 겪었다. 지금부터 작품의 표면 이야기, 발생사, 심층구조 순으로 간결하게 살펴보기로 하자.

I. 표면 이야기: 빛나는 은유

작품을 여는 머리글에서 우리는 이런 문장을 만난다. "모든 사람의 삶은 제각기 자기 자신에게로 이르는 길이다. (…) 누구나 인간이 되라

고 던진 자연의 내던짐이다." 이 말은 우리 마음에 깊은 파동을 불러일
으킨다. 그리고 작품 중간에 다시 잊을 수 없는 구절을 만난다. "새는
힘겹게 투쟁하여 알에서 나온다. 알은 세계다. 태어나려는 자는 한 세
계를 깨뜨려야 한다. 새는 신에게로 날아간다. 그 신의 이름은 아프락
사스다." 이 간결한 몇 문장은 작품 전체를 압축해준다. 곧 이 작품은
한 인간이 자기 자신에게로 향하는 과정을 서술하고 있다. 이 얼마나
강렬한 은유인가! 힘든 성장 과정 전체가 힘겹게 알을 깨뜨리고 바깥
세상으로 나와 신에게로 날아가는 새라는 하나의 단순한 이미지로 바
뀌었다. 작품 전체를 완전히 이해하든 못하든 이 작품을 읽은 사람은
위의 강렬한 구절들을 기억하게 된다.

열 살 무렵의 어린 싱클레어는 이 세계가 허용된 밝은 세계와 금지
된 어두운 세계로 나뉘어 있음을 느낀다. 두 세계는 나뉘어 있으면서
도 서로 뒤섞여 있다. 어린 소년은 금지된 세계에 대해 강한 호기심을
느끼다가 순식간에 크로머를 통해 어둠의 세계로 발을 들여놓는다. 도
둑질 이야기를 꾸며냈다가 정말로 도둑질을 하게 된 것이다. 어린 소
년을 보호하던 알껍질에 최초의 '균열'이 생겼다. 한편 싱클레어가 다
니던 라틴어 학교에 학생 하나가 전학을 왔다. 열세 살인 크로머와 비
슷한 또래인 데미안은 싱클레어와 성서에 나오는 '카인' 이야기를 나
눈다. 이 이야기를 부모님이나 선생님이 설명하는 것과는 전혀 다르게
해석할 수 있음을 알려주고, 그동안 배운 선과 악의 구분을 전혀 다른
눈길로 바라보는 법을 가르쳐준다. 또한 데미안은 싱클레어를 크로머
의 손길에서 벗어나게 해준다.

세월이 흐르고 그들의 이야기는 계속된다. 그리스도교에 대한 데미안의 비판적인 발언들은 니체의 그리스도교 비판을 연상시킨다. 사춘기에 접어드는 싱클레어는 성적인 문제로 고민을 시작하면서 데미안의 말을 전보다 조금 더 잘 이해할 수 있다. 자연스러운 성적 욕구를 부모님과 교회는 모르는 척 무시한다. 데미안은 이에 대해 세상을 "인위적으로 반으로 나눈 다음 공식적으로 인정한 절반만"을 존중할 게 아니라 "세계 전체"를 존중하는 것이 옳다고 말한다. 그의 말은 그리스도교의 문제를 정확히 짚어내고 있다. 그리스도교는 신이 세상을 창조했다고 믿으면서도 세상의 절반을 악마의 영역에 넘겨주지 않았던가? 그리고 성의 문제는 주로 악마의 영역에 속하지 않았던가? 데미안은 싱클레어에게 삶 전체를 있는 그대로 인정하고 존중하라고 촉구한다. 싱클레어는 데미안의 말에 깊이 공감하면서도 몹시 혼란을 느낀다. 대체 어떻게 악을 신과 똑같이 존중한단 말인가? 이 질문을 해결하지 못한 채 그는 다른 도시로 전학을 간다.

이제 조금 더 자란 싱클레어. 낯선 도시에서 혼자 고독하게 지내다가 이른 나이에 술에 빠져든다. 공부는 뒷전이고 술집을 전전하면서 그런 식으로 "세상에 항의"했다. 그대로 부서져버릴 것만 같던 그의 앞에 이상형의 소녀가 나타난다. 싱클레어는 수줍어서 말도 못 붙이는 소녀에게 베아트리체라는 이름을 붙여주고 하루아침에 정결한 삶으로 급선회한다. 스스로 극단적인 타락이라 여기던 삶을 깨끗이 정리하고 정반대편으로, 정신의 신전으로 들어가 그곳의 사제가 된다. 동시에 싱클레어는 그림을 그리기 시작한다. 마침내 자기에게 어울리는, 자기가 좋아하는 일을 찾아낸 것이다. 그는 소녀의 얼굴을 그리려 했지만 오히려 무의식의 안내를 받아 특이한 초상화 한 장을 그려낸다. 그는 자기가 데미안의 초상화를 그렸음을 천천히 깨닫는다. 아니, 그것은 데미안이자 바로 자신의 모습이기도 했다. 이 일을 계기로 데미안과의 추억이 다시 그의 내면을 채운다. 데미안과의 지난날들을 추억한 그날 밤에 그는 문장에 새겨진 새의 꿈을 꾼다. 그리고 이튿날부터는 그 새를 그리기 시작한다. 알에서 절반쯤 벗어나고 있는 새의 그림. 이 그림에 대해 데미안에게서 받은 답변에 '아프락사스'라는 신의 이름이 등장한다. 이제 그의 관심은 아프락사스를 향한다. 아프락사스란 대체 무엇인가?

문장의 새 그림을 그릴 즈음부터 싱클레어의 삶에 등장한 또하나의 중요한 요소는 꿈이다. 특히 꿈에 나타나는 한 여인, 어머니이며 남자이며 여자인, 데미안과도 닮았고 싱클레어 자신과도 닮은 그 모습. 그는 그 모습도 그리기 시작한다. 꿈속 연인은 분명히 아프락사스와도 어떤 연관이 있다. 그 꿈은 대체 무엇이며 아프락사스란 대체 무엇인가? 이런 질문에 대한 답을 찾아 헤맬 무렵에 등장하는 인물이 피스토리우스다. 이미 대학 과정을 거친 피스토리우스는 김나지움 졸업반 학생인 싱클레어에게 아프락사스와 꿈의 의미를 가르쳐준다. "아프락사스는 신이면서 동시에 악마인 신"의 이름이다.

이런 일련의 체험들을 통해 싱클레어의 내면은 부쩍 성장한다. 그는 옛날에 데미안이 자기를 도왔듯이 성 문제로 고민에 빠진 동급생 크나우어를 돕는다. 크나우어를 자살에서 구제한 사건을 통해 우리는 싱클레어의 내면이 많이 성숙했음을 알게 된다. 싱클레어는 피스토리우스에게도 그의 진부함을 지적한다. 이제 싱클레어는 스승조차 넘어서면서 자신만의 길을 걷는다. 바로 그것, '너 자신만의 길을 가라'는 것이야말로 『데미안』이 그토록 많은 젊은이들에게 던져준 메시지였다. 이 길은 고독한 길이며, 선악의 이분법으로 분열된 세계가 아니라 전체로서의 세계, 즉 아프락사스를 지향하는 길이었다. 이것은 기존 교회의 가르침을 벗어나는 길이기도 했다.

마지막으로 대학생이 된 싱클레어. 그는 데미안과 다시 만나고 데미안의 어머니 에바 부인도 만난다. 에바 부인은 꿈속의 연인과 같은 모습이었고 그는 그녀를 사랑하게 된다. 그녀를 향한 그의 사랑은 점점 높은 단계로 승화한다. 싱클레어와 데미안, 에바 부인은 같은 시기에 제각기 다른 방법으로 눈앞에 전쟁이 다가왔음을 예감한다. 데미안은 꿈과 명상으로, 싱클레어는 하늘과 날씨의 급격한 변화로, 에바 부인은 그 나름의 방법으로.

1914년 7월에 제1차세계대전이 터졌다. 먼저 데미안이 군대로 가고 싱클레어도 따라간다. 어느 봄날 중상을 입은 싱클레어는 내면이 어딘가로 이끌려감을 느낀다. 마침내 목적지에 도착했다고 느꼈을 때 야전병원의 옆 매트리스에 누운 데미안을 본다. 데미안이 그를 불렀던 것이다. 잠이 들었다가 이튿날 아침 눈을 뜨자 옆자리에는 전혀 모르는 환자가 있다. 하지만 싱클레어는 이제부터 내면 깊숙한 곳에 데미안을 간직하게 된다. 이제 자기 자신이 오랫동안 길 안내자이며 친구였던 데미안의 모습을 하고 있음을 본다.

II. 발생사: 『데미안』에 얽힌 재미있는 뒷이야기[*]

1. 『데미안』의 작가는 누구인가?

1917년 10월에 베를린의 출판업자 피셔는 헤르만 헤세로부터 한번 검토해보라는 추천과 함께 깔끔하게 타이핑된 소설 원고 한 편을 받았다. 헤세는 이미 10년도 더 전부터 피셔 출판사에서 작품을 내는 인기 작가였다. 헤세의 말에 따르면 『데미안』이라는 이 소설을 쓴 젊은 신인 작가 에밀 싱클레어는 유감스럽게도 중병에 걸려 헤세 자신이 대리인으로 나서지 않을 수 없다고 했다. 편집자가 원고를 검토한 결과 매우 긍정적인 평가가 나왔다. 다만 전쟁중이라 종이 공급이 여의치 않다는 사정도 함께 알려왔다. 출판사와의 계약은 작가에게서 전권을 위임받은 대리인 헤세의 이름으로 이루어졌다.

전쟁이 끝난 이듬해인 1919년 2월부터 4월까지 베를린의 한 잡지에 작품이 미리 연재되고 이어서 6월에 에밀 싱클레어의 『데미안』 초판 3300부가 나왔다. 인세는 헤세의 계좌로 송금되었다. 이름도 없는 젊은 작가가 쓴 『데미안』은 출판과 동시에 상당한 주목을 받으며 대단한 성공을 거두었다. 당연한 일이지만 그럴수록 정체가 전혀 알려지지 않은 에밀 싱클레어가 누구냐는 궁금증이 사람들의 마음을 사로잡았다.

---

[*] 여기 나오는 인용과 역사적 사실은 다음의 책들에서 얻은 것이다. Volker Michels(hrsg.): *Materialien zu Hermann Hesse 『Demian』. Entstehungsgeschichte in Selbstzeugnissen.* Suhrkamp Verlag 1993; Ders.(hrsg.): *Hesse. Sein Leben in Bildern und Texten.* Mit einem Vorwort von Hans Mayer. Insel Verlag 1987.

그중에서도 토마스 만이 피셔에게 보낸 편지는 당시 작가와 지식인들 사이에 퍼져 있던 궁금증을 단적으로 보여준다. 토마스 만은 이 "아름답고 영리하고 진지하고 의미심장한 작품"을 쓴 에밀 싱클레어가 대체 누구냐고 절박하게 묻는다. 작가의 정체도 밝혀지지 않은 상태에서 『데미안』은 같은 해에 폰타네상을 받았다. 재능이 있는 젊은 작가에게 수여되는 상이었다.

이 소동 속에서도 싱클레어의 정체를 아무런 문제 없이 알아차린 사람이 있었으니 바로 심리학자 카를 구스타프 융이었다. 헤세에게 보낸 편지에서 "매우 외람된 말이지만 당신의 익명을 꿰뚫어보았다"고 쓰면서 논문 한 편을 선물로 보냈다. 융이 그노시스파 철학자 바실리데스가 썼다고 주장하는 「죽은 자에 대한 일곱 가지 가르침VII Sermones ad Mortuos」이라는 논문이었다. 『데미안』에 나오는 '신이면서 동시에 악마인 신 아프락사스'가 이 논문에 등장하는데, 물론 이것은 융 심리학의 전반적인 개념과 아주 잘 들어맞는 개념이었다. 어쨌든 융은 비밀을 지켰다.

이듬해인 1920년 5월 작가 O. 플라케가 잡지에 『데미안』의 작가가 헤세일 것이라고 암시한 글을 발표했다. 토마스 만은 놀라서 친구에게 보낸 편지에 이렇게 썼다. "내가 그토록 좋아하는 『데미안』이 헤르만 헤세의 작품이라고요? 그가 프로이트주의로 접근하다니 참으로 이상한 일이군요. 하지만 어째서 숨기 장난을 했을까요? 자신의 최고의 작품을 내놓는 순간에 말입니다!" 당시 대부분의 사람들이 그랬듯이 선량한 토마스 만은 새로 출발한 학문인 심층심리학 분야에 문외한이라서 프로이트와 융의 차이를 제대로 구분하지 못했다.

플라케의 암시에 자극을 받은 평론가 E. 코로디는 신문에 기고한 〈『데미안』의 작가는 누구인가?〉라는 글에서 『데미안』을 헤세의 다른 작품들과 비교하여 헤세가 작가임이 분명하다고 밝혔다. 헤세는 조금 더 버티다가 결국 자기가 『데미안』의 작가임을 실토했다. 동시에 젊은 신인작가에게 수여된 폰타네상을 반납했다. 이로써 『데미안』의 작가가 누구냐를 둘러싸고 벌어진 소동은 소설이 출판되고 나서 1년 만에 가라앉았다. 『데미안』은 3쇄까지 이미 1만 6000부를 찍은 다음 4쇄부터 헤르만 헤세의 이름을 달고 나왔다.

오늘날에도 이 사건에 대한 궁금증은 여전히 남아 있다. 만약 헤세가 1917년에 처음부터 자기 이름으로 이 작품을 출판사에 보냈더라도 이 같은 성공이 가능했을까? 그랬더라면 피셔 사장은 종이 평계를 대지 않고 이미 상당히 유명한 작가 헤세의 작품을 어떻게든 즉시 출판했을 것이고, 작품은 제1차세계대전중에 나왔을 것이다. 전쟁중에 이 작품이 그토록 많은 주목을 받을 수 있었을까? 그야 알 수 없는 일이지만 어쨌든 오늘날에는 결국 비슷한 인기를 얻었을 것이다. 『데미안』은 시간을 초월하는 작품이기 때문이다.

2. 『데미안』이 나오기까지

헤세는 어째서 이 작품을 익명으로 내놓았을까? 아마도 "이미 알려진 나이든 아저씨의 이름을 보고 젊은이들이 놀라 물러서지 않도록" 하려는 배려에서였을 것이다. 당시 많은 젊은이들은 『데미안』이 자기들과 동년배 젊은이의 글이라고 믿어 의심치 않았다.

제1차세계대전이 시작되기 2년 전인 1912년에 헤세는 가족을 데리고 독일을 떠나 스위스에 정착했다. 하지만 독일 국적을 포기하지는 않았다. 1914년 7월 전쟁이 터졌다. 헤세는 독일의 동원령이 나오고 4일 만에 징병검사를 받았으나 고도근시로 인해 입대 거부를 당했다. 그는 3주 뒤에 자원병으로 입대했다. 하지만 전투에 적합하지 않던 그는 베른에서 동물학 교수 볼터레크와 함께 '독일포로후원센터'를 조직하고 독일의 포로들에게 읽을거리를 공급하는 일을 하게 되었는데 책과 잡지를 발간하는 힘든 일도 포함되었다. 그 밖에도 헤세는 몇몇 신문과 잡지에 시사 문제와 관련된 기고문을 부지런히 게재했다. 전쟁이 계속되면서 독일이 정복욕을 드러내자 내부의 비판자로서 독일정책을 비판했다. 머지않아 그는 20여 개 언론에서 이른바 애국자들로부터 집중적인 역공에 시달리게 된다. 1915년에 벌써 '제 둥지를 헐뜯는 자', '조국의 배신자'라는 비난을 들었다.

1916년 3월에 부친이 갑자기 사망했다. 헤세는 바쁘다는 핑계로 부친에게 무심했던 자신의 태도를 몹시 후회했다. 독일의 장례식에 참석하고 스위스로 돌아온 다음 그는 한동안 심각한 우울증에 시달렸다. 전쟁은 끝날 줄 모르고 계속되었다. 헤세는 결국 정신분석 치료를 받는다. 융의 제자이며 동료인 요제프 베른하르트 랑 박사가 그의 정신분석을 맡아 대략 60번 정도 상담을 했다. 헤세는 독일 작가들 가운데 가장 먼저 정신분석에 접근한 사람 중 하나였다. 랑 박사는 나중에 『데미안』에서 피스토리우스라는 인물에 녹아든다. 작품에서 피스토리우스가 하는 말의 상당 부분이 랑 박사가 들려준 내용이었다. 융의 증언에 따르면 랑은 "매우 독특하고 특히 학식이 풍부한 사람"이었다. 히브리어, 아랍어, 시리아어 등 동양어에 상당히 능통했고, 그노시스파에 대한 깊은 관심을 융과 공유했다고 한다. 이어서 9월부터 헤세는 그림을 그리기 시작했다. 나중에는 화가로서 전시회도 열고 화집을 내기도 했다. 이런 그림 그리기 체험도 『데미안』에 그대로 나타난다.

1917년에 독일대사관은 헤세에게 비판적인 언론 활동을 그만두지 않으면 독일포로후원센터에 대한 재정지원을 끊겠다고 위협해왔다. 그는 방향감각을 잃은 젊은 전쟁포로들을 정신적으로 보살피는 일과 기고문을 통해 정전(停戰)을 촉구하는 일 두 가지를 모두 그만둘 수 없었다. 그래서 기묘한 해결책을 선택했다. 언론 활동을 크게 줄이는 대신 에밀 싱클레어라는 젊은 작가를 내세워 독일정책을 비판하고 정전을 촉구하는 기고문을 싣기 시작했다. 다만 에밀 싱클레어는 중병에 걸려 헤르만 헤세를 통해 자신의 원고를 전달한다는 전제를 붙였다. 헤세는 포로후원센터의 일을 계속했다. 그는 이렇게 이중생활을 시작했다.

헤세는 랑 박사와의 정신분석 과정에서 융 학파의 이론에 따라 꿈 일기를 썼다. 그의 꿈 일기는 대부분 사라지고 오늘날 일부만 남아 있는데, 1917년 9월 11일에서 12일 밤 꿈에 데미안이라는 인물이 등장한다. 꿈의 내용은 이렇다. 헤세는 자신의 고향 칼프 같기도 하고 현재 살고 있는 베른 같기도 한 옛 도시에서 밤에 집으로 돌아오다가 데미안이라는 이름의 괴한에게 공격을 받는다. 술에 취한 듯 보이는 이자를 쉽게 물리칠 수 있으리라 생각했지만 몸싸움 끝에 패하고는 서류가방을 뺏겼다. 상대방은 이것을 패배의 공물로 생각하라고 말했다. 헤세는 며칠 뒤에 이 꿈을 놓고 랑 박사와 분석을 시작했다. 헤세의 연상에 따르면 데미안이라는 이름은 '다미안(Damian)'의 왜곡된 발음인데, 어딘지 '데몬(Dämon)' 또는 '데미우르크(Demiurg)'를 연상시켰다고 한다. 데몬은 그리스어로 '악의 특성을 포함하는 신'을, 데미우르크는 '창조주 또는 예술가'를 뜻하는 말이다. 어느 쪽이든 매우 의미심장한 이름이었다. 결국 이 이름이 우리 작품의 제목이 되었다. 그것 말고도 8월 28일자 꿈 일기에는 알을 깨고 나오는 새에 관한 꿈도 기록되어 있다.

헤세는 그사이 완성한 『데미안』을 10월에 베를린의 출판사에 보냈다. 그 뒤에 벌어진 이야기는 앞서 말한 대로다. 융은 헤세가 랑 박사에게서 정신분석 치료를 받은 사실을 알고 『데미안』을 읽으며 작품에 감추어진 심층심리학의 요소들을 어렵지 않게 읽어냈다. 그리고 곧바로 에밀 싱클레어의 정체를 간파할 수 있었다.

III. 심층구조: 『데미안』 다시 읽기

'너 자신만의 길을 가라'는 『데미안』의 메시지는 제1차세계대전 직후 젊은이들의 마음에 엄청난 파동을 불러일으켰다. 그동안 관습과 도덕, 종교가 내세우던 온갖 가르침은 대규모 전쟁을 통해 속에 감춘 모순과 허점을 낱낱이 드러낸 참이었다. 과거의 가르침은 젊은이들에게 삶의 지표가 될 수 없었다. 이제 학교에서 가르쳐주지 않는 새로운 삶의 길을 모색해야 했다. 『데미안』은 정확히 그 모범을 보여주었다. 토마스 만도 그것을 느꼈고, 그래서 헤세가 작가인 줄 모를 때부터 이미 이 작품을 좋아했다. 그는 물론 처음부터 작품구조의 이중성을 간파했다. 작가가 직접 자신의 삶을 고백하는 사실적인 서술로 시작한 이야기의 중간부터 허구와 꿈의 요소가 아주 강력하게 개입하기 때문이다. 그는 일기에 사실적인 서술과 허구의 구조라는 이런 이중의 흐름이 '잘못'이라고 기록했다. 작품의 메시지와 구조를 정확히 파악한 토마스 만의 지적은 사실 옳았다. 하지만 그는 작품 안에 감추어진 심층구조의 내용을 모른 채 그렇게 말했다. 이 작품은 '너 자신만의 길을 가라'는 메시지만을 담고 있는 것이 아니기 때문이다. 분열을 극복하고 참된 나 자신에 도달하려면 어떤 과정을 거쳐야 하는지 그 구체적인 방법도 담고 있다. 이 과정이 바로 작품의 심층구조를 이룬다. 심층구조로 들어가려면 융 심리학의 일반적 개념 몇 가지를 알아야 한다.

1. 도구가 되는 개념 몇 개[*]

(1) 의식과 무의식, 에고와 참 나: 정신분석의 입구에서 우리를 가로막는 개념이 바로 무의식이다. 무의식은 우리가 의식하지 못하나 우리 안에 이미 들어 있는 것과, 개인이 살면서 축적된 것을 가리킨다. 무의식의 층위는 매우 다층적이고 깊어서 나 자신의 개인적 체험에서

---

[*] 융의 심층심리학에 대해서는 마침 참고하기 알맞은 번역서가 있다. 카를 G. 융 외, 『인간과 상징』, 이윤기 옮김, 열린책들, 1996, 신판 2009. 이중 1부 '무의식에 대한 접근'과 3부 '개성화 과정'이 『데미안』을 위한 훌륭한 안내서가 되어준다.

의식이 되지 못하고 무의식이 되어버린 것부터, 사회나 집단 구성원들의 축적된 체험까지 포함한다. 심지어 아득한 조상들, 혹은 인간이 되기 이전의 동물 조상들의 삶의 체험도 무의식의 맨 밑바닥에 감추어져 있다.

우리가 '나'라고 말하는 존재는 바로 의식에서의 '나'이다. 융은 이 일상의 나를 라틴어를 이용하여 '에고(ego)'라 부른다.* 의식에 기반한 '에고'는 매우 제한되어 있다. 우리의 기억과 욕망과 일상생활은 모두 에고의 영역에 속한다. 그에 반해 우리가 의식하지 못하는 진짜 나가 있으니 그것이 바로 '자기(The Self)'다. 의식과 무의식의 소리도 함께 듣는 진짜 나, '참 나(眞我)'이다. 피스토리우스의 설명을 참조하라(127쪽). 특히 우리는 불교 용어를 이용하면 이 개념을 쉽게 이해할 수 있다. 즉 '아집을 버리고 참 나를 찾으라'는 가르침에서 아집은 에고의 집착이다. 삶의 의미는 아집에 있지 않고 참 나를 찾아 그에 따라 사는 것이다. 이것은 싱클레어의 모토이기도 하다. "나는 오로지 내 안에서 저절로 우러나오는 것에 따라 살려고 했을 뿐이다."

(2) 무의식에 접근하는 통로, 꿈: 우리가 의식할 수 없는 무의식의 세계에 접근하는 통로가 바로 꿈이다. 그래서 정신분석에서 꿈의 관찰, 기록, 해석은 무엇보다도 중요하다. 다만 꿈의 해석에는 일반화된 해석 도구가 없어 각 개인의 기질과 체험과 생각에 근거해야 한다. 철저히 개인적인 작업으로, 정신분석의의 도움을 받을 수는 있으나 결국

---

* 『인간과 상징』에는 '에고'가 '자아'로 번역되었다.

꿈꾼 사람 개인의 해석이 가장 중요하다. 이것은 매우 오래 걸리는 길이다. 먼저 무의식이란 무엇인지를 정확히 인식해야 하기 때문이다. "우리는 서로를 이해할 수는 있지만, 누구나 오직 자기 자신만을 해석할 수 있을 뿐이다."

(3) 인격화하여 꿈에 등장하는 무의식: 꿈은 무의식을 이미지로 바꾸어 보여준다. 흔히 인격화하여 사람의 모습으로 등장한다. 심지어 '참 나'도 꿈에 등장할 수 있다. 다만 자주 나 자신이 아니라 타인의 모습으로 등장한다. 어려운 것은 아니무스, 아니마 개념이다. 남자의 무의식에 감추어진 여성적 요소가 아니마이며, 여자의 무의식에 감추어진 남성적 요소가 아니무스다. 즉 남자의 꿈에 등장하는 여자, 여자의 꿈에 등장하는 남자이다. 아니무스와 아니마는 부정적으로 작용할 수도 있고 긍정적으로 작용할 수도 있다.

2. 에밀 싱클레어의 길―'개성화 과정'

싱클레어의 '두 세계'는 처음에 주로 그리스도교의 맥락에서 관찰되었다. 하지만 새로 읽어보면 여기서 밝은 세계를 의식의 세계, 어두운 세계를 무의식의 세계로 읽을 수도 있다. 싱클레어의 길은 이 두 세계를 통합한 것, 즉 아프락사스에게로 가는 길이다. 아프락사스는 삶의 전체성(totality)을 뜻한다. 싱클레어의 길은 이런 통합을 향해 나아간다. 그의 길도 "인격이 상처를 입고 그것을 고통스러워하는 데서 시작된다".*

처음에 그는 데미안의 자극을 받아 새로운 방법으로 사색을 시작한
다. 이어서 베아트리체의 자극으로 그림을 그린다. 그림을 그리는 동
시에 수많은 꿈을 꾼다. 그는 자신이 꿈에 본 것을 그림으로 바꾼다.
그로써 꿈의 모습을 뚜렷이 인식할 수 있게 된다. 그가 그린 세 가지
그림을 보자. 데미안 같기도 하고 자신 같기도 한 초상화, 이어서 알에
서 반쯤 벗어나고 있는 새의 모습, 마지막으로 에바 부인. 이것은 싱클
레어의 꿈의 길이자 무의식을 인식하는 과정이기도 하다. 그 인식 과
정에서 그는 점차 뚜렷이 자신이 나아갈 바를 깨닫는다. 그가 나아갈
방향은 아프락사스라는 신의 이름으로, 그리고 에바 부인이라는 인격
체로 나타난다. 둘 다 전체성을 뜻한다. 꿈에서 본 에바 부인은 싱클레
어의 아니마인데, 나중에는 아예 소설에 직접 등장한다. 그래서 그녀
의 모습이 그토록 추상적이다. 싱클레어는 끊임없이 자신의 길을 걷는
다. 맨 마지막에 데미안은 이제 그의 내면에 있게 된다.

그럼 데미안은 누구인가? 처음에 무척이나 사실적으로 그려진 데미
안은 이 작품에서 가장 신비로운 존재다. 작품을 정밀하게 읽으면 처
음부터 이미 그를 신비롭게 묘사한 부분들이 나타난다. 그는 "남자나
어린이도 아니고, 늙거나 젊지도 않고, 천 살쯤 된, 어딘지 시간을 뛰
어넘은" 존재다. 이런 표현은 텍스트에 여러 번 나타난다. "그것은 데
미안의 눈빛이었다. 아니면 내 안에 있는 그 누군가였다. 모든 것을 아
는 그 누군가." 내 안에 있는 모든 것을 아는 그 누군가란 융의 용어로

---

*『인간과 상징』, 254쪽.

보면 바로 자기(The Self), 참 나이다. 데미안은 싱클레어의 참 나이며 그의 목적지다. 꿈에서처럼 작품에서 인격화한 싱클레어의 자기인 것이다. 이렇게 읽으면 이 소설의 전체 이야기는 싱클레어가 데미안이 되는 과정이다. 에고에서 출발하여 진짜 자기가 되는 과정이다. 이 과정이 융의 용어로는 '개성화 과정'이다. "개인의 내부에 있는 고유성의 실현이 바로 개성화 과정의 목표"다.* 헤세의 편지를 인용하자면 다음과 같다. "『데미안』은 개성화 과정을, 곧 개성의 형성을 강조합니다. 개성의 형성이 없으면 더 높은 삶도 없지요." "우리 시대는 더 섬세한 젊은이들을 힘들게 합니다. 어디서나 인간을 획일화하려 하고, 그들의 개인적 특성을 가능하면 잘라내려 합니다. 영혼은 그에 맞서 항거하는데 그건 정당한 일이죠. (…) 그것을 진지하게 여기는 사람은 그런 체험들을 극복하고, 그가 강한 사람이라면 그는 싱클레어에서 데미안이 되는 것입니다."

헤세 자신의 삶에 대해서는 이런 구절을 읽을 수 있다. "삶에서 내게 데미안은 없었고 피스토리우스만 있었어. 다만 나는 그것으로 데미안을 만들어냈지." 잘 알려져 있다시피 헤세는 『데미안』 이후 완전히 새로운 작가가 되었다.

안인희

---

* 같은 책, 248쪽.

1877년	7월 2일 뷔르템베르크의 소도시 칼프에서 출생. 아버지 요하네스 헤세는 발틱계 독일인으로 인도에서 선교사로 활동하다가 귀국한 뒤, 유명한 인도학자이기도 한 헤르만 군데르트의 기독교 서적 출판협회 일을 도움. 헤르만 군데르트의 딸 마리는 인도에서 태어나 선교사 출신 찰스 아이젠버그와 결혼했다가 그가 사망하자, 32세에 요하네스 헤세와 재혼함.
1881년	아버지가 '바젤 선교단'의 교사로 가게 되어 가족이 스위스로 이주.
1883년	스위스 국적을 얻음(그전에는 러시아 국적을 갖고 있었음).
1886년	가족이 다시 고향 칼프로 돌아와 헤세는 김나지움에 다님.
1890년	뷔르템베르크에서 시행하는 주 시험 준비를 위해 괴핑겐의 라틴어 학교에 다님. 헤세는 시험 자격을 얻기 위해 스위스 국적을 포기함.
1891년	주 시험에 합격하여 마울브론 신학교에 입학. 7개월 후 "시인이 아니면 아무것도 되고 싶지 않아" 도망침.
1892년	4~5월에 크리스토프 블룸하르트 목사가 있는 바트볼에서 지냄. 6월에 자살 기도. 6~8월에 슈테텐에서 신경쇠약 치료를 받음. 바트칸슈타트에서 김나지움에 다님.
1893년	사회민주주의자가 되어 술집을 돌아다님. 오로지 하이네만 읽으며 그를 똑같이 흉내냄. 에슬링겐에서 서점 수습생으로 일하다 사흘 만에 그만둠.
1894년	칼프의 페롯 시계공장에서 수습공으로 일함.

1895년   1898년까지 튀빙겐의 헤켄하우어 서점에서 수습생으로 일
          함.

1898년   첫 시집 『낭만적인 노래들*Romantische Lieder*』 출간.

1899년   소설 『고슴도치*Schweinigel*』 습작(원고는 아직 미발견). 산문집
          『자정이 지난 뒤의 한 시간*Eine Stunde hinter Mitternacht*』
          출간. 9월에 바젤로 이주. 라이히 서점에서 1901년 1월까지
          서적 분류 수습생으로 일함.

1900년   스위스 일간지 〈알게마이네 슈바이처 차이퉁〉에 기고문과
          서평을 쓰기 시작. 이런 작업이 오히려 그의 책들보다 더 지
          역에 알려져 사회생활을 하는 데 상당한 뒷받침이 되어줌.

1901년   3~5월에 첫번째 이탈리아 여행. 『헤르만 라우셔의 유고와
          시 모음*Hinterlassene Schriften und Gedichte von Hermann
          Lauscher*』 출간.

1902년   어머니 마리 군데르트 사망. 『시집*Gedichte*』 출간.

1903년   서점 일을 그만두고 5월에 마리아 베르누이와 약혼하여 함
          께 두번째 이탈리아 여행.

1904년   『페터 카멘친트*Peter Camenzind*』 출간. 이 소설로 문학적
          성공을 거둠. 마리아 베르누이와 결혼하여 보덴 호숫가에 있
          는 가이엔호펜의 농가로 이사. 전업작가가 되어 여러 신문과
          잡지에서 공동편집인으로 활동하며 활발히 기고함. 전기
          『보카치오*Boccacio*』 『아시시의 프란체스코*Franz von Assisi*』
          출간.

1905년   12월에 첫 아들 브루노 출생.

1906년   소설 『수레바퀴 아래서*Unterm Rad*』 출간. 당시 독일 황제인
          빌헬름 2세의 정부에 저항하는 잡지 〈3월*März*〉의 공동발행
          인으로 1912년까지 활동.

1907년   가이엔호펜에 자신의 집을 지음. 단편집 『이편에서*Diesseits*』

출간.

1908년   단편집 『이웃들 *Nachbarn*』 출간.

1909년   3월에 둘째 아들 하이너 출생.

1910년   소설 『게르트루트 *Gertrud*』 출간.

1911년   7월에 셋째 아들 마르틴 출생. 시집 『도중에 *Unterwegs*』 출간.
          9~12월에 화가 친구인 한스 슈투르체네거와 인도 여행.

1912년   단편집 『돌아가는 길들 *Umwege*』 출간. 가족과 함께 독일을
          떠나 스위스 베른으로 이사해 작고한 화가 친구 알베르트
          벨티의 별장에 거주함. 로맹 롤랑과 교우.

1913년   여행기 『인도에서 *Aus Indien*』 출간.

1914년   소설 『로스할데 *Roßhalde*』 출간. 제1차세계대전이 발발하여
          자원입대하였으나 고도근시로 복무 부적격 판정을 받음.

1915년   베른의 독일포로후원센터에서 근무하며 전쟁 포로들과 억
          류자들을 위해 정치논문, 경고호소문, 공개서한 등을 독일,
          스위스, 오스트리아 신문과 잡지에 발표. 애국적인 전쟁문학
          을 공개적으로 비판하여 매국노라는 비난을 받음. 소설 『크
          눌프 *Knulp*』, 단편집 『길에서 *Am Weg*』, 시집 『고독한 자의
          음악 *Musik des Einsamen*』, 단편집 『청춘은 아름다워라 *Schön
          ist die Jugend*』 출간.

1916년   아버지 요하네스 헤세 사망. 루체른 근교 존마트에서 카를
          구스타프 융의 제자 요제프 베른하르트 랑 박사에게 정신분
          석 치료를 받음.

1917년   시대비판적인 출판 활동을 중단하라는 권고를 받고 에밀 싱
          클레어라는 가명으로 신문과 잡지에 기고를 시작함. 『데미
          안 *Demian*』 집필. 아내의 정신분열 증세와 셋째 아들 마르
          틴의 질병으로 헤세도 신경쇠약 증세를 보임.

1919년   정치 팸플릿 『차라투스트라의 귀환 *Zaratustras Wiederkehr*』

을 익명으로 출간. 이듬해 베를린에서 실명으로 출간. 정신
병원에 수용된 아내와 별거하고 자녀들을 친구들에게 보냄.
5월에 혼자 스위스 테신의 몬타뇰라로 이사해 1931년까지
거주. 체험담과 시 들을 모은 『작은 정원*Kleiner Garten*』출
간. 『데미안』을 에밀 싱클레어라는 가명으로 출간하고 이 작
품으로 폰타네상 수상. 『동화집*Märchen*』출간. 잡지 〈비보
스 보코*Vivos voco*〉 창간.

1920년 　시화집 『화가의 시*Gedichte des Malers*』, 도스토옙스키에 대
한 에세이 『혼돈을 들여다봄*Blick ins Chaos*』, 표현주의 단편
집 『클링조어의 마지막 여름*Klingsors letzter Sommer*』, 시화
집 『방랑*Wanderung*』 출간. 다다이즘의 선구자 후고 발과
교유.

1921년 　『시선집*Ausgewählte Gedichte*』 출간. 『싯다르타*Siddhartha*』
를 집필하는 동안 창작의 위기를 겪음. 취리히 근처 퀴스나
흐트에서 융에게 정신분석 치료를 받음. 화집 『테신에서 그
린 11편의 수채화*Elf Aquarelle aus dem Tessin*』 출간.

1922년 　『싯다르타』 출간.

1923년 　『싱클레어의 수첩*Sinclairs Notizbuch*』 출간. 취리히 근처 바
덴의 요양소에 머묾. 마리아 베르누이와 이혼.

1924년 　스위스 국적 재취득. 스위스 여성작가 리자 벵거의 딸인 스
무 살 연하의 루트 벵거와 재혼.

1925년 　『요양객*Kurgast*』 출간.

1926년 　『그림책*Bilderbuch*』 출간. 프로이센의 예술아카데미 문학
분과에 외국인 회원으로 선출됨(1931년에 탈퇴).

1927년 　『뉘른베르크 여행*Die Nürnberger Reise*』『황야의 이리*Der
Steppenwolf*』 출간. 헤세의 50회 생일을 맞이하여 후고 발이
첫 헤세 평전 출간. 루트 벵거와 이혼.

1928년	『관찰Betrachtungen』『위기. 일기 한 편Krisis. Ein Stück Tagebuch』 출간.
1929년	시집『밤의 위로Trost der Nacht』『세계문학 도서관Eine Bibliothek der Weltliteratur』 출간.
1930년	『나르치스와 골드문트Narziss und Goldmund』 출간.
1931년	화가 친구 한스 보드머가 지어준 몬타뇰라의 새집으로 이사. 미술사가인 니논 돌빈과 결혼. 『내면으로의 길Weg nach innen』 출간.
1932년	『동방순례Die Morgenlandfahrt』 출간. 『유리알 유희Das Glasperlenspiel』 집필 시작.
1933년	『작은 세계Kleine Welt』 출간.
1934년	나치당의 문화정책을 효과적으로 막기 위해 스위스 작가연합 회원이 됨. 시선집『생명의 나무Vom Baum des Lebens』 출간.
1935년	『우화집Fabulierbuch』 출간.
1936년	『정원에서 보낸 시간Stunden im Garten』 출간.
1937년	『회고록Gedenkblätter』『신(新)시집Neue Gedichte』 출간.
1939년	헤세의 작품이 독일에서 불온서적으로 간주되어『수레바퀴 아래서』『황야의 이리』『관찰』『나르치스와 골드문트』『세계문학 도서관』이 더이상 인쇄되지 못함. 이 기간 동안 독일에서 출간된 총 20종의 헤세 작품 중 겨우 481권의 문고본이 판매됨. 그래서 전집은 취리히에서 펴냄.
1942년	첫 시전집『시집Die Gedichte』 출간.
1943년	취리히에서『유리알 유희』 출간.
1945년	미완성 소설『베르톨트Berthold』, 단편과 동화 모음집『꿈의 여행Traumfährte』 출간.
1946년	정치평론집『전쟁과 평화Krieg und Frieden』 출간. 이후 헤세의 작품이 독일에서 다시 나오기 시작. 프랑크푸르트시가

수여하는 괴테상, 노벨문학상 수상.

1947년　　베른대학교에서 명예박사 학위를 받음. 고향 칼프시의 명예
　　　　　시민이 됨.

1951년　　『후기 산문*Späte Prosa*』『서간집*Briefe*』출간.

1952년　　75회 생일 기념으로 선집 출간.

1954년　　동화『픽토어의 변신*Piktors Verwandlung*』, 서간집『헤르만
　　　　　헤세와 로맹 롤랑이 주고받은 편지들*Hermann Hesse-Romain
　　　　　Rolland Briefe*』출간.

1955년　　후기 산문『마법*Beschwörungen*』출간. 독일 서적협회가 수
　　　　　여하는 평화상 수상.

1956년　　헤르만 헤세 문학상 제정.

1957년　　헤세의 80회 생일을 맞이하여『헤세 전집*Gesammelte Schri-
　　　　　ften*』출간.

1962년　　8월 9일 뇌출혈로 스위스 몬타뇰라에서 사망.

문학동네 세계문학전집 발간에 부쳐

세계문학은 국민문학 혹은 지역문학을 떠나 존재하는 문학이 아니지만 그것들의 총합도 아니다. 세계문학이라는 용어에는 그 나름의 언어와 전통을 갖고 있는 국민문학이나 지역문학의 존재를 인정하면서 그것을 넘어서는 문학의 보편적 질서에 대한 관념이 새겨져 있다. 그 용어를 처음 고안한 19세기 유럽인들은 유럽문학을 중심으로 그 질서를 구축했지만 풍부한 국민문학의 전통을 가지고 있는 현대의 문학 강국들은 나름의 방식으로 세계문학을 이해하면서 정전(正典)의 목록을 작성하고 또 수정한다.

한국에서도 세계문학 관념은 우리 사회와 문화의 변화 속에서 거듭 수정돼왔다. 어느 시기에는 제국 일본의 교양주의를 반영한 세계문학 관념이, 어느 시기에는 제3세계 민족주의에 동조한 세계문학 관념이 출현했고, 그러한 관념을 실천한 전집물이 출판됐다. 21세기 한국에 새로운 세계문학전집이 필요하다는 것은 명백하다. 우리의 지성과 감성의 기준에 부합하는 세계문학을 다시 구상할 때가 되었다.

문학동네 세계문학전집은 범세계적으로 통용되는 고전에 대한 상식을 존중하면서도 지난 반세기 동안 해외 주요 언어권에서 창작과 연구의 진전에 따라 일어난 정전의 변동을 고려하여 편성되었다. 그래서 불멸의 명작은 물론 동시대 세계의 중요한 정치·문화적 실천에 영감을 준 새로운 작품들을 두루 포함시켰다.

창립 이후 지금까지 한국문학 및 번역문학 출판에서 가장 전문적이고 생산적인 그룹을 대표해온 문학동네가 그간 축적한 문학 출판 경험을 바탕으로 새로운 세계문학전집을 펴낸다. 인류가 무지와 몽매의 어둠 속을 방황하면서도 끝내 길을 잃지 않은 것은 세계문학사의 하늘에 떠 있는 빛나는 별들이 길잡이가 되어주었기 때문이다. 우리가 자부심과 사명감 속에서 그리게 될 이 새로운 별자리가 독자들의 관심과 애정에 힘입어 우리 모두의 뿌듯한 자산이 되기를 소망한다.

문학동네 세계문학전집 편집위원

민은경, 박유하, 변현태, 송병선, 이재룡, 홍길표, 남진우, 황종연

세계문학전집 101

데미안

1판 1쇄 2013년 1월 1일
1판 39쇄 2025년 12월 30일

지은이 헤르만 헤세 | 옮긴이 안인희

책임편집 고우리 | 편집 조연주 오동규 | 독자모니터 전혜진 김준언
디자인 이경란 이주영 | 저작권 박지영 형소진 주은수 오서영 조경은
마케팅 정민호 서지화 한민아 이민경 왕지경 정유진 정경주 김혜원 김예진 이서진
브랜딩 함유지 박민재 이송이 박다솔 조다현 김하연 이준희
제작 강신은 김동욱 이순호 | 제작처 영신사

펴낸곳 (주)문학동네 | 펴낸이 김소영
출판등록 1993년 10월 22일 제2003-000045호
주소 10881 경기도 파주시 회동길 210
전자우편 editor@munhak.com
대표전화 031) 955-8888 | 팩스 031) 955-8855
문학동네카페 http://cafe.naver.com/mhdn
인스타그램 @munhakdongne | 트위터 @munhakdongne
북클럽문학동네 http://bookclubmunhak.com

ISBN 978-89-546-2014-7 04850
      978-89-546-0901-2 (세트)

잘못된 책은 구입하신 서점에서 교환해드립니다.
기타 교환 문의 031)955-2661, 3580

www.munhak.com

● 문학동네 세계문학전집은 계속 출간됩니다